VERHEXT UND AUSGESPIELT

EIN VERHEXTER WESTWICK-KRIMI, VERHEXTE WESTWICK-KRIMIS #2

COLLEEN CROSS

Übersetzt von
DANIELA MAIZNER
Bearbeitet von
CHRISTINA MUIGG

AUSSERDEM VON COLLEEN CROSS

Verhexte Westwick-Krimis
Verhext und zugebaut
Verhext und ausgespielt
Verhext und abgedreht
Die Weihnachtswunschliste der Hexen
Hexenstunde mit Todesfolge

Wirtschafts-Thriller mit Katerina Carter
Exit Strategie: Ein Wirtschafts-Thriller
Spelltheorie
Der Kult des Todes
Greenwash
Auf frischer Tat
Blaues Wunder

Zu Neuigkeiten über Colleens Bücher, besuchen Sie ihre Website:
http://www.colleencross.com
Einfach für den Neuerscheinungen Newsletter anmelden, um immer direkt über die Neuerscheinungen informiert zu werden!

VERHEXT UND AUSGESPIELT

Ein weiterer verhexter Krimi aus Westwick Corners!

Cendrine West kommt einfach nicht zur Ruhe. Sie steht kurz davor, endlich einen bezahlten Job zu finden und mit dem gutaussehenden Sheriff Gates läuft es mehr als gut. Das alles ändert sich schlagartig, als ihre rebellische Tante Pearl sie entführt und sie auf eine geheime Mission mitnimmt, um den Tod einer Freundin zu rächen. Alles oder nichts... und so landet Cenny unfreiwillig in Las Vegas.

Rocco Racatelli ist eine große Nummer in Vegas – und das nächste Ziel der örtlichen Mafiosi. Die Glücksfee hat ihm schlechte Karten zugespielt und er ist auf Rache aus. Tante Pearl ist mehr als motiviert, ihm unter die Arme zu greifen und ihre Mission Vegas Vendetta endet beinahe in einem Bandenkrieg. Während die Hexen immer tiefer in die Unterwelt der Stadt der Sünde eintauchen, stolpern sie über Leichen und andere Geheimnisse.

Aber nicht nur die Hitze von Vegas bringt die Stimmung zum Kochen... Rocco will Cennys Herz für sich gewinnen. Wäre da nicht ihr Herzblatt in Westwick Corners... Doch zuerst muss sie erst einmal einen Mordfall lösen, ihre halsbrecherische Hexentante im Zaum halten und die Vegas-Mafia zu Fall bringen. Was kann dabei schon schief gehen?

Wenn Sie unterhaltsame Krimis mit einem Schuss Humor und etwas Zauberkraft mögen, dann wird es Ihnen in Westwick Corners gefallen.

KAPITEL 1

*I*ch brauchte einen Job. Ich brauchte Benzin. Und ich brauchte eine Auszeit.

Die Chancen, auch nur etwas davon zu bekommen, standen schlecht für mich. Mein Tank war leer und die einzige Zapfsäule an der Westwick Corners Gas N' Go-Tankstelle war kaputt. Das alte Ding hatte keine Gegensprechanlage eingebaut und ich erschauderte bei dem Gedanken, den ganzen Weg hinüber zur Kasse in meinen fünf Zentimeter hohen Absätzen zurücklegen zu müssen.

Ich war sowieso schon spät dran für mein Bewerbungsgespräch beim *Shady Creek Tattler*. Es war eine Schande zugeben zu müssen, dass meine eigene Zeitung, die *Westwick Corners Weekly*, kurz vor der Pleite stand. Das letzte, was ich wollte, war für die Konkurrenz zu arbeiten, aber ich brauchte das Geld. Ich war hin- und hergerissen. Einerseits wollte ich Westwick Corners nicht im Stich lassen, die Beinahe-Geisterstadt, die wir gerade versuchten wiederzubeleben. Andererseits musste ich einfach Geld verdienen.

All die vernünftigen Jobs waren eine Stunde entfernt in Shady Creek. Ich hatte erst zu spät erkannt, dass Westwick Corners zu klein war, um ein Geschäft aufzuziehen, inklusive der Zeitung, die ich letztes Jahr von ihrem früheren Besitzer gekauft hatte. Die *Westwick*

Corners Weekly war ein Spontankauf gewesen. Der Plan, mir damit so was wie meinen Traumjob zu erkaufen, hatte sich in ein geldverschlingendes Fass ohne Boden verwandelt.

Meine letzte Hoffnung war eine Teilzeitstelle als Reporterin in Shady Creek. Dann könnte ich zumindest meine Rechnungen bezahlen, während ich versuchte, die Zeitung wieder auf Spur zu bringen. Aber sogar das war nun keine sichere Sache mehr, nachdem ich meinen Tank nicht füllen konnte. Ich winkte hektisch in Richtung der Glasfenster und hoffte, der Kassier würde mich sehen und die Zapfsäule wieder zum Laufen bringen.

Nichts.

Ich fluchte vor mich hin und sah mich hilfesuchend um. Meine Laune besserte sich etwas, als ich einen jungen Mann mit Sommersprossen neben einem gigantischen Wohnmobil stehen sah. Der Tankwart wirkte ziemlich jung und trug ein übergroßes Gas N'Go-T-Shirt und weite Shorts. Ich hatte ihn noch nie zuvor in der Stadt gesehen, er konnte also noch nicht lange hier sein. Was an sich schon eigenartig war, denn wir hatten kaum Touristen und schon gar keine Neuankömmlinge. Der Tratsch erreichte die Stadt meist schon Tage vor der Ankunft eines neuen Bewohners.

Ich winkte nun dem Tankwart zu, aber der ignorierte mich und prüfte den Reifendruck am Wohnmobil. Dass er nicht besonders hilfsbereit war, überraschte mich nicht. Jeder, der nach Westwick Corners zog, war normalerweise auf der Flucht vor etwas oder jemandem. Fast-Geisterstädte standen nicht gerade auf der Liste der lebenswertesten Orte, aber sie waren perfekt um unterzutauchen. Denn hier kam einfach nie jemand vorbei.

Ich verspürte wieder einen Funken Hoffnung, als die Tür des Wohnmobils geöffnet wurde und Tante Pearl heraustrat. Sie winkte mir aufgeregt zu und flog praktisch zu mir herüber. Nur wenige 70-jährige Frauen bewegten sich so wendig, aber die älteste Schwester meiner Mutter hatte einen geheimen Vorteil. Wie auch wir anderen Frauen der Familie West war sie eine Hexe.

„Ich habe gewonnen, ich habe gewonnen!" Meine 45 kg leichte

2

Tante kam gerade noch vor mir zu stehen und konnte kaum ihr Gleichgewicht halten.

„Pass auf!" Bei dem Versuch, ihr auszuweichen, fiel mir der Zapfhahn aus der Hand. Er krachte gegen meinen rostigen und verbeulten Honda. Und dann, ganz plötzlich, funktionierte die Zapfsäule wieder.

Das Benzin verteilte sich über den Asphalt, als wäre versehentlich eine Pipeline aufgerissen. Ich hatte das kleine Zäpfchen gesetzt, damit das Benzin laufen konnte, ohne dass ich den Hahn ständig gedrückt halten musste. Tja, und bei meinem Glück blieb das Zäpfchen auch fixiert, nachdem mir der Hahn aus der Hand gefallen war.

Noch mehr Geld ging gerade den Abfluss hinunter.

Ich beeilte mich, den Zapfhahn zu ergreifen, der sich durch den Druck wie eine Schlange über den Asphalt wand. Doch das einzige, das ich abbekam, war Benzin. Mein brandneues Kleid und mein Blazer, die ich extra für das Vorstellungsgespräch gekauft hatte, waren über und über voll mit Benzin.

Ich jaulte auf, als die scharfe Flüssigkeit über meine frischrasierten Beine lief. In meinen Schuhen sammelte sich eine Benzinpfütze. Hier stand ich nun: geschockt, triefnass, wütend und sprachlos.

Die ganze Situation hatte nun endlich die Aufmerksamkeit des Tankwarts erregt, der herübergelaufen kam. „Hey, dafür müssen Sie aber bezahlen."

Der Zapfhahn wand sich noch immer über den Boden. Endlich bekam ich ihn zu fassen, aber bevor ich ihn in die andere Richtung drehen konnte, erwischte ich nochmal eine volle Ladung Benzin von Kopf bis Fuß. Mein einziges Glück war, dass meine Sonnenbrille noch auf meinem Nasenflügel saß.

Das Benzin drang in meine Nasenlöcher und überdeckte die Gläser meiner Sonnenbrille. Der Hahn fiel mir erneut aus der Hand, als ich versuchte, mein Gesicht mit den Händen zu schützen. Ich fuhr mit den Fingern über die Gläser der Sonnenbrille, aber ich sah alles nur noch verschwommen.

„Pass auf!" Tante Pearl schrie, als sie zurücktrat und wild mit den Armen gestikulierte.

„Los, schnapp dir den Zapfhahn. Hilf mir, ich kann nichts

3

sehen!" Praktisch im Blindflug versuchte ich, nach dem Hahn zu greifen. Meine rechte Hand erreichte ihn schließlich, aber als ich versuchte, das Zäpfchen zu lösen, bog sich mein Fingernagel zurück.

„Autsch!" Ich ließ den Hahn wieder fallen und meine Knöchel wurden erneut eingenässt.

Nach einer gefühlten Ewigkeit und gerade als ich wieder nach dem Hahn greifen wollte, hörte die Zapfsäule endlich auf zu pumpen. Ich nahm meine Sonnenbrille ab und wischte mir mit dem Handrücken über die Stirn.

Der Tankwart stand an der Zapfsäule und hielt den Hahn in der Hand. „Fassen Sie nichts an. Ich werde für Sie tanken."

Ich murmelte „Danke" und richtete mich triefend nass auf. Ich zitterte, trotz der spätsommerlichen Hitze.

„Das ist eine Menge Benzin. 20 Liter, einfach so verschwendet." Tante Pearl schnippte mit den Fingern. „Einfach so."

Tante Pearl war so etwas wie eine Pyromanin, für sie war die Verschwendung von Benzin blanker Hohn.

„Du hättest mir helfen können." Ich schüttelte langsam den Kopf, als ich an meinem ruinierten Kleid hinuntersah. Worte konnten meine Verzweiflung in diesem Moment gar nicht beschreiben. Alles, was ich tat, schien mich nur noch einen Schritt näher an den finanziellen Ruin zu bringen.

„Du musst dir selbst helfen, Cenny. Du hast alles, was du dazu brauchst, wenn du es nur anwenden würdest. Wie immer du es auch anstellst, du musst deinen Frieden mit deinen übersinnlichen Kräften schließen." Tante Pearl klopfte mir auf den Rücken. „Du hast eine Wahl."

„Ich betrüge nicht." Ich drehte mich zum Tankwart, aber der war bereits zum Wohnmobil zurückgegangen und somit außer Hörweite. „Ich will mir einfach nur keine unfairen Vorteile verschaffen, das ist alles."

„Hexerei ist kein Betrug, wenn du eine Hexe bist. Hör auf zu leugnen, wer du wirklich bist."

Ich hatte bereits schlechte Laune. Das letzte, was ich jetzt gebrauchen konnte, war ein Streit mit meiner sturen Tante. „Ich will einfach nur sein, wie jeder andere auch."

„Tja, das bist du aber nicht. Gewöhn dich besser daran." Tante Pearl schnaubte „Warum verschwendest du deine Zeit in einem gewöhnlichen Job. Jeder andere mit deinen Talenten würde etwas Kluges damit anstellen. Du lässt sie allerdings einfach nur brachliegen."

„Wenigstens verdiene ich mein Geld auf ehrliche Weise." Die Worte hatten meinen Mund verlassen, bevor ich sie aufhalten konnte.

„Es ist also unehrlich, eine Hexe zu sein?" Tante Pearls Worte waren voller Zorn.

Es wurmte sie, dass ich den Unterricht in Pearls Schule der Zauberei abgebrochen hatte. Ich hatte eigentlich weitermachen wollen, aber mir waren so viele Dinge dazwischen gekommen. Außerdem fühlte es sich nicht richtig an, diese besonderen Kräfte zu nutzen, über die normale Menschen nicht verfügten. Ich hatte nichts dafür getan, um sie zu verdienen. Es war einfach Glück gewesen, in die West-Familie von Hexen hineingeboren worden zu sein.

„Ich bin spät dran für mein Bewerbungsgespräch. Kannst du nicht einfach alles rückgängig machen und mein Auto auftanken?" Tante Pearl war eine äußerst talentierte Hexe. Für sie wäre es ein Kinderspiel.

„Das könnte ich. Aber warum sollte ich das tun?"

„Bitte, Tante Pearl. Du hast was gut bei mir." Ich brauchte diesen Job.

Sie schüttelte den Kopf. „Ihr Kinder von heute habt Ansprüche. Ohne Fleiß, kein Preis, Cenny."

„Aber es ist doch so einfach", protestierte ich. „Für dich."

„Das könnte es für dich auch sein. Übung macht den Meister, Cendrine. Du musst es nur tun. Warum ist das so schwer für dich?"

Der Tankwart war wieder zurückgekehrt, hatte das Auto getankt und hielt nun seine Hand auf, um das Geld dafür entgegenzunehmen. Ich blickte auf die Säule und griff dann durch das Fenster auf dem Beifahrersitz, um meine Geldbörse aus meiner Handtasche zu holen. Ich zog meinen letzten 20-Dollar-Schein heraus und warf die Geldbörse zurück ins Auto. Ich reichte ihm das Geld und war wütend darüber, dass so viel Benzin ohnehin in den Kanal geflossen war. Wahrscheinlich mehr als schlussendlich im Tank gelandet war.

„Cenny, das ist übrigens Wilt Chamberlain."

Ich nickte dem dürren jungen Mann zu, der mit seinen Sommersprossen und der blassen Gesichtsfarbe dem berühmten Basketballspieler, mit dem er sich den Namen teilte, so überhaupt nicht ähnlich sah. Er war älter, als ich zuerst angenommen hatte: vielleicht Anfang 20. Seine Haut war so blass, dass sie fast schon transparent wirkte, mit Ausnahme eines rautenförmigen Muttermals auf seiner Stirn. Es saß wie eine Zielscheibe direkt in der Mitte.

„Nächstes Mal bitten Sie einfach um Hilfe." Wilt hängte den Zapfhahn wieder ein. „Jetzt muss ich die Zapfsäule ausmachen und das Chaos hier beseitigen."

„Dafür bleibt keine Zeit." Tante Pearl zeigte auf das Wohnmobil. „Wir müssen uns auf den Weg machen."

„Wir?" Ich fragte mich, was meine Tante nun schon wieder vorhatte.

Tante Pearl winkte ab. „Vergiss das Bewerbungsgespräch, Cenny. Ich habe einen Job für dich."

Ich schüttelte den Kopf. „Ich werde nicht in Pearls Schule der Zauberei arbeiten."

Sie lächelte. „Darum geht es nicht. Ich habe einen Auftrag für dich. Alles undercover."

Wieder schüttelte ich den Kopf. „Kein Interesse."

Wir beobachteten Wilt, der zurück zum Tankstellengeschäft ging. Er zog einen großen Schlüsselbund aus seiner Tasche und verschloss die Tür.

„Hey! Sie haben mir mein Wechselgeld noch nicht gegeben." Ich blickte auf die Zapfsäule. Laut den Angaben auf dem Display betrug meine Rechnung weniger als 10 Dollar, inklusive dem Benzin, das ich verschüttet hatte. In meinem Tank konnte doch gar nicht genug Benzin gelandet sein, um überhaupt die Stadt zu verlassen, geschweige denn Shady Creek zu erreichen.

„Wilt!"

Er ignorierte mich absichtlich.

Ich ergriff den Zapfhahn und fuchtelte damit wie mit einer Waffe herum.

Doch er ließ sich nicht irritieren. „Tut mir leid, wir haben geschlossen."

Ich steckte den Hahn in meinen Tank und drückte den Hebel, dieses Mal ohne ihn einrasten zu lassen. Es war sinnlos. Entweder hatte Wilt die Pumpe abgedreht oder das Benzin war alle.

Ich fluchte, als ich mich zu meiner grinsenden Tante Pearl umdrehte. „Warum hilfst du mir nicht?" Meine Augen fixierten den roten Benzinkanister, den sie in der Hand hielt.

„Vergiss das Benzin. Ich habe im Lotto gewonnen, Cenny. Ich bin reich. Ich kann mir einfach alles leisten. So viel Benzin wie ich will." Sie schwang den Kanister in einem Halbkreis.

Ich deutete mit dem Kopf hinüber zum Wohnmobil. „Das wirst du auch brauchen, bei der Benzinschleuder. Wo hast du das denn her?"

Tante Pearl wirkte ein wenig schwindelig, aber ich nahm an, das war für Lottogewinner normal. Allerdings glaubte ich kein Wort ihrer Geschichte. Meine Tante liebte es, im Mittelpunkt zu stehen, und ich nahm an, dass die Lottogeschichte eine Riesenlüge war und das Wohnmobil und sogar der Kanister einfach nur gehexte Requisiten dieser Lügenszene waren.

Das Benzin.

Aus Tante Pearls Kanister war ein schwappendes Geräusch zu hören, was bedeutete, dass sich darin tatsächlich Benzin befinden musste. Damit könnte ich es bis zu meinem Bewerbungsgespräch schaffen. Problem gelöst.

„Tante Pearl! Wofür brauchst du einen vollen Benzinkanister? Komm schon, du musst mir helfen."

„Du bist eine Hexe, Cendrine. Zauber dir dein eigenes Benzin."

„Nicht jetzt, Tante Pearl." Das war ihre Auffassung von Liebe. Es besorgte meine Tante ungemein, dass ich meine Zauberstunden so vernachlässigte.

„Ach, das habe ich ja ganz vergessen. Du weißt ja gar nicht wie." Tante Pearl schürzte ihre Lippen.

In diesem Moment wünschte ich mir nichts mehr, als sie vom Gegenteil überzeugen zu können. Aber das war unmöglich. Das einzige, das ich vorzuweisen hatte, war ein gescheitertes Unternehmen, fehlendes Wechselgeld und haufenweise Pech. Alles, was ich in die Hand nahm, schien den Bach runterzugehen. Mein Leben war eine einzige Katastrophe und ich hatte keine Ahnung, was ich dagegen tun konnte.

KAPITEL 2

Ich funkelte Tante Pearl an. Nur weil die übersinnlichen Kräfte der Familie West rund um Westwick Corners mehr schlecht als recht geheim gehalten wurden, mussten wir sie dennoch nicht in aller Öffentlichkeit zur Schau stellen. Seit Generationen funktionierte das Prinzip: Nicht fragen, nichts sagen. Da Wilt neu in der Stadt war, hatte er vermutlich noch keine Ahnung von unseren Fähigkeiten. Was Tante Pearl natürlich egal war.

„Hör auf, dir über so unwichtige Dinge Sorgen zu machen und komm an Bord. Ich werde dich zu deinem Bewerbungsgespräch fahren." Tante Pearl schenkte mir dieses supersüße Lächeln, von dem ich wusste, dass es falsch war.

Wilt runzelte die Stirn, offensichtlich gefiel ihm die Idee nicht, dass ich mitkam.

Ich hatte Angst vor der Antwort, trotzdem musste ich die Frage stellen: „Warum brauchst du ein Wohnmobil?" Außerdem wollte ich meine Tante fragen, warum Wilt mitkommen musste, aber es erschien mir unhöflich, die Frage zu stellen, während er danebenstand.

Tante Pearl rollte mit den Augen. „Ich brauche es nicht, Cenny. Ich will es. Es ist mein privates Hotel auf Rädern. Pearls Palace!"

Sie hatte es offensichtlich herbeigezaubert, aber das konnte ich ihr nicht gerade vor dem Tankwart vorwerfen.

Da Tante Pearl ihre Zauberei ständig zur Schau stellte, fragte ich mich, wie viel der Kerl schon davon gesehen hatte. Das brandneue, riesige Wohnmobil musste ein Vermögen gekostet haben. Mehr als ich in mehreren Jahren verdienen würde. Falls es echt wäre, aber das war es natürlich nicht. So wie Aschenputtels Kutsche würde es zu einer bestimmten Uhrzeit einfach wieder verschwinden. Was es zu einer tickenden Zeitbombe für die Passagiere werden ließ.

„Ich werde dich fahren", sagte sie. „Shady Creek liegt auf unserem Weg nach Vegas. Das ist gar kein Umweg."

Trotz besseren Wissens stimmte ich zu.

Tante Pearl öffnete die Tür des Wohnmobils und schob mich hinein. „Rein mit dir. Ich muss noch ein paar Passagiere abholen, dann fahren wir nach Shady Creek und lassen dich raus."

Ich konnte mir nicht vorstellen, dass irgendjemand seinen Urlaub mit Tante Pearl in Las Vegas verbringen wollte. Niemand ihrer Handvoll Freunde lebte in der Nähe. Aber das ging mich nichts an, sagte ich mir selbst. Manchmal war es besser, etwas nicht zu wissen.

Ich machte es mir in der Küchenecke gemütlich und versuchte, mein Kleid zu trocknen. Ich war etwas verwundert darüber, dass meine Tante nicht länger darauf beharrt hatte, dass ich meine eigene Zauberei nutzte, um es zum Bewerbungsgespräch zu schaffen. Sie hatte mich zwar dafür kritisiert, dass ich zu wenig übte, aber trotzdem hatte sie mich mitgenommen.

Tante Pearl kletterte auf den Beifahrersitz und drehte sich um. Sie zeigte auf den Fahrersitz, auf dem der dünne Tankwart saß. „Ich habe Wilt als Fahrer angestellt."

„Was ist mit deinen Freunden?" Sie winkte ab. „Es ist eine lange Fahrt. Außerdem bin ich jetzt reich. Ich kann mir einen Fahrer leisten."

Trotzdem wirkte es bizarr, dass Wilt diese Fahrt unternehmen sollte. Aber es war besser, sich nicht zu viel darüber zu wundern, denn Tante Pearl konnte schnell beleidigt sein.

Ich lenkte meine Aufmerksamkeit wieder auf das Bewerbungsgespräch. Irgendwie musste ich dann wieder aus Shady Creek zurückkommen, aber darüber machte ich mir später Gedanken.

Es gab nichts Schlimmeres als eine Hexe mit einer Pechsträhne. Außer vielleicht eine, die etwas zu viel Glück hatte. Wenn zwei davon in einem Raum zusammengebracht wurden, war einfach alles möglich.

KAPITEL 3

„*A*nschnallen." Tante Pearl schloss ihren Sicherheitsgurt und rief: „Ab nach Vegas, Baby!"

Das Wohnmobil rauschte los und bog aus der Einfahrt der Tankstelle. „Wowowowo. Ich habe nie gesagt..."

Meine Tante drehte sich auf dem Beifahrersitz um. „Entspann dich, Cenny. Wir bringen dich zu deinem Bewerbungsgespräch."

Ich klammerte mich an den Küchentisch, als Wilt scharf um eine Kurve bog, um auf die Hauptstraße einzufahren. War ich denn lebensmüde? Wie sollte ich es mir sonst erklären, dass ich hier mit einem verrückten Fahrer und einer störrischen Hexe als Navigator saß?

„Wir fahren in die falsche Richtung!" Wilt und Tante Pearl ignorierten mich entweder oder hörten mich nicht. Abgesehen davon, dass wir nicht in Richtung Shady Creek fuhren, ließ mich Wilts Fahrstil um mein Leben zittern.

Hier war ich nun und fühlte mich machtlos, der Situation irgendwie zu entkommen. Wilt hatte den Stadtrand erreicht und bog nun auf die kurvenreiche Straße hinauf zum Westwick Corners Inn.

„Warum fahren wir nach Hause?" Das Familienanwesen war kürzlich zu einem Bed & Breakfast umgebaut worden, das vor allem am Wochenende Gäste beherbergte. Ich lebte ebenfalls auf dem Grundstück und so stand ich also wieder am Anfang meiner Reise. Außer, dass ich dieses Mal mein Auto nicht mehr dabeihatte.

Es erschien mit jeder Minute unwahrscheinlicher, dass ich meinen Termin noch schaffen würde. Ich griff nach meiner Handtasche, als ich bemerkte, dass ich sie auf dem Beifahrersitz meines Autos liegen gelassen hatte.

Mum winkte uns zu, als das Wohnmobil in die Auffahrt einbog. Sie kletterte in das Wohnmobil und zog einen riesigen Koffer hinter sich her. Dann ließ sie sich außer Atem auf die andere Seite des Küchentisches fallen. „Ganz schön schwer."

„Mum? Was geht hier vor? Du kannst doch das Hotel nicht einfach alleine lassen. Wir erwarten Gäste." Das Hotel konnte ohne Mum einfach nicht funktionieren. Sie war die Köchin, die Managerin und die Rezeptionistin, einfach alles in einem. Tante Pearl war zwar offiziell die Haushälterin, aber sie war absolut unzuverlässig. Ich war normalerweise ihre Vertretung, denn sie hatte sich selbst einfach unglaubliche Arbeitszeiten gegeben und hörte praktisch auf niemanden. In erster Linie war sie Hexe, dann kam lange nichts und erst dann das Hotel.

Ich war diejenige, die versuchte, mehrere Jobs, die kein Geld einbrachten, zu jonglieren. Für mich selbst zu arbeiten oder für meine Familie half mir nicht dabei, mich finanziell über Wasser halten zu können. Wenn ich eine Zukunft wollte, dann musste ich meine Optionen überdenken. Der *Shady Creek Tattler* war nicht gerade eine Institution, aber immerhin eine größere Chance, als es sie im winzigen Westwick Corners gab.

Tante Pearl unterbrach mich. „Es gibt eine dringende Familienangelegenheit, um die wir uns kümmern müssen, Cenny. Wir haben nicht den ganzen Tag Zeit, hör also auf, all diese Fragen zu stellen und lass Ruby zu Atem kommen."

„Wovon sprichst du? Das Hotel ist unsere Familienangelegenheit."

„Ich erkläre es dir später." Tante Pearl verschränkte ungeduldig die Arme. „Wir müssen jetzt los, bevor es zu spät ist."

„Erkläre es mir jetzt." Ich verschränkte die Arme.

„Tut mir leid, aber unsere Mission ist streng geheim. Du

bekommst die Infos dann, wenn du sie brauchst und im Moment musst du noch gar nichts wissen. Ich erkläre dir alles, wenn der richtige Zeitpunkt dafür gekommen ist." Tante Pearl blickte auf die Uhr und wandte sich dann zum Fahrersitz. „Wir liegen hinter dem Zeitplan. Du musst das wieder aufholen, Wilt."

Der Rückstoß drückte mich in meinen Sitz, als das Wohnmobil wieder Fahrt aufnahm.

„Alles in bester Ordnung, Cenny." Mum blickte unsicher zu Tante Pearl hinüber. „Unsere Gäste kommen erst am Freitag und mir ist langweilig. So eine Reise wird mir guttun."

Mein Blick verfinsterte sich. Mum war eine miserable Lügnerin. Tante Pearl hatte sie ganz offensichtlich dazu überredet. Was immer es auch sein mochte, es musste ziemlich ernst sein, wenn Mum das Hotel und die Stadt verließ.

„Wie bitte?" Mums großer Koffer verstärkte meinen Verdacht, dass das ganze hier keine spontane Aktion war. Sie hatte Zeit gehabt, den Koffer zu packen, es musste also einen Plan dafür gegeben haben.

Mum ignorierte mich. Stattdessen klammerte sie sich selbst an den Küchentisch, als das Wohnmobil den steilen Hügel hinunter raste, der von unserem Anwesen hinaus aus der Stadt führte.

Mum wirkte gestresst, auch wenn sie ihr Bestes tat, um es zu verbergen. „Es ist doch gemütlich hier. Dieses Wohnmobil ist größer als ich gedacht habe."

„Wo hast du das Ding denn gekauft, Tante Pearl?" Jeder außer mir schien in ihren Plan eingeweiht zu sein.

Keine Antwort.

„Tante Pearl?"

Meine Tante drehte sich um und verzog das Gesicht, als sie sich mit Daumen und Zeigefinger die Nase zuhielt. „Igitt, Cendrine, du stinkst zum Himmel."

„Lenk nicht vom Thema ab. Das ist das Benzin. Du wolltest mir eigentlich helfen, mich wieder in Ordnung zu bringen, weißt du noch?"

Tante Pearl ignorierte mich und öffnete das Fenster neben sich.

Mum nickte zustimmend. Sie saß mir gegenüber am Küchentisch.

„Niemand wird dich anstellen, wenn du wie ein Benzintank riechst. Da passt es doch gut, dass du den Termin verschiebst."

„Ich werde den Termin nicht verschieben." Ich öffnete das Fenster und hoffte, dass der Fahrtwind die Benzindämpfe mitnehmen würde. Die Zeit war knapp, aber noch könnte ich es rechtzeitig zum Bewerbungsgespräch schaffen. Ich musste mich einfach ruhig verhalten, bis ich in Shady Creek rausgelassen wurde.

Ich blickte mich im Wohnmobil um und bemerkte eine halbvolle Flasche in der Spüle. Ich stand auf, um sie zu holen, und geriet ins Wanken, als das Wohnmobil den Hügel hinunterrauschte. Plötzlich kam es an einem Stoppschild am Ende des Hügels zum Halt.

Genauso schnell stand Wilt auch schon wieder auf dem Gaspedal und schnitt eine Kurve. Ich erlangte mein Gleichgewicht wieder und griff nach der Wasserflasche. Als das Wohnmobil endlich wieder auf der richtigen Fahrspur war, hatte ich es geschafft, auf meinen Sitz zu klettern. Ich öffnete den Verschluss und schüttete ein wenig Wasser auf mein Kleid.

Mum zog ihre Brauen nach oben. „Findest du nicht, dass es dafür ein bisschen früh ist?"

Ich sah sie verwundert an, bis ich den Geruch erkannte. In der Flasche war Wodka, kein Wasser.

Jetzt roch ich auch noch nach Alkohol. Ich würde es nie durch die Sicherheitskontrolle schaffen und schon gar nicht bis hin zur Personalabteilung. Noch vor dem ersten Gespräch hatte ich mit Sicherheit die Drogen- und Alkoholpolitik des Unternehmens verletzt.

Ich fluchte und drehte mich zu Mum. „Ich kann so nicht zum Bewerbungsgespräch. Kannst du mir nicht ein wenig Spezialhilfe leisten?" Das war unser Codewort für Zauberei. Ich machte mich auf eine weitere Predigt darüber gefasst, dass ich öfter üben sollte. Mum war normalerweise nachsichtiger als Tante Pearl, auch wenn mich beide ständig wegen meiner mangelnden Disziplin kritisierten. Ich musste zugeben, ich hatte andere Prioritäten. Aber in einer Sache hatten sie recht. Ich könnte nicht einmal einen Zauberspruch sprechen, wenn mein Leben davon abhängen würde.

„Ich verstehe nicht, warum du unbedingt außerhalb von Westwick

Corners arbeiten willst." Mum schüttelte enttäuscht den Kopf. „Du kannst Vollzeit im Hotel arbeiten, wenn du willst. Du musst nicht als Reporterin in einer anderen Stadt arbeiten. Journalismus, das ist nicht deins, Cenny, und ich verstehe nicht, warum du dich deines Erbes so schämst. Du könntest doch praktisch alles haben, wenn du deine Kunst mehr pflegen würdest."

Ich schwieg. Ich konnte zwei fanatischen Hexen doch nicht erklären, dass ich das einzige wollte, das mir Hexerei nicht geben konnte: dazuzugehören und einfach eine normale Mitzwanzigerin zu sein, mit einem normalen Job und einer normalen Familie. Ich wollte irgendwo dazugehören, etwas, das man mit einem Zauberspruch nicht heraufbeschwören konnte. Ich wollte so sein, wie jeder andere auch. „Ich will einfach mein eigenes Leben leben. Zauberei verursacht so viele Probleme, das ist es oft einfach nicht wert."

„Du hast so viel Talent, Cenny." Mum seufzte. „Du vergeudest deine Fähigkeiten. Eines Tages wirst du aufwachen und erkennen, dass es zu spät ist. Ich will einfach nicht, dass du das dann bereust."

Meine Schultern sackten zusammen. Sogar Mum war auf Tante Pearls Seite. Es war hoffnungslos. „Tante Pearl hat nicht wirklich im Lotto gewonnen, oder?" Ich war mir sicher, dass es eine der Flunkereien meiner Tante war. „Sie hat es doch hergezaubert, oder nicht?"

Mum schüttelte den Kopf. „Es ist wahr, Cenny. Wilt hat ihr das Glückslos an der Tankstelle verkauft. Das ist der Grund, warum sie ihn als Fahrer angestellt hat."

Wie auf Befehl drehte sich Tante Pearl auf ihrem Sitz um. „Er ist mein Glücksbringer."

Ich wurde in den Sitz gedrückt, als Wilt wieder auf das Gaspedal trat. „Die Ziehung war gestern Abend. Sie hatte doch noch gar keine Zeit, den Gewinn einzulösen und schon gar keine, das Wohnmobil zu kaufen."

„Du kennst Pearl. Sie handelt schnell."

Das war es ja, wovor ich Angst hatte. Tante Pearl konnte innerhalb von Minuten ein totales Chaos verursachen. Ich glitt zur Seite auf die Eckbank und drückte meinen Fuß in den Boden, um nicht vom Sitz zu fallen.

Das Wohnmobil ratterte, als es bei zunehmender Geschwindigkeit immer mehr vom Fahrtwind erfasst wurde. Die Angst packte mich, denn wir hatten noch nicht einmal die Autobahn erreicht.

„Fahr langsamer." Meine Fingerknöchel wurden weiß, als ich mich immer fester an den Küchentisch klammerte.

Wilt ignorierte mein Flehen und wir ratterten auf die Autobahn.

Innerhalb weniger Minuten hörten wir die Polizeisirene hinter uns. Das Blaulicht reflektierte im Rückspiegel und Wilt fuhr an den Pannenstreifen. Ich ließ mich in den Sessel zurückfallen und war froh, dass dieser Horrorfahrt ein Ende gesetzt wurde. Das hatte uns mit Sicherheit vor einem Gemetzel auf der Interstate gerettet.

Mums Gesicht wurde gespenstisch weiß. Sie öffnete das Fenster und lehnte sich hinaus. Sie sah aus, als wäre ihr schlecht geworden.

Ich drehte mich um, um etwas zu Wilt zu sagen, aber der fluchte nur und kurbelte das Fenster hinunter.

Ich reckte meinen Hals und sah den SUV des Sheriffs hinter dem Wohnmobil stehen.

Großartig.

Sheriff Gates war der letzte Mensch, den ich jetzt sehen wollte. Nicht, weil ich ihn nicht mochte. Eigentlich mochte ich ihn sogar sehr gern. Zu gern. Ich hatte meine Hochzeit mit einem anderen Kerl nur wegen ihm abgesagt, aber das wusste er nicht. Ich würde es nie offen zugeben, aber so war es.

„Der schon wieder. Der verfolgt mich." Tante Pearl konnte den Sheriff nicht ausstehen. Ich war mir sicher, dass meine kriminelle Tante uns jetzt eine weitere Peinlichkeit bescheren würde.

Tyler und ich hatten uns in den letzten Monaten heimlich getroffen, in Shady Creek, damit wir dem Tratsch und den Einmischungen von Tante Pearl aus dem Weg gehen konnten. Sie hatte zuvor jeden anderen Sheriff erfolgreich aus der Stadt gejagt und Tyler zu verlieren, dieses Risiko wollte ich nicht eingehen.

Ich sank tief in meinen Sessel und hoffte, dass Tyler mich nicht bemerkte, als er am Fenster vorbeiging.

Aber er sah mich sofort und lächelte. Ich lächelte zurück und Mum winkte ihm zu.

Tante Pearl murmelte etwas auf dem Beifahrersitz.

„Hallo, Pearl." Tyler blickte durch das Fenster auf der Fahrerseite ins Innere. Er schien Pearl wacker standzuhalten.

Sie fluchte etwas vor sich hin. Ich nahm an, sie hatte noch mehr angestellt, als ein Wohnmobil und einen Lottogewinn herbeizuzaubern.

Ich hielt meinen Atem an und hoffte, sie würde keinen Streit anzetteln.

Tylers Blick schweifte zu Mum und mir. Er nickte und lächelte. Für eine Millisekunde dachte ich daran, Tyler zu bitten, mich nach Shady Creek zu fahren, aber ich verwarf die Idee sofort. Abgesehen davon, dass es Tante Pearl verärgern würde, würde es auch unsere geheime Beziehung verraten.

„Führerschein und Zulassung bitte." Tyler blickte ins Innere, während er auf die Dokumente wartete. „Fährt ihr auf Urlaub?"

„Wir sind auf dem Weg nach Vegas", sagte Pearl. „Ist das etwa illegal?"

Tyler fixierte mich mit seinem Blick.

Ich schüttelte den Kopf. Niemand hier fuhr nach Vegas, also zumindest ich nicht. Selbst wenn ich mein Bewerbungsgespräch verpassen sollte, mein Date sicher nicht. Tyler und ich hatten uns für ein Abendessen in einem schicken Restaurant in Shady Creek verabredet, weit weg von den neugierigen Blicken von Freunden und Familie. Bis dahin wollte ich mich möglichst von ihm fernhalten, damit er mein ruiniertes Kleid weder sah noch roch. Ich würde mir gleich nach dem Bewerbungsgespräch ein neues kaufen.

Ein Anflug eines Lächelns zog sich über Tylers Lippen, als er sich wieder an Tante Pearl wandte. „Nein, natürlich nicht. Ein kaputtes Rücklicht aber schon. Sie müssen das reparieren lassen."

„Wir sind gerade auf dem Weg zu einer Werkstatt, Officer", sagte Wilt. „Das Teil bekommen wir nur in Shady Creek."

Als ich Shady Creek hörte, entspannte ich mich ein wenig. Mein Timing war in letzter Zeit wirklich übel, was sich bei diesem Bewerbungsgespräch wieder einmal zeigte. So als ob das Schicksal irgendwie dazwischenfunken würde. Vielleicht war es ja gut so, denn ich wollte eigentlich wirklich nicht für den *Shady Creek Tattler* arbeiten. Aber ich musste immer noch Geld verdienen.

Ich lehnte mich näher an das Fenster, damit mein Kleid etwas von seinem Benzingestank verlor. In der Sommerhitze war es wenigstens schnell getrocknet. Abgesehen von dem fürchterlichen Gestank waren keine nachhaltigen Schäden am Kleid entstanden. Vielleicht würde doch noch alles gut werden.

Der Sheriff verwarnte uns und Wilt versprach, das Rücklicht umgehend reparieren zu lassen.

Ich konzentrierte mich wieder auf die Straße, als wir an dem Schild vorbeifuhren, das den Stadtrand von Shady Creek ankündigte. Ich spürte einen Funken Hoffnung aufkeimen, als ich auf meine Uhr blickte. Wir hatten nicht so viel Verspätung, wie ich befürchtet hatte. Dank Wilts halsbrecherischer Fahrt bestand tatsächlich noch die Chance, dass ich es zum Bewerbungsgespräch schaffen würde. Mums Gesichtsausdruck zufolge nahm sie die Wahnsinnsfahrt allerdings nicht so gelassen.

Es war überhaupt eigenartig, dass sich Mum auf diese Sache eingelassen hatte, denn sie hasste jede Art von Reise. Sie fuhr sogar nur ganz selten nach Shady Creek. Las Vegas lag für sie fast schon auf einem anderen Planeten. Vermutlich war sie nur mitgekommen, weil sich Tante Pearl in Las Vegas einen Haufen Schwierigkeiten aufhalsen konnte.

Plötzlich wurde das Wohnmobil durchgeschüttelt und schlitterte über den Mittelstreifen. Am Seitenfenster zogen Bilder aus Wald und Asphalt vorbei.

Ich riss meinen Kopf herum, als wir mit vollem Tempo an der Ausfahrt Shady Creek vorbeirasten. „Wir haben gerade die Ausfahrt verpasst!"

Wilt drehte sich im Fahrersitz um und das Wohnmobil geriet auf die andere Fahrspur.

„Schau auf die Straße!" Mums Fingerknöchel wurden weiß, als sie sich immer fester an den Küchentisch klammerte. „Du bringst uns noch alle um!"

Ich schrie laut auf, als ich von der Bank auf den Boden stürzte, überzeugt davon, dass wir nun alle sterben würden. Ich schlitterte ein Stück über den Boden und krachte dann gegen die Küchenschränke.

In diesem Moment wurde das Wohnmobil abrupt herumgerissen und war wieder auf der richtigen Spur. Ich kam gerade rechtzeitig auf die Füße, um zu erkennen, dass wir nur ganz knapp an einem Sattelschlepper vorbeigeschlittert waren. Wilt war als Autofahrer noch unbrauchbarer als als Tankwart. Der Trip konnte nur ins Unheil führen.

Ich setzte mich wieder an meinen Platz am Küchentisch und war vollkommen außer Atem. Ich suchte nach meinem Handy, konnte es aber nirgendwo finden. Erst jetzt fiel mir ein, dass sowohl mein Handy als auch die Telefonnummer vom Shady Creek Tattler noch immer in meiner Tasche in meinem Auto lagen. Mein Bewerbungsgespräch hätte bereits vor fünf Minuten beginnen sollen und wir bewegten uns gerade genau davon weg.

Da war sie dahin, meine Chance. Die würden wohl kaum eine Reporterin anstellen, die einfach so ein Bewerbungsgespräch sausen ließ und nicht einmal den Anstand besaß, anzurufen.

Außerdem konnte ich auch Tyler nicht anrufen. Was, wenn ich es nicht mal zu unserem Date schaffen würde? Was würde er nur von mir denken?

Tante Pearl drehte sich auf dem Beifahrersitz um. „Cenny, jetzt hör aber mal auf. Du brauchst diesen Job nicht. Du kannst für mich arbeiten. Immerhin habe ich im Lotto gewonnen, weißt du noch?"

„Wie viel hast du denn genau gewonnen?"

Tante Pearl winkte ab. „Du musst nur wissen, dass ich gut bezahle. Natürlich musst du zuerst mal die Probezeit bestehen."

Ich seufzte. Noch ein Vorwand für Tante Pearl, mich herumzukommandieren. Der Lottogewinn war doch nur wieder irgendeine ihrer Geschichten. Ich glaubte kein Wort davon und meine bekloppte Tante war wirklich der letzte Mensch, für den ich arbeiten wollte. „Wozu brauchst du das Wohnmobil? Du weißt genau, dass es nach den WEHEX-Regeln verboten ist, Zauberei einfach so und ohne triftigen Grund einzusetzen."

Der WEHEX bzw. der Welthexenverband hatte strikte Regeln, was den leichtfertigen Umgang mit Zauberei anging. Für jeden Zauberspruch brauchte es einen Grund und die offene Zurschaustellung von Hexerei wurde mit saftigen Geldstrafen geahndet. Tante Pearl verstieß regelmäßig dagegen und kam doch immer wieder damit davon.

Es war außerdem gegen die Regeln, offen über Hexenkräfte zu sprechen, aber an diesem Punkt war mir nun alles egal. Es kümmerte mich wirklich nicht mehr, ob Wilt mich hören konnte oder nicht.

„Ich breche überhaupt keine Regeln", blaffte Tante Pearl. „Wenn du dich mehr mit dem Handwerk beschäftigen würdest, wüsstest du, dass es Schlupflöcher gibt."

„Lasst uns nicht streiten." Mum drehte sich zu mir. „Du bist wirklich gereizt, Cenny. Du hast diesen Urlaub bitter nötig."

Tante Pearl hatte meine neurotische Mutter ganz offensichtlich verhext und sie mit irgendeinem Entspannungszauber belegt. Aber im Grunde wurden wir gerade entführt, ob uns das klar war oder nicht. Das einzig Beruhigende war, dass das Wohnmobil nicht gestohlen zu sein schien. Sheriff Gates hatte bestimmt das Nummernschild überprüft, nachdem er uns rausgezogen hatte.

Wir zischten an der nächsten Ausfahrt vorbei und ich erkannte langsam, dass es kein Zurück mehr gab. Ich wandte mich an Mum: „Du lässt einfach zu, dass sie mich kidnappt?" Das Wohnmobil nahm immer mehr Geschwindigkeit auf. Mein Puls raste, als wir vom Fahrtwind durchgeschüttelt wurden, und ich zog meinen Sicherheitsgurt fest.

„Aber Cenny, du weißt doch, dass Pearl nicht einfach so irgendetwas Ungesetzliches tut." Mums Worte standen in krassem Gegensatz zu ihrer Körpersprache. Die Farbe war aus ihrem Gesicht gewichen, als sie sich an der Tischkante festklammerte. Mum verschwieg mir irgendetwas. „Nur wenn es absolut notwendig ist."

„Es ist nie notwendig", protestierte ich. Tante Pearl neigte zum Handeln ohne nachzudenken. Ich wünschte, sie würde sich mehr an die Gesetze halten und nicht so oft für Schwierigkeiten sorgen. Sie war schon oft mit Sheriff Gates aneinandergeraten und die Gesetzeshüter außerhalb von Westwick Corners waren bestimmt nicht so nachsichtig.

„Es ist mir egal, welchen Grund sie dieses Mal hat. Ich will, dass wir sofort umdrehen."

„Keine Chance, Mädchen." Tante Pearl ließ einen Schrei los und riss ihre Faust in die Luft. „Wuhuuuuuuuu! Vegas, Baby!"

„Lasst mich sofort raus, ich werde zurücktrampen."

„Das wirst du sicher nicht tun!" Mum erhob ihren Zeigefinger. „Weißt du, wie gefährlich das ist? Das kann ich nicht zulassen."

„Nein!" Tante Pearl stand vom Beifahrersitz auf und setzte sich zu uns an den Küchentisch. „Du musst mitkommen und mit uns feiern."

„Ich verstehe es nicht. Wenn du wirklich Millionen gewonnen hast, warum willst du dann jetzt alles einfach verspielen?" Ich habe nie wirklich verstanden, warum Lottosieger ihre Gewinne immer wieder leichtfertig aufs Spiel setzten. Ich würde einfach aufhören und mich über mein Glück freuen. Denn schließlich hatte ich nur selten Glück.

„Es ist wie ein Rausch." Mum nickte Tante Pearl zu. „Sie kann nicht anders."

Ich blickte zu Wilt, der sich endlich auf die Straße zu konzentrieren schien und nicht auf unser Gespräch. „Du bist eine Hexe, verdammt nochmal. Du kannst dir sowieso alles herzaubern."

„Dieses Vegas-Mobil ist keine Zauberei, Cenny. Ich habe es für eine Probefahrt von Shady Creek Motors geliehen."

„Ich bezweifle stark, dass sie es dir für einen solchen Road Trip geliehen haben."

Tante Pearl zuckte mit den Schultern. „Sie haben gesagt, ich könnte es solange haben, wie ich wollte. Und ich will in die Stadt der Sünde!"

„Aber Glücksspiel lohnt sich doch nie."

„Für dich vielleicht nicht, Cenny", sagte Tante Pearl. „Warum bist du nur immer so negativ?"

„Ich sehe es einfach nur realistisch."

Tante Pearl rollte mit den Augen. „Okay, wir feiern also meinen Lottogewinn, aber das ist nicht der wahre Grund für diesen Trip."

„Wir feiern das Leben", fügte Mum hinzu.

„Was soll das denn bitte bedeuten? Ist jemand gestorben? Wer? Wir kennen doch niemanden in Vegas."

Tante Pearl ignorierte meine Frage. „Wir gehen auf eine Beerdigung, dann schauen wir uns ein paar Shows an und gehen ein bisschen einkaufen. Ein Mädls-Trip."

„Wir brauchen doch die ganze Nacht, um nach Vegas zu kommen."

„Manchmal muss man spontan sein", sagte Tante Pearl. „Und du bist einfach so unflexibel."

„Aber ich hatte schon was vor. Du kannst doch nicht einfach so etwas starten, ohne mich einzuweihen." Ich fühlte mich eingesperrt in ein Gefängnis aus Stahl, das über den Highway raste.

„Tut mir leid, Cenny, aber es ist unbedingt notwendig, dass auch du bei dieser Beerdigung dabei bist." Mum tätschelte mir die Hand. „Die kannst du einfach nicht verpassen."

KAPITEL 4

*I*ch hatte dröhnende Kopfschmerzen von dem Benzin- und Alkoholgestank, der sich in meinem Kleid festgesetzt hatte. Auch wenn der Stoff in der Zwischenzeit getrocknet war, der Geruch hatte sich nur noch intensiviert. Er schien sich außerdem in alle Ecken des Wohnmobils ausgebreitet zu haben. Vermutlich auch deshalb, weil sich Tante Pearl weigerte, die Klimaanlage einzuschalten und stattdessen die Heizung aufgedreht hatte.

Ich wischte mir den Schweiß von der Stirn, während ich versuchte, mir einen Reim auf die Geschichte mit der Beerdigung und der ganzen Sache hier zu machen. „Wer ist überhaupt gestorben und was habe ich damit zu tun?"

„Wir werden dir alles früher oder später erklären. Aber jetzt liegt erst einmal Arbeit vor uns." Mum blickte mich sanft an. „Wir brauchen deine Hilfe, Cenny. Erinnerst du dich an Mrs. Racatelli?"

„Die Frau des Mafiabosses?"

„Nenn sie nicht so. Carla führte ein eigenes Leben. Außerdem gibt es keine Beweise dafür, dass Tommy etwas mit der Mafia zu tun hatte. Er war nur oft auf Reisen und arbeitete zu den unmöglichsten Uhrzeiten."

„Komm schon, Mum. Er hat wegen Gaunereien im Gefängnis

24

gesessen. Was für Beweise brauchst du denn noch?" Tommy *Twinkle Toes* Racatelli war außerdem auf Du und Du mit einigen richtig großen Mafiatypen. „Warte mal... ist Carla Racatelli nicht nach Las Vegas gezogen?" Ich kannte Carla kaum, aber ihr Enkel Rocco war zur selben High School gegangen wie ich. Sowohl Carla als auch Rocco hatten die Stadt nach Tommys plötzlichem Tod recht überstürzt und ohne weitere Erklärung verlassen.

Mum nickte und wischte sich eine Träne aus dem Augenwinkel. „Sie ist vor einigen Tagen verstorben und wir wurden nach Vegas beordert."

„Von wem?" Nur wenige Menschen besaßen die Macht, Mitglieder der Familie West irgendwohin zu beordern. Mafia-Bosse gehörten da mit Sicherheit nicht dazu. Unsere Familie blickt auf eine lange Reihe sehr mächtiger Hexen zurück. In der übersinnlichen Welt genossen wir einen gewissen Status. Außer mir natürlich. Obwohl der Name West mir zwar ein wenig Respekt verschaffte, konnten meine Hexen-kräfte höchstens als bescheiden bezeichnet werden. Ich war eine totale Niete bei allem, was Hexerei und Übersinnliches anging. Zauberkräfte führten zu allerlei unvorhersehbaren Dingen und ich sehnte mich nach einem ganz normalen Leben: Nach der Art von sorgenfreiem Dasein, das jeder außer mir zu führen schien.

Tante Pearl war hingegen ein anderes Kapitel. Ihre Kräfte waren legendär und sie hörte auf niemanden. Sie war alles andere als normal, sogar für die Hexenwelt. Nur wenige konnten sie irgend-wohin beordern und noch weniger erlangten ihr Vertrauen und ihren Respekt.

„Wir sind auf Carlas Aufforderung hin hier." Tante Pearl blickte auf die Straße, daher konnte ich ihren Gesichtsausdruck nicht sehen. Es war ungewöhnlich für sie zu weinen, aber mir war, als hörte ich ein Schniefen.

„Aber sie ist tot. Ich verstehe nicht, wie..."

„Es gibt vieles, das du nicht verstehst, Cendrine", blaffte mich Tante Pearl an. „Hör auf dagegenzureden."

„Aber ich kann doch nicht einfach gut sein lassen und so tun als wäre alles in Ordnung", protestierte ich.

„Du hast sowieso keine Wahl. Wir müssen alle hinfahren."

„Aber wenn Mrs. Racatelli bereits verstorben ist, ist es dann nicht sowieso zu spät?" Carla Racatelli war Tante Pearls beste Freundin gewesen, bis zu ihrem überstürzten Aufbruch aus Westwick Corners. Seither hat Tante Pearl kein Wort mehr über sie verloren und doch saß sie hier nun, mit wässrigen Augen und wild entschlossen, auf Carlas Beerdigung zu fahren. Das war merkwürdig, gelinde gesagt.

„Es ist nie zu spät, für Gerechtigkeit zu sorgen. Wir müssen den Racatelli-Fluch ein für alle Mal beenden." Mum zog ein Taschentuch aus ihrer Handtasche und tupfte sich damit die Augen ab. „Es gibt Dinge, die du nicht verstehst, Cenny."

„Versuchen wir es doch mal." Ich wurde zunehmend frustrierter und skeptischer, je mehr ich von der Geschichte erfuhr. Mir war sehr wohl klar, dass eine Generation zwischen uns lag, aber ich war 24 Jahre alt, erwachsen, und konnte doch wohl erwarten, dass man mit mir Klartext sprach. Aus Flüchen wurde eine viel zu große Sache gemacht. Meine Hexenfamilie sah das vielleicht anders, aber ich war davon überzeugt, dass schlechte Dinge manchmal auch aus vollkommen logischen Gründen passierten.

Mum schüttelte den Kopf. „Nicht jetzt, Cenny. Du wirst es schon noch früh genug erfahren."

„Du bist noch schlimmer als Tante Pearl. Wenn ich hier schon entführt werde, dann sollte ich doch zumindest erfahren warum."

„Wir fahren zu Carlas Beerdigung und kümmern uns dabei um einige geschäftliche Angelegenheiten. Das ist alles, was ich dir im Moment sagen kann. Wir können nur so viele Infos rausgeben, wie gerade nötig." Mum blickte zu Tante Pearl auf den Beifahrersitz und senkte ihre Stimme. „Ich sage dir mehr, wenn der richtige Zeitpunkt gekommen ist. Auf der Beerdigung werden einige interessante Menschen sein."

„Wenn du mich damit neugierig machen willst, funktioniert das nicht." Ich hasste Mums beschützende Art. Und ich hasste es, dass sie sich auf Tante Pearls Seite schlug.

„Es werden Mafiosi dort sein, Cenny. Harte Kerle, die mit Zauberei so gar nichts am Hut haben." Sie lächelte.

„Mit Kriminellen rumzuhängen ist eine verdammt schlechte Idee, Mum. Ich bin überrascht, dass du Tante Pearl begleitest." Mum war übervorsichtig und normalerweise keine, die ihre Kräfte offen zur Schau stellte.

„Wir tun hier etwas Gutes. Jemand braucht unsere Hilfe."

„Ich sehe keinen Grund, warum ich mit von der Partie sein muss. Ich könnte ja nicht mal hexen, wenn mein Leben davon abhängen würde." Tante Pearl hatte vielleicht meine gutmütige Mutter davon überzeugen können, dass ihre übersinnlichen Kräfte notwendig wären, aber ich verstand noch immer nicht, was ich damit zu tun hatte.

Ich verspürte kein Verlangen danach, die Welt zu retten, außerdem könnte ich es nicht einmal, selbst wenn ich wollte. Ich war nur dem Namen nach eine Hexe. Ich kannte nur wenige Zaubersprüche und schon gar keine, die gegen irgendwelche Flüche halfen. Mein einziges Talent war es, ein Auge auf Tante Pearl zu haben und sie aus Schwierigkeiten rauszuboxen.

„Das wird eine gute Lektion für dich sein. Betrachte es als Exkursion im Rahmen deiner Ausbildung."

„Ich bin noch nicht bereit dafür. Mit Mafiosi rumzuhängen klingt ziemlich gefährlich." Ich hatte mir geschworen, nie wieder in Pearls Schule der Zauberei zurückzukehren und mich nur noch nicht getraut, das auch meiner Familie mitzuteilen. Sie dachten, ich würde nur ein Semester Auszeit von Pearls Perlen der Weisheit nehmen.

Mum schenkte mir ein wissendes Lächeln, sagte aber nichts.

Ich seufzte. „Tante Pearl hat dich manipuliert, erkennst du das nicht?" Ich kam überhaupt nicht zu ihr durch. „Außerdem habe ich schon Pläne für heute Abend."

Tante Pearl drehte sich auf dem Beifahrersitz um. „Lass uns mal kurz über Prioritäten sprechen, Mädchen. Wir müssen zu Rocco, bevor seine Feinde ihn sich schnappen."

„Rocco?" Ich hatte Carla Racatellis Enkel beinahe vergessen. Er war in meinem Alter und nun in das Familiengeschäft der Racatellis eingestiegen. Es war allgemein bekannt, dass das Import-Export-

Geschäft der Familie nur eine Fassade für ihre windigen Aktivitäten war.

„Ja, Rocco." Mum tätschelte mir die Hand. „Er braucht unbedingt unsere Hilfe."

„Nein." Mein Date mit Tyler rückte immer mehr in weite Ferne und jetzt würde ich ihn auch noch anlügen müssen. Ich konnte doch nicht zugeben, dass ich auf Hexenmission war und gewiss konnte ich ihm nicht verraten, dass ich dabei war, einem Mafiosi zu helfen. Ärger stieg in mir auf.

„Aber Cenny...", begann Mum.

„Ihr braucht mich doch überhaupt nicht bei dieser Sache."

„Aber natürlich tun wir das", sagte Tante Pearl. „Du bist mein Bodyguard."

„Aber ich wiege doch nur ein paar Kilo mehr als du!"

Tante Pearl schnaubte. „Jetzt schau aber mal genau hin. Du hast bestimmt zehn Kilo mehr auf den Rippen, vermutlich noch mehr."

„Aber das macht mich doch noch lange nicht zu einem Bodyguard." Ich ging ab und zu ins Fitnessstudio und war recht sportlich, aber für einen Mafioso stellte ich genau Null Bedrohung dar. Ich fluchte vor mich hin. „Das wird doch immer lächerlicher. Ich verlange, dass wir sofort anhalten und ich aussteigen kann."

„Keine Chance", grinste Tante Pearl. „Kannst du zur Abwechslung mal an jemand anderen als dich selbst denken?"

„Mum?" Mum könnte Tante Pearl ins Gewissen reden, aber ganz offensichtlich war sie einer Gehirnwäsche unterzogen worden. Die Beerdigung war ihr Trumpf gewesen.

Mum wich meinem Blick aus. Ihre größere Schwester hatte sie entweder gezwungen, verhext oder beides. Was auch immer es war, Mum ließ sich nicht erweichen.

Ich versuchte es weiter: „Bist du dir sicher, dass wir keine Gäste erwarten?" Unser Geschäft boomte nicht gerade, aber zumindest waren jedes Wochenende ein oder zwei Zimmer gebucht. Wir konnten es uns nicht leisten, auf Einnahmen zu verzichten.

„Das ist doch das Beste, Cenny. Wir verbringen ein paar Tage in Vegas und am Freitag sind wir dann rechtzeitig zurück, wenn unsere

Gäste kommen." Mum lächelte und lehnte sich in ihrem Sitz zurück. „Entspann dich einfach und genieße die Fahrt."

Normalerweise stand Mum unter Dauerstress, aber jetzt gerade wirkte sie so entspannt, dass ich befürchtete, dass sie auf Drogen war... oder schlimmer. Ich drehte mich zu Tante Pearl. „Du hast sie doch mit einem Zauber belegt. Nimm den sofort zurück."

„Entspann dich, Cenny. Ruby ist total überarbeitet und es wird allerhöchste Zeit, dass sie mal Urlaub bekommt. Vegas ist dafür genau der richtige Ort. Was ist schon so schlimm daran, ihr dabei zu helfen, sich zu entspannen? Chill mal ein wenig."

„Nein!" Ich knirschte mit den Zähnen und war fest entschlossen, nicht nachzugeben.

Mein Einwand blieb unkommentiert.

„Dann lasst mich doch zumindest beim *Shady Creek Tattler* anrufen und alles erklären. Ich kann doch nicht einfach so ein Bewerbungsgespräch sausen lassen."

„Das musst du nicht. Ich habe schon angerufen und den Termin für dich abgesagt." Tante Pearl grinste.

„Was hast du?" Trotz der drückenden Hitze im Wohnmobil schaffte es mein Gesicht, vor Ärger noch röter anzulaufen.

„Ich habe dir einen Gefallen getan. Sieh es doch ein, Cenny. Du bist nicht gerade eine gute Reporterin.

Tante Pearls Worte schmerzten. Obwohl sie vermutlich recht hatte. Hinzu kam - und das war fast noch schlimmer - ich konnte mir nicht einmal ihr Telefon leihen, um Tyler anzurufen. Denn dann würde sie von unserer geheimen Beziehung erfahren.

„Zum allerletzten Mal, du kommst mit uns mit." Tante Pearl nahm ein zerknülltes Stück Papier aus ihrer Tasche und reichte es mir. „Mein Gewinnschein ermöglicht es uns erst, der armen Carla unseren Respekt zu erweisen. Keine Zauberei. Ich habe das Geld sauber und ehrlich im Lotto gewonnen. Und jetzt machen wir uns damit einen schönen Urlaub."

Ich rollte mit den Augen. „Hättest du den Schein nicht erstmal einlösen sollen?"

Tante Pearl winkte ab. „Dafür haben wir später noch ausreichend Zeit. Ich löse ihn ein, wenn wir wieder nach Hause kommen."

Mein Blick fiel auf den von Wilt, der mich durch den Rückspiegel ansah. Sogar er sah skeptisch aus.

Ich drehte mich auf meinem Sitz um. Zum ersten Mal sah ich mir das Innere des Wohnmobils genauer an. Es war geschmackvoll eingerichtet und brandneu. Es musste mehr als 100.000 Dollar wert sein. Und trotzdem war ich überzeugt davon, dass die Geschichte meiner Tante eine Lüge war. Ich ging zu ihr hinüber und legte eine Hand auf ihre Schulter. „Und was ist, wenn du dich bei den Zahlen vertan hast?"

Schweigen. Tante Pearls selektives Hören.

„Willst du Wilt auch entführen? Was ist mit seinem Job an der Tankstelle?"

„Er arbeitet jetzt für mich." Tante Pearl starrte stur aus dem Fenster.

„Wilt, halte an und lass mich aussteigen." Ich hatte schon lange keine Zaubersprüche mehr geübt und den Teleportationsspruch beherrschte ich mit Sicherheit nicht, aber zur Not musste ich trampen. „Ich finde schon eine Mitfahrgelegenheit in die Stadt zurück."

Das erregte Mums Aufmerksamkeit, da konnte auch kein Zauberspruch von Tante Pearl was daran ändern. „Ich habe dir bereits erklärt, dass das außer Frage steht. Pearl, also wirklich, du hast gesagt, dass Cenny gerne mitfahren würde.

Tante Pearl warf ihre Hände in die Luft und riss dabei beinahe Wilts Hand vom Lenkrad. „Zum allerletzten Mal, wir bleiben nicht stehen und du wirst nicht zurück trampen." Wir alle fahren nach Vegas, um an Carla Racatellis Beerdigung teilzunehmen." Tante Pearl brach ab und fügte dann eilig hinzu: „Sobald wir bei der Trauerfeier waren, werde ich dein Ansuchen überdenken."

KAPITEL 5

*D*er heiße Asphalt versengte meine Wange, während ich langsam wieder zu Bewusstsein kam. Ich sah nur Grau und ganz langsam verfestigte sich mein Blickfeld, bis ich erkannte, dass ich nur Zentimeter entfernt von einem betonierten Mittelspurstreifen zum Liegen gekommen war.

Ich war aus dem Wohnmobil geworfen worden.

Für einige Sekunden blieb ich regungslos liegen. Zum Glück schien nichts gebrochen zu sein, nur ein paar schmerzhafte Schrammen. Langsam richtete ich mich in eine sitzende Position auf und stellte entgeistert fest, dass ich mitten auf einer vierspurigen Autobahn saß. Ein LKW raste an mir vorbei und verpasste mich nur um Zentimeter, als ich in Richtung des Pannenstreifens kroch.

„Was ist passiert?" Das Wohnmobil lag überschlagen auf der anderen Fahrbahnseite. Irgendwie war es über die Mittelspurabgrenzung gekommen. Die mir zugeneigte Seite des Wohnmobils war so zerbeult und zerdrückt, dass es aussah, als hätte es sich mehrmals überschlagen.

Niemand antwortete.

„Mum? Tante Pearl?" Mein Herz pochte, als ich die Straße nach einem Lebenszeichen von ihnen oder Wilt absuchte. Schließlich erblickte ich Mum und Tante Pearl, die sich gut 20 Meter entfernt über einen regungslosen Wilt beugten. Erleichterung erfasste mich und ich kämpfte mich auf die Beine. Mein ganzer Körper schmerzte. Ich verschaffte mir einen schnellen Überblick über meine Wunden und humpelte dann zu ihnen hinüber.

„Ein Desaster folgt dem nächsten", murmelte ich zu mir selbst. Dann erkannte ich aus dem Augenwinkel eine Bewegung. Zuerst dachte ich, das Wohnmobil würde sich bewegen, aber das tat es nicht. Es wurde ganz langsam transparent. Das war der Beweis dafür, dass das Wohnmobil wieder einmal ein Produkt von Tante Pearls Zauberkünsten war.

Ihr Lottoschein war es gewiss ebenfalls. Das einzige, von dem ich ausgehen konnte, dass es echt war, war Carla Racatellis Beerdigung. Ich nahm an, dass nicht einmal Tante Pearl Scherze über den Tod ihrer ehemaligen besten Freundin machen würde. Ich hoffte nur, dass wir es heil bis zu Beerdigung schaffen würden.

Ich war nur ein paar Meter von Mum und Tante Pearl entfernt und konnte sie bereits streiten hören.

„Sei doch nicht lächerlich, das können wir ganz einfach reparieren", sagte Tante Pearl. „Der Zauber hat einfach nicht lange genug angehalten."

„Du kannst doch nicht einfach so unser Leben aufs Spiel setzen, Pearl. Mach das nie wieder."

„Sei keine Spielverderberin und hab zur Abwechslung mal Spaß." Tante Pearl fixierte mich. „Oh gut, ich habe mich schon gefragt, wo du abgeblieben bist."

Ich öffnete meinen Mund, um zu einer Antwort anzusetzen, aber Mum schüttelte nur den Kopf. „Hilf mir mit Wilt."

Mum rüttelte an Wilts Schultern und der schlug plötzlich seine Augen auf. „Was ist passiert? Ich kann mich an nichts erinnern."

„Alles in Ordnung. Wir haben ein Reh angefahren."

Wilt rieb sich die Augen und richtete sich in eine Sitzposition auf. „Daran erinnere ich mich nicht. Auch nicht daran, dass sich das Wohnmobil überschlagen hat."

„Dir ist noch schwindlig. Die Erinnerung kommt schon noch",

sagte Mum.

Wilt stand langsam auf und blickte den Highway entlang. „Ich sehe kein Reh."

„Es ist gerade noch mal davon gekommen." Ich hasste es, meine Familie zu decken und Wilt tat mir leid. „Lasst uns jemanden rufen, der das Wohnmobil abschleppt. Dann können wir nach Hause fahren."

Tante Pearl murmelte leise etwas vor sich hin und plötzlich begann das Wohnmobil, sich immer weiter zu verfestigen. Die Beulen waren weg. „Nö. Wir sind wieder straßentauglich."

Wilt sprang auf. „Aber ich dachte..."

„Du hast einen harten Schlag auf den Kopf erhalten und kannst nicht klar denken", meinte Mum. „Oder klar sehen"

„Ruby hat recht", sagte Tante Pearl. „Ab jetzt werde ich fahren."

„Ich werde nicht einsteigen", protestierte ich. „Das Ding ist doch nicht sicher." Mit Tante Pearl am Steuer würden wir auf noch mehr Probleme zurasen und dann würde es kein Zurück mehr geben.

„Du musst. Alles hängt von dir ab, Cenny."

„Warum ich? Das ergibt keinen Sinn."

„Das ergibt total Sinn, Cenny. Du wirst deine Bestimmung finden." Tante Pearl legte ihre Arme um meine Schultern und umarmte mich.

Die erste Umarmung, die ich in 24 Jahren von meiner ach so toughen Tante bekommen hatte. Ich hätte mich gut fühlen sollen, aber stattdessen schwang in der Umarmung ein Hauch von Hoffnungslosigkeit mit. Irgendetwas ging hier vor und ich war mir nicht sicher, ob mir das gefiel.

WIR KAMEN am frühen Morgen am Hotel Babylon in Las Vegas an, 18 Stunden nach unserem Start in Westwick Corners. Wir waren die ganze Nacht durchgefahren und hatten nur zum Tanken angehalten. Nach dem Crash und Wilts sowie Tante Pearls verrücktem Fahrstil war erschlagen, verwundet und total hinüber.

Außerdem stank mein Kleid immer noch nach Benzin.

„Cenny, sieh dir das nur mal an." Mum zeigte auf die riesigen

Marmorsäulen, die die Lobby umrahmten und ein mehrstöckiges Atrium entlang nach oben ragten. „Das ist das Hotel und Casino der Racatellis."

„Ihnen gehört dieses Hotel?" Das war doch ein großer Sprung von ihrer Zwei-Zimmer-Mietwohnung und dem gescheiterten Metallhandel, den sie Jahre zuvor in Westwick Corners zurückgelassen hatten.

Ich hatte immer vermutet, dass der Handel nur ein Deckmantel für die Gangsteraktivitäten von Tommy Racatelli gewesen war. Der plötzliche Reichtum schien zu beweisen, dass das Hotel mit unsauberen Mitteln finanziert worden war. Außer sie hatten - so wie Tante Pearl - einfach eine unglaubliche Glückssträhne.

Wie dem auch sei, die Glücksfee hatte sie wohl irgendwann verlassen. Zuerst Tommy, dann Carla. Rocco war vermutlich als nächstes dran. Ich hoffte nur, dass er kein Teil dieser Sache war, die wir hier zu drehen hatten. Er hatte mich in der Schule immer gehänselt und je mehr ich mich an meinen ungeliebten Klassenkameraden zurückerinnerte, desto weniger Lust verspürte ich, ihn wiederzusehen.

Ich studierte die Umgebung, während Mum und Tante Pearl uns eincheckten. Das opulente Hotel war im Stil einer römischen Villa erbaut, mit einem riesigen Innenhof, der mit Brunnen und hängenden Gärten dekoriert war. Von jedem Stockwerk aus konnte man in den Innenhof blicken. Da es Vegas war, gab es natürlich keine schönen Außenflächen. 32 Stockwerke über uns befand sich eine Glaskuppel, in der das Sonnenlicht brach. Alles war darauf ausgerichtet, dass man drinnen blieb und nicht nach draußen ging.

Ich erschauderte in der sterilen, klimatisierten Lobby, während ich an einigen Spielern mit verdammt trüben Augen vorbeiging.

Ich wusste noch immer nicht, warum wir hier waren. Das einzige, was ich mit Sicherheit wusste, war, dass ich hier vorübergehend erst einmal festsaß. Außerdem war mir heiß, ich hatte Hunger, war erschöpft und brauchte dringend Schlaf. Mein Plan war, umgehend Tyler anzurufen, um mich dafür zu entschuldigen, dass ich ihn versetzt hatte. Dann würde ich mich für ein paar Stunden hinlegen und herausfinden, wie ich wieder nach Hause kommen konnte, egal ob mit oder ohne Mum und Tante Pearl.

KAPITEL 6

ch hatte nicht gerade ein Willkommensfeuerwerk erwartet, aber die Kugeln waren eine echte Überraschung. Sie kamen aus allen Richtungen geflogen und prallten von den Marmorsäulen ab. Ich lief in Richtung des Ausgangs und stieß mit zwei bulligen Männern zusammen, die etwa doppelt so groß waren wie ich und in die entgegengesetzte Richtung liefen. Sie trugen Poloshirts und kurze Cargohosen. Auf den ersten Blick sahen sie wie Touristen aus, allerdings passten die Handfeuerwaffen nicht ganz dazu, mit denen sie herumfuchtelten. Der kleinere der beiden fluchte, als sie mich aus dem Weg schoben.

Mein Schuh verfing sich am Rand eines Teppichs und ich fiel zu Boden, genau in dem Moment, als zwei Männer in Anzügen aus der entgegengesetzten Richtung gestürmt kamen. Sie waren ganz klar hinter den beiden anderen Männern her und wirkten so, als wäre das hier ihr Terrain.

Mein Herz raste, als die beiden Männer immer näher kamen und das Stakkato ihrer eiligen Schritte auf dem Marmorboden widerhallte. Ich erstarrte und wägte zwei jeweils gleich miese Ideen gegeneinander ab: mich nicht zu bewegen, aber in ihrem Blickfeld zu bleiben, oder davonzurennen und damit eine Kugel zu riskieren.

Auf allen vieren bewegte ich mich hinüber zu einer Sitzgruppe und kroch unter den großen Mahagonitisch.

Die Schüsse hatten so abrupt aufgehört, wie sie begonnen hatten.

Ich stieß einen Seufzer der Erleichterung aus, bis ich bemerkte, dass die beiden Männer in Freizeitkleidung dabei waren, ihre Waffen nachzuladen. Die Anzugtypen stoppten nur wenige Meter neben mir, ihre Halbautomatik auf die beiden anderen gerichtet. Einer der beiden bellte ein Kommando in ein Headset und nur Sekunden später waren alle Hoteltüren verriegelt.

„Hey! Lasst mich raus!" Ein schlanker, grauhaariger Mann in Jeans und T-Shirt rüttelte erfolglos an der Türklinke. Die Tür bewegte sich nicht. Er drehte sich um und sah die Männer mit einem panischen Ausdruck an. Dann kroch er hinter eine Reihe überdimensionaler Tröge, in denen Palmen gepflanzt waren.

Die Menschen schrien.

Einer der Palmentöpfe fiel um und krachte auf den Marmorboden.

Wir waren mitten in einer Schießerei gefangen. Ich bezweifelte, dass die Waffenruhe dauerhaft war, wusste aber auch nicht, was ich als nächstes tun sollte. Panik machte sich in mir breit, als ich meine Möglichkeiten abwog. Ich wurde durch den Tisch geschützt, aber mein Versteck befand sich auch genau in der Mitte der Lobby. Ich war starr vor Angst. Jede Bewegung von mir würde mich nur mitten in die Schusslinie bringen.

Die Männer standen sich direkt gegenüber, nur Meter von mir entfernt. Sekundenlang starrten sie sich nur schweigend an, musterten sich abschätzig. Einer von ihnen flüsterte etwas auf Italienisch, das ich nicht wirklich verstehen konnte.

Jemand fluchte, dann brach plötzlich das Chaos aus. Ein einzelner Schuss fiel. Ich konnte von meiner Position aus nicht viel sehen, aber Sekunden später ließ der kleinere der Poloshirtträger seine Waffe fallen und hielt sein Bein fest. Er stolperte nach vorne, als sich ein blutroter Fleck von seiner Hüfte abwärts über seine beigen Shorts ausbreitete.

Sein Partner packte den Verletzten unter den Armen und zog ihn hinüber zum Ausgang. Ich war immer noch starr vor Angst. Jetzt war ich auch noch zur Zeugin geworden. Mum und Tante Pearl konnte ich nirgendwo erkennen.

Die Anzugträger folgten den beiden, ließen aber einige Meter Abstand. Sie machten keine Anstalten, noch einmal zu feuern. Wenn die Schüsse eine Aufforderung zum Gehen gewesen waren, dann hatten sie ganze Arbeit geleistet.

Die elektrisch gesteuerte Tür schwang auf und die beiden Verfolgten verschwanden.

Als die Männer verschwunden waren, machten die beiden Anzugträger kehrt und gingen langsam wieder zurück in die Lobby. Sie sprachen leise miteinander, aber das Gespräch hallte von den Wänden wieder. Sie sprachen über den Schwergewichtskampf von gestern Abend, so als ob die Schießerei gerade eben die normalste Sache auf der Welt gewesen wäre.

Ich dachte zurück an Carla Racatelli, als ich aus meinem Versteck unter dem schweren Tisch hinausschielte. Angesichts der Verbindung der Familie zur Unterwelt, fragte ich mich, ob die Schießerei etwas mit Carlas Tod zu tun hatte. Das erschien mir naheliegender als der Fluch, von dem Mum und Tante Pearl gesprochen hatten.

Vegas oder nicht, ich hatte keine Absicht, mein Schicksal herauszufordern, indem ich auf die Beerdigung ging. Das Hotel selbst war ein gefährlicher Ort und ich war überzeugt, dass es auf der Beerdigung noch viel gefährlicher sein würde. Ich musste alles in meiner Macht stehende tun, um Mum und Tante Pearl von ihrem Plan abzubringen, egal worum es dabei ging. Manchmal war es das Beste, das Glück nicht herauszufordern.

Ich musste uns irgendwie wieder nach Westwick Corners zurückbringen und zwar so schnell wie möglich.

KAPITEL 7

*I*ch sah niemanden anderen als die Schützen in der Lobby. Mum, Tante Pearl, Wilt und die anderen konnte ich nirgendwo ausmachen. Wenn sich noch jemand hinter den schweren Möbelstücken oder den Marmorsäulen versteckte, dann konnte ich ihn nicht sehen. Sie hatten sich entweder schon versteckt, als die Schießerei losging, oder waren über die Treppen und Fahrstühle entkommen.

Ich hielt meinen Atem an, als ich Schritte auf dem Marmorboden hörte. Ein unbewaffneter Mann ging auf die beiden Anzugträger zu. Er kam aus der Richtung der Fahrstühle, war mir aber bislang nicht aufgefallen. Auch er verhielt sich so, als wäre eine Schießerei in einer Hotellobby das normalste auf der Welt. Ich beobachtete ihn aus meinem Versteck heraus. Er trug schwarze Jeans, ein teuer aussehendes weißes Hemd, das einen muskulösen Oberkörper erahnen ließ, und auf den Lippen lag ein selbstsicheres Grinsen, das vermuten ließ, dass er hier der Boss war.

Das war die Sorte arroganter Kerl, die ich verabscheute, allerdings konnte ich meinen Blick kaum von ihm lösen. Er war groß, dunkel und kam mir irgendwie bekannt vor. Er blieb abrupt stehen und drehte dann seinen Kopf in meine Richtung. Mein Herz raste, als er mich mit seinen stahlblauen Augen fixierte.

Erwischt.

Ich verkroch mich weiter unter dem Tisch und hielt meinen Atem an. Mein Leben sollte vorbei sein, noch bevor es richtig begonnen hatte. Er hatte gewiss etwas mit dieser Sache hier zu tun und würde keine Zeugen zurücklassen.

Nach einer gefühlten Ewigkeit wandte er endlich seinen Blick ab und ging in dieselbe Richtung weiter wie die Anzugträger. Er trat mit seinen Kalbslederschuhen gegen den Revolver, den der Kerl fallen gelassen hatte und schickte ihn damit über den Marmorboden hinüber zu mir. Er landete nur wenige Zentimeter von meinem Versteck entfernt.

Der Lauf zeigte genau auf mich und ich dankte meinem Schutzengel dafür, dass die Waffe nicht aus Versehen losgegangen war. Ich hielt noch immer den Atem an, aus Angst, einer der Männer würde die Waffe holen und mich dabei entdecken.

Der Typ und die Anzugträger standen an der Vordertür. Eindeutig der Boss der beiden. Er brach ab und drehte sich um, suchte noch einmal die Lobby ab, dann blickte er zu mir.

Irgendwie schien er mich bemerkt zu haben, trotz meines Verstecks. Ich fühlte mich schutzlos ausgeliefert, so als ob der Tisch gar nicht da wäre. Andererseits hatte er bis jetzt auch nichts getan, das vermuten ließ, dass er mich aus meinem Versteck hervorzerren wollte.

Ich spürte, wie das Adrenalin in mir hochstieg und noch etwas anderes, das ich mir nicht erklären konnte. Ich fühlte mich derart merkwürdig von ihm angezogen, dass ich beinahe bereit gewesen wäre, aus meinem Versteck zu treten. Als ich meine Position unter dem Tisch veränderte, um ihn besser sehen zu können, schlug ich mir den Kopf an der Unterseite an.

„Verdammt!" Der Aufprall zog Schockwellen durch meinen Kopf, genauso wie meine Stimme durch die Lobby hallte.

Der Boss runzelte die Stirn. Sekunden später drehte er sich wortlos zu seinen Handlangern und drängte sie durch die Glastür hinaus, die nun nicht mehr versperrt war. Einer der beiden ging voraus, der attraktive Boss folgte ihm.

Der andere Anzugträger drehte sich mit vorgehaltener Waffe noch einmal im Halbkreis, um ja jeden davon abzuhalten, ihnen zu folgen. Nach einer gefühlten Ewigkeit war endlich auch er durch die Tür verschwunden. Sekunden später hörte ich Autotüren zuschlagen und Reifen quietschen.

Nur einen Moment später brach in der Lobby panisches Geschrei aus. Ich war also tatsächlich nicht alleine gewesen. Die Menschen sprangen aus ihren Verstecken und rannten durch die Lobby, um nach ihren Liebsten zu suchen.

Ich blieb unter dem Tisch, immer noch geschockt sowohl von der Schießerei als auch davon, wie angezogen ich mich von dem attraktiven Unbekannten fühlte. Ich öffnete meinen Mund, brachte jedoch keinen Ton heraus. Es herrschte Chaos.

„Autsch!" Jemand trat gegen meinen Knöchel und ich rollte mich um meine eigene Achse, wobei ich gegen Tante Pearl krachte. Ich war mir ziemlich sicher, dass sie vor ein paar Sekunden noch nicht unter dem Tisch gelegen hatte.

„Lass mich nach Hause, Tante Pearl. Das ist doch wie ein schlechter Film hier. Was zur Hölle ist gerade passiert?" Mir fiel kein einziger Grund ein, der zu einer Schießerei in unserem Vier-Sterne-Hotel hätte führen können.

Tante Pearl runzelte die Stirn, als sie unter dem Tisch hervorkroch.

Panik stieg in mir auf, als ich die Lobby nach Mum und Wilt absuchte. Vor den Schüssen waren sie noch in meiner Nähe gewesen, aber nun waren sie nirgendwo zu sehen. Als ich draußen die Polizeisirenen heulen hörte, brach ich in Schweiß aus. Ich wagte mich vor bis zum Rand des Tisches und lugte aus meinem Versteck heraus, als die Sirenen zunehmend lauter wurden.

Überall waren Leute, sie schrien oder drängten sich zu kleinen Gruppen zusammmen. Rund ein Dutzend Menschen eilte in Richtung des Ausgangs, offensichtlich war ihnen nicht bewusst, dass sie geradewegs den Schützen folgten.

Ich glitt langsam unter dem Tisch hervor und setzte mich auf. Weit weg von meinem Zufluchtsort wagte ich mich noch nicht. Neben mir schrie eine Frau panisch in ihr Handy, während sich andere in die Fahrstühle drängten und Zuflucht in ihren Zimmern in den oberen Stockwerken suchen wollten.

Ich entdeckte Mum, als sie hinter einer riesigen, gepolsterten Couch zum Vorschein kam. Neben ihr stand Wilt. Erleichtert drehte ich mich zu Tante Pearl um. Sie saß aufrecht im Schneidersitz auf dem dicken Teppich, nur ein Stück vom Tisch entfernt. Ihre Hände ruhten in einer yogaartigen Zen-Position auf ihren Oberschenkeln, so als ob sie sich mitten in dem ganzen Chaos in eine tiefe Meditation begeben hätte.

Aber ich wusste es besser. Sie sprach gerade irgendeine Art von Zauberspruch. Ich streckte eine Hand aus, die sie umgehend wegschob.

„Verdammt, wir haben ihn verpasst."

„Wen haben wir verpasst?" fragte ich. „Was zum Henker geht hier vor? Was verschweigst du mir?" Gut ein Dutzend Polizisten drängten nun in die Lobby. Sie steuerten die Menschen in Richtung einer Warteschlange bei der Rezeption, wo einer nach dem anderen befragt wurde. An den Ausgängen und den Fahrstühlen waren ebenfalls Beamte positioniert worden, sodass niemand die Lobby verlassen konnte. Es war also nur eine Frage der Zeit, bis sie auch uns befragen würden.

„Hast du den hübschen Kerl gesehen?" Tante Pearl setzte einen unschuldigen Blick auf.

Ich zuckte mit den Schultern und war auf der Hut, mich ja nicht zu verraten.

„Es ist offensichtlich, dass du ihn gesehen hast, deine Reaktion zeigt das ganz deutlich. Das war Carlas Enkel, Rocco." Tante Pearl grinste verschmitzt. „Wie kannst du unseren Rocco nach all den Jahren nicht erkannt haben? Ihr zwei habt als Kinder doch ständig zusammen gespielt. Erinnerst du dich?" Tante Pearl blickte wehmütig ins Leere.

„Der Typ war mit Sicherheit nicht Rocco." Ich hatte Rocco seit der

High School nicht mehr gesehen, aber mein früherer Schulkamerad hatte Null Ähnlichkeit mit dem mysteriösen, attraktiven Kerl, der an uns vorbeigelaufen war. Da war ich mir sicher, denn ich hatte ihn mir *sehr* genau angesehen. Der geheimnisvolle Typ war unvergesslich.

Ich stand auf, ging zum Sofa hinter mir und beobachtete das Geschehen in der Lobby. Außer der Schar an fassungslosen Gästen gab es nur wenige Hinweise auf die Schießerei. Ein paar Einschusslöcher in den Wänden der Lobby, die die Polizei gerade sicherte.

Es erschien beinahe unfassbar, dass niemand bei der Schießerei zu Schaden gekommen war. „Wir müssen mit der Polizei sprechen. Wir sind Zeugen."

„Sei doch nicht lächerlich, Cenny. Wir können nicht so viel Aufmerksamkeit auf uns ziehen. Rocco hat das schon zur Genüge getan. So ein Hang zum Dramatischen." Tante Pearl kicherte, als sie ihre Hand vor den Mund schlug. „Ich wünschte, er würde einen Gang zurückschalten. Manny wird das überhaupt nicht gefallen."

Ich bezweifelte, dass uns die Polizei einfach so davonkommen lassen würde, ohne unsere Aussagen aufzunehmen, aber in der Lobby herrschte noch immer das totale Chaos.

„Was ist so witzig? Wir waren gerade in eine Schießerei verwickelt. Wir müssen hier raus." Ich wollte Tante Pearl fragen, wer dieser Manny war, aber sie war ganz offensichtlich dabei, mich nur zu ködern und ich verspürte keine Absicht, ihr den Gefallen zu tun und zu fragen.

Tante Pearl schüttelte den Kopf. „Du hast recht. Lass uns unser Gepäck nach oben bringen und dann gehen wir ins Casino. Du musst dich ein bisschen entspannen. Vielleicht treffen wir sogar Rocco."

„Er ist der letzte Mensch, den ich jetzt treffen will." Was wahr und gleichzeitig auch nicht wahr war. Ich konnte den Kerl ewig ansehen. Aber ich würde mich nicht auf eine von Tante Pearls Eskapaden einlassen. Außerdem wollte ich auch keinen Kontakt mit einem Jungen aus meiner Vergangenheit aufnehmen, den ich damals nicht einmal leiden konnte. Egal wie gut er inzwischen aussah.

„Sei nicht so negativ." Tante Pearl rollte mit den Augen. „Du hast dich schon den ganzen Weg hierher über das Benzin und das blöde Bewerbungsgespräch aufgeregt."

„Ja, natürlich. Du hast mich ja auch gezwungen, hierherzukommen."

Tante Pearl winkte ab. „Der arme Rocco hat gerade seine Großmutter verloren und du denkst nur an dich selbst. Ich hätte dich gar nicht erst mitnehmen sollen."

„Das stimmt, das hättest du nicht. Ich will nichts mit Rocco zu tun haben und auch nicht mit diesem verrückten Spiel, das du hier treibst." Meine Stimmung besserte sich ein wenig, als Mum und Wilt zu uns herüberkamen und sich setzten.

Tante Pearl trug ein teuflisches Grinsen auf dem Gesicht. „Rocco ist nicht nur ein netter Kerl, Cenny. Er ist ambitioniert und klug. Ihr zwei würdet ein tolles Paar abgeben."

„Ich verstehe nicht, was das alles mit mir zu tun haben sollte." Mich mit Rocco zu verkuppeln, während er noch um seine Großmutter trauerte, war ziemlich schäbig, sogar für Tante Pearl. Ich hoffte nur, sie würde nichts tun, um mich in Verlegenheit zu bringen.

„Oh, das wirst du noch, Cenny." Ein Lächeln spielte über die Lippen meiner Tante, während sie einen Arm um mich legte und ihn sanft drückte. „Das wirst du."

KAPITEL 8

achdem die Las Vegas Police unsere Daten und Aussagen aufgenommen hatte, konnten wir einchecken. Ich war total erledigt, obwohl es gerade einmal knapp nach dem Frühstück war.

Ich war wütend auf Tante Pearl, die ein Riesengeheimnis aus allem machte. „Warum hast du der Polizei nicht gesagt, dass du Rocco kennst?"

„Sie haben nicht gefragt, warum sollte ich es also erwähnen? Das macht doch sowieso keinen Unterschied."

Ich schüttelte den Kopf. „Es macht einen großen Unterschied. Er war mit zwei der Angreifer unterwegs."

„Wie auch immer." Tante Pearl unterbrach mich mit einer Handbewegung. „Wir haben einen Job zu erledigen, es geht um Leben und Tod, wir müssen also unter dem Radar fliegen."

„Was für einen Job?"

Tante Pearl fuhr mit Daumen und Zeigefinger über ihre Lippen und ahmte eine Reißverschlussbewegung nach. Sie ignorierte mich, während wir dem Pagen und unserem Gepäck durch die Lobby hinüber zu den Fahrstühlen folgten, wobei wir uns durch Grüppchen entgeisterter Gäste schlängelten.

Das einzig Gute war, dass Wilt sich bald zurückgezogen hatte. Er hatte sich entschlossen, im Wohnmobil zu bleiben, statt in der Suite, in der wir alle offensichtlich wohnen sollten. Ich war erleichtert, denn auch Hexen wider Willen wie ich mussten zwischendurch mal entspannen und ihr Hexen-Ich raushängen lassen.

Das wäre unmöglich mit Wilt in der Suite und meine Laune war nach unserem anstrengenden Trip bereits dem Nullpunkt nahe. Irgendwer von uns würde früher oder später einen Fehler begehen und uns verraten. Zauberkräfte 24 Stunden am Tag zu verstecken, das war fast noch schwieriger, als überhaupt eine Hexe zu sein.

Der Page führte uns zu einem privaten Fahrstuhl ganz am Ende der Reihe. Die Türen glitten auf und wir betraten die Kabine wie VIPs, wobei wir die Blicke von den Dutzenden Leuten auf uns zogen, die vor den gewöhnlichen Fahrstühlen anstanden. Unsere Sonderbehandlung hatte bestimmt einen Haken.

Der Page folgte uns in den Fahrstuhl und zog seinen mit Samt bezogenen Gepäckwagen hinter sich hinein. Er steckte seine Schlüsselkarte und drückte einen der vielen Knöpfe, die mit Buchstaben statt mit Stockwerken beschriftet waren. Unserer war mit einem geschwungenen R beschriftet.

Ich war überrascht, auf dem ganzen Kofferberg meinen eigenen zu finden. Ich hatte für diesen unerwarteten Trip natürlich nichts gepackt. Entweder hatte Tante Pearl mein Gepäck mitgebracht, weil sie bereits geplant hatte mich zu entführen, oder sie hatte Zauberei benutzt.

Ich hatte keine Zeit mich zu wundern, als sich die Tür des Fahrstuhls bereits wieder öffnete und wir in ein geräumiges Foyer aus Marmor mit unglaublich hohen Decken traten. Alles war in demselben italienischen Stil wie die Lobby dekoriert, nur etwas kleiner. An den Wänden hingen impressionistische Gemälde über einem Marmorbrunnen, in dem gefärbtes Wasser blubberte.

Mum stieg aus dem Fahrstuhl und blickte sich um. „Sind Sie sicher, dass das hier das richtige Zimmer ist? Das sieht mir doch mehr wie eine Villa aus."

Der Dekor war eine Mischung aus französischem Landhaus und

einer italienischen Villa aus der Jahrhundertwende, das in den 70er Jahren einer Renovierung unterzogen worden war.

Die kunstvolle europäische Architektur stand in starkem Kontrast zu den goldenen Teppichen auf den Böden. Direkt im Zentrum der offenen Fläche befand sich eine Sitzgruppe, die aussah, als wäre sie direkt einer alten Sitcom aus den 70er Jahren entsprungen. Eine schmiedeeiserne Treppe führte in den zweiten Stock, wo sich allem Anschein nach die Schlafzimmer befanden.

Das übertriebene Dekor ließ mich einen Moment lang vergessen, dass wir in einem topmodernen Wolkenkratzer in Las Vegas waren und nicht in einem Retro-Hippie-Schloss in Versailles. Ich stand mit offenem Mund im Foyer.

„Komm schon, wir haben nicht den ganzen Tag Zeit." Tante Pearl packte mich am Arm und zog mich in die Suite. „Wir haben viel zu tun."

Ich zog meinen Arm aus ihrer Umklammerung und blieb an einem der riesigen Ölgemälde stehen. Den Pinselstrichen und dem teuren Rahmen zufolge, war das Bild sowohl echt als auch richtig alt.

Es schien aus dem 30er Jahren zu stammen. Ein kleiner Mann in einem gestreiften Anzug stand hinter einer Frau, die auf einem Stuhl saß. Zu ihrem paillettenbesetzten Kleid trug sie eine lange Perlenkette. Sie hatte dieselben stechend blauen Augen wie der Mann in der Lobby.

Ich fuhr mit dem Finger über den Bilderrahmen. Er verschob sich leicht, deshalb hängte ich ihn wieder gerade. Ich wunderte mich, dass die Gemälde nicht besser festgeschraubt waren. Aber da war noch etwas anderes. Eines der Augen des Mannes war durch ein Einschussloch ersetzt worden...

Ich atmete tief ein und wandte mich zu Mum und Tante Pearl, aber sie waren bereits weitergegangen. Ich folgte ihnen in die Suite und beobachtete den Pagen, der unsere Koffer die Wendeltreppe hinauftrug.

„Willkommen!", rief eine tiefe männliche Stimme hinter mir.

Ich erschrak und erkannte hinter mir einen sportlich aussehenden blonden Mann Anfang 30, der in einen formellen schwarzen Anzug gekleidet war. Mein erster Gedanke war, dass er sich wohl für eine Beerdigung angezogen hatte.

Er lächelte und reichte mir die Hand. „Ich bin Christophe, Ihr Butler."

Ich runzelte die Stirn, als ich seine Hand schüttelte. Dann sah ich mich noch einmal um. Die Suite musste gut 200 Quadratmeter groß sein und das alleine auf diesem Stockwerk. Dann gab es noch das obere Stockwerk. „Ich glaube, hier liegt ein Fehler vor. Das ist nicht unser Zimmer."

Christophe lächelte höflich, antwortete aber nicht.

„Wir können uns das hier nicht leisten." Mum drehte sich zu Pearl. „Das muss doch ein kleines Vermögen kosten. Wie hoch genau ist dein Lottogewinn?"

Tante Pearl winkte ab. „Mach dir keine Sorgen. Ich verrate es dir später."

„Darf ich den Damen ein paar Cocktails anbieten?", fragte Christophe.

„Es ist gerade mal 9.00 Uhr", sagte ich. „Denken Sie nicht, dass das ein bisschen früh ist?" Von Butlern zubereitete Drinks mussten gleich noch mal eine Ecke teurer sein als solche aus der Minibar. Aber selbst wenn Tante Pearls Lottogewinn echt war, ich bezweifelte, dass wir uns das leisten konnten.

„Jetzt ist immer der beste Zeitpunkt.", kicherte Mum. „Sei mal ein bisschen locker, Cenny."

Ich griff nach Tante Pearls knochigem Arm und zog sie zur Seite. „Was genau hast du Mum gegeben? So hab ich sie noch nie erlebt."

„Entspann dich. Endlich ist sie mal ein bisschen locker und genießt das Leben, statt sich in dem dämlichen Hotel zu Tode zu schuften."

„Du willst wirklich, dass unser Bed & Breakfast pleitegeht. Das ist doch der einzige Grund, warum du uns hierhergebracht hast." Es war kein Geheimnis, dass meine Tante gegen unser B & B in Westwick Corners war. Ich sah hinüber zu Mum, die an der Bar stand, an der Christophe drei fruchtig aussehenden Drinks gerade noch den letzten Schliff verlieh.

Tante Pearl nahm einen und ging dann in Richtung einer großen Flügeltür, die hinaus auf die Terrasse führte.

Mum griff sich ebenfalls einen und leerte die Hälfte davon in einem Zug. „Der Mann ist ein Genie. Ich wünschte, ich könnte Sie in unserem Inn anstellen."

Christophe lächelte. „Vielleicht können Sie das ja. Mein Vertrag läuft hier bald aus und ich habe Vegas langsam satt. Erzählen Sie mir doch von Ihrem Haus."

„Oh, aber das ist nicht so schick wie das Hotel Babylon. Das Westwick Corners Inn hat nur zwölf Zimmer. Und es befindet sich mehr oder weniger in einer Geisterstadt." Mum kicherte, als sie ihren Drink leerte. „Viel zu langweilig für so einen jungen Mann wie Sie. Es war dumm von mir, es überhaupt zu erwähnen."

Christophe nahm ihr Glas und ging zur Bar, um es aufzufüllen.

Mum folgte ihm auf dem Fuße.

Ich ging hinaus auf die Terrasse und gesellte mich zu Tante Pearl. Die Dachterrasse war beinahe so groß wie die Suite selbst. Dort gab es einen eigenen Swimmingpool, in dem man richtige Längen schwimmen konnte, einen Whirlpool und eine Sitzgruppe, die so arrangiert war, dass man den bestmöglichen Blick auf die Stadt hatte. Vor allem nachts musste es hier großartig sein. Jetzt zu dieser frühen Stunde war noch alles ruhig, die halbe Stadt schien noch zu schlafen.

Ich drehte mich zu meiner Tante. „Mum hat recht. Wir können uns das hier nicht leisten, nicht einmal, wenn wir einen riesigen Rabatt bekommen."

„Entspann dich", sagte Tante Pearl. „Das ist zwar die High Roller Suite, aber sie kostet uns keinen Cent."

Ich drehte mich zu meiner Tante. „Wir sind keine High Roller und wir können hier nicht einfach umsonst wohnen. Wo ist der Haken?"

„Kein Haken." Tante Pearl zwinkerte mir zu.

Wie aufs Stichwort kam Mum aus der Suite herausgetreten. Sie ging bereits etwas wackelig an mir vorbei und verschüttete etwas aus ihrem aufgefüllten Glas auf den Betonboden. „Nichts ist umsonst. Das Hotel erwartet von uns, dass wir um Tausende Dollar spielen. Sogar dein Lottogewinn könnte dafür nicht ausreichen. Das Ganze könnte in einem Desaster enden."

Mum spielte auf Tante Pearls Schwäche für das Glücksspiel an. Der Lottogewinn war ein zweischneidiges Schwert. Ich bezweifelte, dass sich meine Tante lange von den Automaten und Spieltischen fernhalten würde.

„Ich habe für die Suite keinen Cent bezahlt und auch sonst nichts. Rocco hat uns das Zimmer zur Verfügung gestellt, weil er uns als Teil der Familie ansieht. Nicht, dass ich mir das nicht leisten könnte. Und übrigens, ich kann spielen, wann immer ich will. Ich bin jetzt Millionärin und habe Geld wie Heu."

Ich erinnerte mich zurück an den Typen in der Lobby und die Schießerei. Es gefiel mir gar nicht, in der Schuld eines Kerls zu stehen, der Bodyguards brauchte. Tante Pearl hatte vermutlich seine Einladung missinterpretiert, wenn es überhaupt eine solche gegeben hatte. Ich würde später an der Rezeption überprüfen, wie viel wir tatsächlich für das Zimmer bezahlten.

Mum wies mit dem Zeigefinger auf Pearl. „Ich glaube immer noch, dass wir besser im Wohnmobil schlafen sollten. Du hängst da voll drinnen, wenn mit der Rechnung was schiefgehen sollte." Sie ging hinüber zu den Liegestühlen, ohne eine Antwort abzuwarten.

Tante Pearl drehte sich zu mir und verdrehte die Augen. „Ihr müsst beide aufhören, euch Sorgen zu machen und euch mal entspannen."

„Wie denn? Du hast uns reingelegt, uns auf irgendeine mysteriöse Hexentour mitgenommen und lässt uns ziemlich im Unklaren darüber, wie viel du genau in der Lotterie gewonnen hast. Ich kann mich nicht entspannen, bis du mir sagst, was hier wirklich los ist." Ich war knapp davor, mich zu Wilt ins Wohnmobil zu gesellen. Knapp, aber noch nicht ganz.

„Also gut. Ich sage dir, was los ist, aber Ruby sage ich es nicht." Tante Pearl massierte sich die Schläfen. „Es ist etwas kompliziert. Ich weiß gar nicht, wo ich anfangen soll."

„Wie wäre es denn mit der Schießerei in der Lobby?"

Pearl schlug die Hände vor den Mund. „War das nicht schrecklich? Ich habe keine Ahnung, wie das..."

Ich hielt die Hand hoch, um sogleich zu protestieren. „Ich denke, du weißt sehr genau, was hier vor sich ging und wenn du es mir nicht sagst, dann verschwinde ich. Ich komme schon irgendwie nach Hause." Es schien so, als hätte sie von Anfang an alles geplant, nur um jetzt ein überdramatisches Geständnis abliefern zu können. „Ich leihe mir ein Auto oder so."

„Wie denn? Du hast deine Handtasche vergessen und somit kein Geld."

„Ich finde schon eine Lösung."

„Wenn du deine Zauberkünste öfter üben würdest, könntest du dir eine Lösung herzaubern. Eine solche Verschwendung deines Talents." Tante Pearl schüttelte den Kopf.

„Hör auf, vom Thema abzulenken, Tante Pearl."

„Also gut." Sie seufzte. „Was willst du wissen?"

„Alles. Angefangen bei diesen Typen in der Lobby. Du verschweigst mir doch was." Entweder hatte sie selbst etwas damit zu tun oder sie wusste mehr, als sie zugab.

Tante Pearl wischte sich eine imaginäre Träne aus dem Auge. „Ich wollte es niemandem sagen, aber um ehrlich zu sein, wird es eine Erleichterung sein, mich jemandem anvertrauen zu können. Jemandem, der auf meiner Seite steht."

„Ich habe nie gesagt, dass ich auf deiner Seite stehe. Ich will einfach nur wissen, worin wir uns hier verwickelt haben."

„Sie haben bereits Carla auf dem Gewissen. Und Tommy." Tante Pearl atmete schwer. „Und jetzt holen sie sich Rocco, wenn wir sie nicht aufhalten. Ich habe einen Plan."

Ich hielt mir die Ohren zu. „*Wir* werden gar niemanden aufhalten. Weiß Mum von all dem?"

„Manchmal ist es besser, wenn sie nicht alles weiß."

„Was zum Beispiel?"

„Geheimnisse. Liebesdinge.", sagte Tante Pearl. „Diese Sache hier könnte Rubys Herz brechen."

KAPITEL 9

ch goss meinen Drink hinunter. Tante Pearls Bemerkung konnte kein Glauben geschenkt werden. Ich konnte mich nicht erinnern, dass Mum jemals auf einem Date gewesen wäre, geschweige denn eine ernsthafte Beziehung geführt hätte. Und wenn, dann hätte sie keinen Grund gehabt, es mir zu verschweigen.

Mein Vater hatte sich aus dem Staub gemacht, als ich in der Grundschule war, seither haben wir nichts mehr von ihm gehört. Mum hat sich dann in das Kochen, Backen und in die Gartenarbeit gestürzt. Sie baute sogar Wein auf unserem Grundstück an und hat unseren Familiensitz in ein charmantes B & B umgebaut. Sie hat sich neuen Aufgaben zugewandt und nie wieder über Dad gesprochen. Dates oder gar einen festen Freund erwähnte sie nie.

Und doch deutete Tante Pearl etwas anderes an. „Ruby wurde von ihrem Freund verlassen. Er hat sie für Carla sitzengelassen."

„Was für ein Freund? Das erfindest du doch." Seit ich denken kann, war Mum nie aus Westwick Corners rausgekommen und mir fiel kein einziger potentieller Verehrer ein. Sie war viel zu oft zu Hause, als dass sie ein Doppelleben führen konnte. Aber der Gesichtsausdruck meiner Tante war ernst. Es schien nicht so, als würde sie mich anlügen.

Tante Pearl schüttelte den Kopf. „Ich wünschte, ich würde das nur erfinden. Wenn ich doch nur alles rückgängig machen könnte. Aber das kann ich nicht. Gehen wir rein, damit wir uns in Ruhe unterhalten können und Ruby uns nicht hören kann."

Ich folgte ihr zögerlich und war immer noch entgeistert von der Möglichkeit, dass Mum eine geheime Beziehung geführt haben könnte. Außerdem verletzte es mich, dass sie ein solches Geheimnis vor mir haben sollte. „Warum hat mir Mum nichts von dem Kerl erzählt? Wann hat sie ihn überhaupt getroffen?"

„Sie ist eine Hexe, Cenny. Eine fähige Hexe verfügt über viele Mittel, um an mehr als einem Ort gleichzeitig zu sein. Wenn du deine Zaubersprüche öfter üben würdest, würdest du das wissen." Tante Pearl runzelte die Stirn. „Ruby wusste, dass du die Sache nicht gutheißen würdest, deshalb hat sie dir nichts davon erzählt. Du bist so konservativ."

„Seit wann ist das etwas Schlechtes?" Ich ließ mich in einen überdimensionierten Armsessel schräg gegenüber von Tante Pearl fallen, die es sich wiederum am Rande eines unglaublich langen weißen Ledersofas bequem machte.

„Ich habe nie gesagt, dass es das ist. Aber Ruby wusste, dass du sie verurteilen würdest."

„Ich verurteile niemanden." Der Gedanke daran, dass meine Mum ein Liebesleben führen könnte, war mir gar nicht erst in den Sinn gekommen. Vermutlich hätte ich mir denken sollen, dass sie irgendwann auf Dates geht, nachdem die Geschichte mit Dad schon Jahrzehnte her ist. Sie schien einfach nur nie an einer Beziehung interessiert zu sein und sie war keine Geheimniskrämerin. Da musste noch mehr dahinterstecken. Und offensichtlich tat es das.

„Ruby sollte froh sein, dass sie den Penner los ist." Tante Pearl lehnte sich zurück und streckte ihre dürren Beine aus. „Wer weiß, sonst wäre sie vielleicht dran gewesen."

Ich schluckte. „Du denkst, der Kerl hat Carla umgebracht? Wer ist der Typ?"

„Bones Battilana. Einer der mächtigsten Mafiosi Amerikas. Er wollte nach Vegas, aber ganz Nevada wird von den Racatellis kontrolliert. Es geht das Gerücht um, dass Bones vor ein paar Jahren Tommy ausgeschaltet hat, um die Kontrolle über die Racatelli-Familie an sich zu reißen. Er hat nie erwartet, dass Carla die Zügel in die Hand nehmen würde. Es stellte sich heraus, dass sie viel mehr von Geschäften verstand als Tommy. Sein Plan ging also nach hinten los."

„Dann ist er Carla nachgestiegen." Langsam dämmerte es mir. „Du sagst mir also, dass Mum einen Mafiaboss getroffen hat, der sie dann für Carla verlassen hat? Das ist doch verrückt."

„So sieht es vielleicht aus, aber ich weiß einfach nicht, was ich tun soll." Tante Pearl warf ihre Hände in die Luft und verschüttete dabei ihren Cocktail auf dem Sofa. „Jetzt verstehst du hoffentlich, warum ich deine Hilfe brauche. Ich will nicht, dass Ruby auf der Beerdigung durchdreht, wenn sie Bones sieht."

„Ich denke, du solltest es ihr möglichst bald erklären." In meinem Drink musste ein ordentlicher Schuss Alkohol sein. Ich fühlte mich bereits angeheitert, dabei hatte ich kaum mehr als ein paar kleine Schlucke genommen. Eigentlich schienen die Drinks uns alle ein wenig mitzunehmen. Es war paranoid, aber ich fragte mich, ob darin noch mehr enthalten war als nur Alkohol.

Christophe erschien nur wenige Sekunden später mit einem Tuch und einer Flasche Sodawasser. Innerhalb einer Minute entfernte er den verschütteten Drink fachmännisch. Er strahlte voll Stolz und er erinnerte mich an eine männliche Martha Stuart, die nur darauf wartete, einige ihrer Tricks zum Besten geben zu können.

Christophe deutete eine Verbeugung an und ging dann zurück in Richtung der Küche. Wir warteten schweigend, bis er außer Hörweite war.

„Weißt du, Cenny... du kannst mit Krisen ziemlich gut umgehen." Tante Pearl strich sich über das Kinn, so als würde sie sich zum ersten Mal Gedanken über meine Stärken - oder Schwächen - machen. „Das ist eine delikate Angelegenheit und du bist bei solchen Dingen viel besser als ich."

„Nein. Wie bitte soll ich denn mit Mum über eine Angelegenheit sprechen, von der ich eigentlich nichts wissen wollte."

„Du findest schon einen Weg." Sie sah sich um und vergewisserte sich, dass niemand uns hören konnte. Dann flüsterte sie: „Bones Batti-lana ist hier ein ziemlich großer Fisch. Wir müssen uns bedeckt halten."

„Das erfindest du doch alles. In einer Million Jahren würde Mum keinen Mafiaboss treffen und schon gar keinen Typen, der sich Bones nennt." Beim Gedanken, dass Mum sich mit einem Kerl traf, der nach Körperteilen benannt war, wurde mir ganz anders.

„Ruby ist vielleicht deine Mutter, aber sie ist trotzdem auch eine Frau. Das mit ihm ist einige Jahre gegangen. Wir alle haben unsere Bedürfnisse, Cenny. Sogar ich."

Das Ganze wurde immer absurder. Es war schon schwierig, sich Mum mit einem Kerl vorzustellen, aber der Gedanke, dass meine grimmige Tante Pearl *Bedürfnisse* hatte, stand in krassem Gegensatz zu ihrer Persönlichkeit und ihrer Lebensführung. Sie hatte nie gehei-ratet und schien immer eine Abneigung gegen Menschen mit Y-Chro-mosom zu haben.

„Der Kerl hat doch sicher auch einen richtigen Namen."

„Danny. Bis vor drei Wochen schien noch alles super zu laufen. Dann hat Bones, also Danny, Ruby gesagt, dass er für einige Monate nach Asien auf eine Geschäftsreise müsse. Seither hat sie ihn nicht mehr gesehen. Sie denkt, dass zwischen ihnen alles bestens ist. In Wirklichkeit hat er sie für Carla verlassen, aber er hatte nicht den Mut, ihr das ins Gesicht zu sagen."

„Und jetzt ist Carla tot. Das nenne ich mal schlechtes Timing."

„Oder vielleicht gutes Timing. Ich bin mir fast sicher, dass Bones Carla umgebracht hat", sagte Tante Pearl. „Deshalb habe ich dich für das Projekt *Vegas Vendetta* eingeteilt. Wir müssen Carlas Mord unter-suchen und ihren Tod rächen. Oh... und deine erste Aufgabe wird es sein, Ruby zu erklären, was es mit ihrem nutzlosen Ex-Freund auf sich hat."

Na zumindest war es ein Ex - aber der Gedanke daran, dass er Carlas mutmaßlicher Mörder war, ließ mir die Haare zu Berge stehen. Ich wusste beinahe gar nichts über Carlas Tod und es musste noch eine Erklärung geben. Ich erschrak, als die Französischen Fenstertüren aufgerissen wurden und Mum hereintrat. „Das tun wir sicher nicht!"

„Wie?" Mum grinste uns zu. Sie konnte sich kaum auf den Beinen halten, als sie ihr leeres Glas erhob und uns zuprostete. Sie trank nur selten und ich hatte sie noch nie zuvor betrunken erlebt. Heute schien es ein erstes Mal für vieles zu sein und nichts davon war gut.

„Es ist viel besser, wenn es von dir kommt. Du weißt doch, ich versaue meistens alles." Tante Pearl machte ein paar Bewegungen und zog die Knie an ihre Brust. Dann setzte sie ein falsches Lächeln auf. „Bitte?"

Tante Pearl konnte nie ein Nein akzeptieren und wenn ich ihrem Plan nicht zustimmen würde, würde sie einen Weg finden, es mir heimzuzahlen. Ich fühlte mich in die Ecke gedrängt. „Du hast nie gesagt, dass Carla ermordet wurde. Weiß Mum davon?"

Mum drehte ihr Cocktailglas und ging unsteten Schrittes in Richtung Küche, um dort nach Christophe und seinem magischen Elixier zu suchen.

Tante Pearl wartete, bis sie das Zimmer verlassen hatte. „Ja."

„Das hättest du mir schon von Anfang an erzählen sollen."

„Was soll ich sagen? Rubys Beziehung war ihr Geheimnis und ich habe ihr versprochen, nichts zu erzählen." Tante Pearl hob abwehrend ihre Hände. Sie biss sich auf die Unterlippe. „Ich weiß, Cenny. Es war eine schlechte Entscheidung. Aber jetzt ist es zu spät, daran etwas zu ändern. Du weißt, wie schlecht ich in solchen Sachen bin. Ich würde es nur vermasseln und dann wäre Ruby noch trauriger. Sie hat keine Ahnung von seiner Affäre. Es wird ihr das Herz brechen. Sie dachte, Bones würde ihr einen Antrag machen."

„Danny."

Tante Pearl rollte mit den Augen. „Okay. Danny."

„Die Schießerei in der Lobby... war das Teil von Battilanas Geschäftsreise?"

Tante Pearl nickte. „Roccos Männer schützen ihn vor einem weiteren Anschlag von Bones Battilana." Wir müssen sie schnappen, bevor sie Rocco erwischen. Deshalb musst du Ruby von seiner Affäre mit Carla erzählen. Wir können nicht riskieren, dass sie sich weiter mit ihm trifft, wo er doch gefährlich und unvorhersehbar ist."

„Die Polizei hat ihn noch nicht verhaftet?"

Tante Pearl schüttelte den Kopf. „Er spielt den trauernden Ehemann und die Polizei kauft es ihm ab. Obwohl der Ehemann sonst immer der Verdächtige Nummer 1 ist. In der Zwischenzeit macht er weiter wie bisher und versucht, die Kontrolle über Carlas Geschäfte zu erlangen. Deshalb hat er sie überhaupt erst geheiratet. Er konnte den Racatellis die Kontrolle über Vegas nicht entreißen, deshalb ist er einfach ein Teil von ihnen geworden. Jetzt legt er richtig los."

„Moment mal... Bones war mit Carla verheiratet?" In meinem Kopf begann sich alles zu drehen. „Und wie viel soll ich davon Mum erzählen?"

„Alles. Jetzt wo Carla von uns gegangen ist, will sich Ruby vielleicht mit ihm versöhnen. Das wäre ein Riesenfehler. Während du das angehst, sollten wir uns vielleicht noch ein paar Drinks besorgen." Tante Pearl sprang von der Couch und machte sich auf die Suche nach unserem Butler. „Christophe? Juhuuuuu!"

Ich lief ihr hinterher. „Warte... du musst der Polizei erzählen, was du weißt, bevor sie kommen und uns Fragen stellen. Vielleicht können sie Mum beschützen." In meinem Kopf drehte sich immer noch alles. Alles andere, das verpasste Vorstellungsgespräch, alles das schien nun unwichtig zu sein.

„Nein, das geht nicht, Cenny. Wir können niemandem vertrauen. Nicht einmal der Polizei."

KAPITEL 10

*I*ch stieg aus dem Lift und war immer noch wie erschlagen von Tante Pearls Informationen. Außerdem spürte ich die Wirkung von Christophes Cocktails. Ich hatte aufgehört zu zählen, wie viele es gewesen waren, obwohl ich nicht vorgehabt hatte, mehr als einen zu trinken. Was Tante Pearl anging, war ich unsicher, ob ich Angst hatte oder wütend war. Ich verspürte beide Gefühle.

Ich schritt quer durch die Lobby hinüber zum Casino. Dank all der blinkenden Lichter, Glocken und Horden übergewichtiger Touristen mittleren Alters war es nicht gerade schwer zu finden gewesen. Die meisten trugen ein Las-Vegas-T-Shirt und kurze Hosen. Der Kontrast zwischen den lockeren Klamotten und dem opulenten Interieur war zu viel für meine Sinne.

Natürlich wies ein Casino niemanden ab. Vor allem nicht Personen mit Geld in den Taschen, egal wie schlecht sie auch gekleidet waren. Und soweit ich das beurteilen konnte, boomte das Geschäft.

Ich konzentrierte mich wieder auf meine Mission: Ich musste ein Telefon finden, um Tyler anzurufen und mich für unser geplatztes Date zu entschuldigen. Ich überlegte, ob ich einen Flug nach Hause nehmen sollte, aber ohne Geld und Kreditkarten war das unmöglich.

Tante Pearl würde sowieso alle meine Anstrengungen zunichtema-
chen. Sie wollte mich um jeden Preis bei der Beerdigung dabeihaben
und würde ein Nein nicht akzeptieren.

Ich konnte in der Lobby kein Telefon finden und das einzige, das
hier klingelte, schienen die Spielautomaten zu sein. Die ganze Atmo-
sphäre war höchst verwirrend. Es gab keine Fenster oder Uhren.
Ohne Uhr war es unmöglich zu erkennen, welche Tageszeit es gerade
war. Alles, was die Spieler ablenken könnte, wurde radikal eliminiert.

Ich durchquerte die Lobby und schritt durch die großen Glastüren
hinaus auf die Straße. Der Himmel war leicht bewölkt, aber das
änderte nichts an der Hitze, die bereits auf meiner Haut brannte. Ich
nahm an, dass es später Vormittag war, aber ich hatte jegliches Zeitge-
fühl verloren.

Ich stand ein wenig neben dem Eingang und wartete ein paar
Momente, um mich zu sammeln. Dann ging ich weiter und fand mich
scheinbar auf einer Einkaufsstraße wieder. Dort hoffte ich, ein
Geschäft zu finden, in dem ich mir ein Pre-Paid-Handy kaufen
konnte.

Tyler würde sich wundern, warum ich ihn nach dem geplatzten
Date nicht angerufen hatte. Vermutlich hatte ich nun jede Chance mit
ihm verspielt.

Zuerst würde ich Tyler anrufen und dann würde ich herausfinden,
wie ich wieder nach Hause kommen konnte. Der einfachste und
schnellste Weg wäre Zauberei, aber meine Fähigkeiten waren nicht
gut genug, um sowas wie Teleportation hinzubekommen. Ich bezweifelte stark, dass Mum oder Tante Pearl mir helfen würden. Sie würden
mir wieder einmal einen Vortrag darüber halten, dass ich ständig
meinen Unterricht verpasste und dass mir das nur recht geschehe.

Ich überlegte, wie viel ich Tyler sagen sollte. Ich wollte, dass er
verstand, dass ich unser Date nicht einfach so sausen gelassen hatte.
Aber die Story mit der Entführung erschien mir abwegig. Die Wahrheit würde seinen schlechten Eindruck von Tante Pearl nur noch
verstärken.

Zwei Blocks später war noch immer kein Geschäft zu erkennen, in
dem ich ein Handy kaufen konnte. Die einzigen Lokale am Strip

schienen weitere Casinos oder Spielhallen zu sein. Da ich mich in Vegas nicht auskannte, konnte es ewig dauern, bis ich ein Telefon finden würde.

Ich stand an einer Straßenecke, unsicher, was ich als nächstes tun sollte. Da dämmerte mir, dass ich noch eine andere Möglichkeit hatte. Obwohl meine Hexenkräfte nicht dafür ausreichten, mich selbst nach Westwick Corners zu transportieren, so wusste ich doch genug, um mir leblose Gegenstände herzaubern zu können. Mit einem Handy hatte ich es noch nie versucht, aber es könnte funktionieren. In diesem Moment wünschte ich mir, ich hätte wenigstens ein bisschen geübt, damit meine Fähigkeiten nicht ganz so eingerostet waren.

Stattdessen hatte ich mir immer nur Gedanken darüber gemacht, welche unfairen Vorteile mir die Hexerei gegenüber anderen bringen würde. Auch wenn ich Tante Pearl die Schuld an meiner Entführung geben konnte, das ganze Chaos dahinter musste ich mir selbst zuschreiben.

Eigentlich waren meine Fähigkeiten gar kein Betrug. Eigentlich war es ein Talent, denn immerhin dauerte es Stunden, einen Zauberspruch zu lernen, und es verlangte viel Übung. Man bekam nur das zurück, was man hineinsteckte. So einfach war die Rechnung.

Die Erkenntnis war mir gekommen, als ich eine Wette mit Tante Pearl abschloss... und verlor. Die verlorene Wette zwang mich dazu, 72 Stunden in Pearls Schule der Zauberei zu absolvieren. Der Lehrplan beinhaltete alles, was man brauchte, um eine erfolgreiche Hexe zu werden. Leider war ich nur bis zur dritten Unterrichtseinheit gekommen. Das bedeutete, dass ich ganz gut Dinge loswerden, aber nicht besonders gut herzaubern konnte.

Immerhin hatte ich schon ein paar kleinere Gegenstände hergezaubert. Meine Versuche hatten oft unerwartete Folgen, aber es kam zumindest etwas dabei heraus. Einen Versuch war es wert.

Ich massierte mir die Schläfen und versuchte, mich an die genauen Worte des Zauberspruchs für kleine Gegenstände zu erinnern, den ich in der zweiten Einheit gelernt hatte. Bruchstücke kamen mir langsam wieder ins Gedächtnis, bis ich die Worte vor meinem geistigen Auge sah.

Ich drehte mich um und ging wieder zurück in Richtung Hotel. Ich konnte in meinem Schlafzimmer üben, ohne dass Mum und Tante Pearl Wind davon bekamen. Aber trotzdem würden sie dann in der Nähe sein, falls etwas schiefgehen würde.

EINS, zwei, drei,
　　Handy, komm herbei...
　　Dann das war es nicht.
　　Eins, zwei, drei,
　　ein Handy, das es sei...

EIN FALSCHES WORT konnte desaströse Folgen haben, es einfach nur auf gut Glück zu versuchen, war also keine Option. Wenn ich doch nur einen Spickzettel gehabt hätte.

Ich betrat die Lobby und ging hinüber zu den Fahrstühlen. Ich war so in Gedanken versunken, dass ich direkt gegen die Brust eines Mannes lief.

Eine muskulöse, feste Brust.

Dann starte ich in die blauesten Augen, die ich seit langem gesehen hatte.

KAPITEL 11

*J*ch schrak zurück und wollte mich peinlich berührt entschuldigen.

„Cendrine West! Wusste ich es doch, dass du hier irgendwo bist." Rocco Racatelli starrte auf mein Dekolleté, bevor er seinen Blick langsam in Richtung meiner Augen wandern ließ.

„Schön dich hier zu treffen." Ich fand seinen liebäugelnden Blick abstoßend, bis ich bemerkte, dass ich genau das gleiche getan hatte. Ich studierte seinen Gesichtsausdruck und war unsicher, ob er witzelte oder es ihm ernst war. Laut Tante Pearl wusste Rocco nicht nur, dass wir hier waren, sondern hatte uns sogar die schicke Suite organisiert. Rocco Racatelli war wirklich die letzte Person, der ich einen Gefallen schuldig bleiben wollte.

„Du bist überrascht mich zu sehen?" Ich rief mir noch einmal die Schießerei in Erinnerung. Er hatte mich heute Morgen mit Sicherheit bemerkt, auch wenn ich jetzt etwas zerzauster aussah und sichtlich angetrunken war.

Somit konnte es wohl kaum als Zufall bezeichnet werden, dass wir uns hier trafen. Er muss mich erwartet haben. Aber Tante Pearl erzählte auch viele Lügen, wenn sie es für notwendig hielt, man konnte also nie wissen. Deshalb sagte ich besser nichts.

„Natürlich" Er zwinkerte mir zu. „Wie lange ist das her? Zehn Jahre?"

Ich sah ihn an und nickte, sprachlos, denn der gutaussehende Fremde hatte so rein gar nichts mit dem Rocco zu tun, an den ich mich erinnerte. Der pickelgesichtige Teenager, den ich aus Westwick Corners kannte, war verschwunden. Zehn Jahre und offensichtlich intensives Training im Fitnesscenter hatten Roccos Erscheinungsbild erheblich verändert. Er hatte sich seit der Schießerei umgezogen und war nun leger gekleidet, sah aber immer noch gut aus. Die Muskeln zeichneten sich unter seinem T-Shirt ab, das fast so strahlend weiß wie sein Lächeln war. Er trug eine ausgewaschene Jeans und Cowboystiefel. In seinem gebräunten Gesicht zeichneten sich erste Bartstoppeln nach der Morgenrasur ab.

Und diese stechend blauen Augen. Ich konnte ihn kaum ansehen, aber meinen Blick auch nicht wirklich abwenden. Ich fühlte mich wie verhext.

Ich öffnete meinen Mund für eine Antwort, brachte jedoch keinen Ton heraus. Es war nicht nur sein attraktives Aussehen, das mir die Sprache verschlug. Er schien auch eine Anziehungskraft wie ein Magnet zu besitzen. Mein Herz raste und ich errötete im ganzen Gesicht.

Ich bekämpfte den eigenartigen Zwang, ihn an mich zu ziehen und mein Gesicht in seiner wohlgeformten Brust zu versenken. Nur mein gesunder Menschenverstand hielt mich gerade noch zurück. Das war auf keinen Fall derselbe Rocco, mit dem ich in Westwick Corners aufgewachsen war.

Wow.

Was zum Teufel ging hier vor? War hier Magie im Spiel?

Oder hatte etwa Tante Pearl etwas damit zu tun?

Falls Rocco mein eigenartiges Schweigen bemerkte, ließ er sich nichts anmerken.

„Komm, trinken wir was und quatschen." Rocco sah sich suchend um.

„Äh, ich kann nicht, Rocco. Ich wollte mir gerade ein Handy kaufen." Mein Herz pochte, als sich auf meiner Stirn ein dünner

Schweißfilm ausbreitete. „Weißt du, wo ich hier eines bekommen kann?"

„Musst du jemanden anrufen? Hier, nimm meines." Er entsperrte den Bildschirm und reichte es mir.

Ich hätte es ihm fast wieder zurückgegeben, bevor ich mich eines Besseren besann. Es könnte noch Stunden dauern, bis ich mir ein Handy erzaubert hätte. Sein Telefon zu benützen, würde mein Problem lösen. Je früher ich Tyler anrief, desto besser. „Super, danke. Es dauert nur eine Minute."

Ich ging ein paar Schritte von ihm weg und tippte Tylers Nummer ein. Rocco ging zur Bar neben der Lobby und bedeutete mir, ihm zu folgen. Jetzt wo ich sein Handy hatte, konnte ich ja schließlich schlecht anders.

Tyler nahm beim ersten Klingeln ab. „Ich dachte mir schon, dass was passiert ist. Wo bist du?"

Es fühlte sich so gut an, seine Stimme zu hören und er klang überhaupt nicht verärgert. Stattdessen klang er besorgt. Was wirklich süß von ihm war, wenn man mal bedachte, dass ich ihn einfach so versetzt hatte.

„Ähm, in Las Vegas?" Ich blickte hinüber zu Rocco, der nur einige Meter entfernt außer Hörweite war. Er stand an der Bar und winkte einen Kellner herbei. „Ich nehme mal an, Pearl hat keinen Spaß gemacht." Das verpasste Bewerbungsgespräch und Tante Pearls Lottogewinn ließ ich aus. Das war alles viel zu kompliziert zu erklären und ich hatte wenig Zeit zu sprechen, nachdem ich Roccos Telefon benutzte. „Es tut mir wirklich leid wegen unseres Dates. Ich kann verstehen, wenn du böse auf mich bist."

Tyler lachte. „Sowas passiert. Vor allem bei so einer Tante. Wir holen das nach. Wann wirst du zurück sein?"

„Äh... das weiß ich nicht. Wir sind für eine Beerdigung hier, aber Tante Pearl will mir nicht verraten, wie lange wir bleiben." Ich ließ auch Tante Pearls Projekt *Vegas Vendetta* sowie die Schießerei in der Lobby aus. Ersteres war sowieso unerklärbar und Letzteres würde ihn nur verrückt machen.

„Oh? Wer ist gestorben?"

„Carla Racatelli, eine alte Freundin von Tante Pearl. Ihr Tod kam recht überraschend." Das klang etwas besser als zu erwähnen, dass sie ermordet worden war.

Tyler atmete tief ein, dann hörte ich nichts mehr.

Zweifel kamen in mir hoch. Vielleicht war er doch sauer. Was, wenn er kein weiteres Date wollte? „Bist du noch dran?"

Er räusperte sich. „Racatelli?" So wie Tommy und Carla Racatelli?"

„Äh... Du kennst die beiden?"

„Nein, aber ich habe von ihnen gehört. Ihr müsst sie gut kennen, wenn ihr den ganzen Weg nach Vegas auf euch nehmt, um zur Beerdigung zu gehen.

„Sie haben vor 10 Jahren in Westwick Corners gelebt. Ich bin mit ihrem Enkel Rocco in die Schule gegangen. Er wurde von Carla und Tommy großgezogen, nachdem seine Eltern bei einem Verkehrsunfall ums Leben kamen, als er noch ein Baby war." Natürlich würde Tyler das nicht wissen, denn er war erst vor ein paar Monaten nach Westwick Corners gekommen, um dort als Sheriff zu arbeiten.

Und doch wusste er etwas. Er wusste mehr als ich und die nächsten zehn Minuten erzählte er mir davon.

„Roccos Eltern sind nicht bei einem Verkehrsunfall ums Leben gekommen, Cenny. Sie wurden in ihrem Auto erschossen. Sie wurden umgebracht, es war eine Hinrichtung."

Mein Puls begann zu rasen. „Bist du dir da sicher?"

„Natürlich bin ich mir sicher. Das war eine Mafia-Sache. Ich bin überrascht, dass du das nicht weißt. Westwick Corners ist klein. Ich hätte mir nicht gedacht, dass das so lange ein Geheimnis bleiben würde."

„Das ist es wohl." Kleinstädte waren normalerweise kein guter Ort, um ein Geheimnis zu bewahren. Außer die, die den Leuten wirklich schaden könnten. Diese Art von Geheimnissen blieb für immer verborgen. Mafia-Geschäfte zählten mit Sicherheit zu dieser Kategorie. Ich fragte mich, was mir meine Familie sonst noch so verschwiegen hatte.

Mein Gesicht lief rot an, als ich zu Rocco hinüberschielte, der von dem Gespräch über seine Familie nichts mitbekam. Zum Glück blickte er gerade in eine andere Richtung, denn ich konnte ihm nicht in die Augen sehen. Die eigenartige Anziehungskraft, die er auf mich auswirkte, schien mit zunehmender Distanz etwas abzunehmen. Ein weiteres Zeichen dafür, dass hier Hexerei im Spiel war.

„Cenny?"

„Wie?"

„Bitte pass auf dich auf. Du weißt von deren Familiengeschäften, oder?"

Ich nickte, was dämlich war, da Tyler mein Gesicht nicht sehen konnte. „Die Racatellis hatten während der Prohibition einen Alkoholschmuggel am Laufen und Tommy war in einige politische Skandale und Bestechungsvorwürfe verwickelt. Das alles endete mit seinem Unfalltod vor zehn Jahren."

„Da steckt noch mehr dahinter, Cenny. Weißt du noch, wie Tommy Racatelli gestorben ist?"

„Autounfall. Er ist zu schnell in eine enge Kurve eingefahren und die Klippen runtergestürzt." Mein Blick verfinsterte sich. „Entweder die Racatellis sind richtig schlechte Autofahrer oder sie haben einfach unglaubliches Pech im Straßenverkehr."

„Tommys Unfall wurde von einem rivalisierenden Verbrecherboss befohlen. Twinkletoes Racatelli war ein mächtiger Mann."

„Twinkletoes? Den Spitznamen habe ich noch nie zuvor gehört." Ich erinnerte mich vage an den Unfall, bei dem Rocco seinen Großvater verloren hatte. Es erschien mir damals etwas komisch, denn Mr. Racatelli litt bereits an einem Altersstar und war nachts eigentlich nie mit dem Auto unterwegs.

„Racatelli hat Berufliches und Privates stets getrennt. Deshalb hat er auch in so einer verschlafenen Stadt wie Westwick Corners gelebt. Die Typen sind gefährlich, Cenny."

„Jetzt nicht mehr, schließlich ist er tot."

„Nein, aber seine Kumpanen sind noch quicklebendig. Du weißt, dass Carla auch Teil des Familienunternehmens war, oder? Und deren Enkel Rocco mit Sicherheit auch.

„Rocco?" Es fühlte sich komisch an, über ihn zu sprechen, während ich gleichzeitig sein Telefon benutzte. „Das bezweifle ich."

„Sei in seiner Nähe einfach vorsichtig. Oder halte dich besser ganz von ihm fern. Wenn ihn jemand um die Ecke bringen will, wirst du vielleicht zum Kollateralschaden."

Ich rief mir noch einmal die Schießerei in Erinnerung. Tyler hatte recht. Jetzt wo Carla aus dem Weg geräumt war, war Rocco der einzig lebende Racatelli. Ich wusste nicht mit Sicherheit, dass Rocco ein Krimineller war, aber das würde ich überprüfen müssen. „Ich werde vorsichtig sein, aber es gibt wirklich nichts, weswegen du dir Sorgen machen müsstest." Insgeheim freute ich mich über Tylers Besorgnis.

„Das sind Mafiosi, Cenny. Carla hat eine ziemlich große Organisation geführt. Jetzt wo sie tot ist, kannst du darauf wetten, dass bereits Machtkämpfe am Laufen sind, um die Kontrolle darüber an sich zu reißen.

„Wie kommt es, dass du so viel darüber weißt?"

„Ich bin ein Cop. Ich war früher auch undercover unterwegs. Die Racatellis waren - und sind - ein großer Fisch. Halte dich von ihnen fern, wenn du kannst."

Trotz Tylers Warnungen hatte ich hier kaum eine Wahl. Ich erwähnte Rocco und die Schießerei mit keinem Wort und erkannte die Absurdität, dieses Gespräch über Roccos Telefon zu führen. „Mir wird nichts passieren. Unsere Familien sind noch gut befreundet. Tante Pearl war eine Freundin von Carla, sie möchte ihr nur die letzte Ehre erweisen."

„Sei einfach vorsichtig. Und ruf mich an, wenn dir irgendwas komisch vorkommt."

„Okay." Ich versprach Tyler, ihn nach der Beerdigung anzurufen. Tante Pearls Mission wäre dann hoffentlich erledigt und wir könnten nach Hause fahren.

Plötzlich ergab alles einen Sinn. Eine Kleinstadt wie Westwick Corners war der perfekte Ort, um eine Verbrecherorganisation zu führen. Niemand konnte kommen und gehen, ohne dass die ganze Stadt davon erfuhr. Das war wie ein Frühwarnsystem, auch wenn es am Ende die Racatellis nicht beschützen konnte. Sogar der Sheriff konnte gekauft oder, falls notwendig, aus der Stadt verjagt werden.

Wieder eine Erinnerung aus meiner Kindheit zerstört.

Wie viel wussten Mum und Pearl wirklich? Wenn Tante Pearl etwas von Carlas Geschäftsgeheimnissen wusste, könnte sie ebenfalls ein Ziel sein. Zuviel zu wissen war gefährlich.

KAPITEL 12

*I*ch verabschiedete mich von Tyler gerade in dem Moment, als mir Rocco von einem kleinen Tisch in der Ecke aus zuwinkte. Er saß mit dem Rücken gegen eine Wand, was ihm einen guten Blick über alle verschaffte, die die Bar betraten oder verließen. Er nickte zwei kräftigen Typen in dunklen Anzügen zu, die am Nebentisch saßen.

Der Kerl, der mich ansah, hatte einen rasierten Schädel, der mit Schweißperlen überzogen war, obwohl die Klimaanlage des Casinos auf Hochtouren lief. Er schien so etwas wie der Boss der beiden Kerle zu sein. Er nickte Rocco zu, als ich mich setzte.

Ich hatte die beiden Männer zuvor nicht bemerkt, aber sie waren eindeutig Roccos Bodyguards.

Sie musterten mich von oben bis unten.

Ich warf ihnen einen unfreundlichen Blick zu und nahm gegenüber Rocco Platz. „Das mit deiner Großmutter tut mir wirklich leid, Rocco."

Tante Pearl hatte mir kaum Details verraten, deshalb wusste ich nicht wirklich, was ich sagen sollte. „Was ist genau passiert?"

„Sie haben sie erwischt" Roccos Stimme war flach, aber er war

68

überraschend ruhig, in Anbetracht der Tatsache, dass seine Großmutter ermordet wurde.

„Sie wurde von einem Auto angefahren?" Ich erinnerte mich an
Tylers Bericht. Vielleicht handelte es sich um einen weiteren Unfall,
der gar keiner war. Aber ich konnte noch immer nicht glauben, dass
Carla ermordet worden war, egal was Tante Pearl sagte.

Er schüttelte den Kopf. „Nein."

„Ähm... wie genau ist sie denn gestorben?" Ich nahm einen Schluck
von meinem Bier und stärkte mich für die grässlichen Details. Ich
fühlte mich schrecklich neugierig, aber ich wollte auch wissen, ob
Tante Pearl mir die Wahrheit gesagt hatte.

„Ich habe sie im Swimmingpool gefunden, mit dem Gesicht nach
oben. Zuerst dachte ich, sie ließe sich einfach mit geschlossenen Augen
treiben. Aber sie hat sie nie wieder geöffnet." Roccos Stimme versagte.
„Die Polizei hat gesagt, dass es ein Unfall war... dass sie ertrunken ist."

„Aber du glaubst, dass jemand..."

Er nickte. „Jemand hat sie ausgeschalten. Da bin ich mir sicher. Ich
weiß nur nicht, wie ich es beweisen soll."

Ich zitterte. Ich hatte in der *Westwick Corners Weekly* über einige
Badeunfälle berichtet. Ich wusste nicht genau, was es war, aber
irgendetwas stimmte hier nicht. „Wann hast du sie gefunden?"

„Wir hatten weniger als eine Stunde zuvor zusammen Mittag
gegessen. Ich bin eigentlich nur zurückgekommen, weil ich meine
Brieftasche vergessen hatte."

„Dann warst du also der letzte, der sie lebend gesehen hat."

Er nickte. „Sobald ich sie im Pool sah, wurde ich misstrauisch. Sie
ist eigentlich nie weiter als drei Meter in den Pool hineingegangen.
Sie hatte Angst vor Wasser."

Nachdem ich sowieso bis nach der Beerdigung in der Stadt feststeckte, würde es wohl auch nicht schaden, wenn ich ein wenig ermit-
telte. „Wurde bereits eine Autopsie durchgeführt?"

„Nein, ich glaube auch nicht, dass es noch eine geben wird. Sie
stufen es als Unfall ein."

Es überraschte mich doch, dass nicht zumindest eine oberflächliche Untersuchung durchgeführt wurde, angesichts des Namens Racatelli. Badeunfall einer Chefin eines Mafiakartells, wenn das mal keine Alarmglocken läuten ließ. „Vielleicht wird ja trotzdem eine Autopsie durchgeführt. Egal, was die Polizei sagt."

Ich konnte mir nur einen Grund vorstellen, warum die Polizei ohne Ermittlungen zu dem Schluss kommen konnte, dass es sich um einen Unfall handelte.

Vertuschung.

Ich konzentrierte mich wieder auf Rocco und versuchte, mir einen Reim auf alles zu machen.

Rocco hatte beide Hände ineinander verschlungen. „Ich könnte wirklich deine Kräfte gebrauchen, um der Sache hier auf den Grund zu gehen, Cenny."

„Warum ich? Ich habe doch überhaupt keine Ahnung, wie man in einer solchen Sache vorgeht. Ich weiß nicht, wie..." Wir warben ja nicht gerade damit, aber als langjähriger Bewohner von Westwick Corners wusste Rocco zumindest teilweise von den Kräften, die unsere Familie besaß.

„Pearl hat es mir bereits versprochen. Sie hat gemeint, du wärst ein bisschen eingerostet, aber dass sie dir helfen würde."

„Das hat sie?" Ich wurde wütend angesichts Tante Pearls ständigen Drängens, aber ich hatte auch ein schlechtes Gewissen wegen Rocco. Auf eine eigenartige Weise war mein Verlangen, nach Hause zu kommen, meinem Mitgefühl gegenüber Rocco gewichen. Ich wollte alles in meiner Macht Stehende tun, um den Tod seiner Großmutter zu rächen. Aber alles an unserem Zusammentreffen kam mir eigenartig vor. Rocco tat so, als wäre er überrascht mich zu sehen, und trotzdem hat er mit Tante Pearl bereits über mich gesprochen. Vielleicht war das alles nur gespielt.

Rocco nickte. „Wer immer das getan hat, wird dafür bezahlen. Jeder will ein Stück von unserem Geschäft abhaben, denn Oma hat wirklich ein lukratives Unternehmen aufgebaut. Bones Battilana ist da keine Ausnahme. Er will ein großes Stück abbekommen, ohne sich dabei die Finger schmutzig zu machen."

Der größere der beiden Schlägertypen am Nebentisch fluchte und knallte mit der Faust auf den Tisch, als der Name von Carlas Ehemann bzw. nun Witwer fiel.

„Das wird aber nicht passieren, nicht wenn ich es verhindern kann." Rocco legte die Stirn in Falten. „Aber zuerst müssen wir sie aufhalten. Und da kommst du ins Spiel.

„Aha?" Wenn Roccos Verdacht begründet war, dann sollte er schleunigst mit der Polizei sprechen und nicht mit einer inkompetenten Hexe. „Hast du deinen Verdacht schon gegenüber der Polizei geäußert."

„Nicht wirklich. Sie würden sowieso nichts unternehmen. Die sind doch froh, wenn wir uns gegenseitig ausknipsen. Dann haben sie weniger Arbeit. Für die sind solche Grabenkämpfe einfach Teil unseres Geschäfts. Oma hat ein sehr erfolgreiches Geldwäscheunternehmen aufgebaut. Sie lässt - sie ließ - alles über dieses Casino laufen. Die Battilana-Jungs haben mich bedroht, mir verklickert, dass ich der nächste wäre. Sobald ich aus dem Weg bin, gehört das Geschäft ihnen."

Auch wenn ich Mitleid mit Rocco hatte, ich würde mich ganz sicher nicht einem Verbrechersyndikat anschließen.

Ich hielt mir die Ohren zu. „Warum sagst du mir das alles? Je mehr ich weiß, desto mehr bin ich auch in Gefahr." Jetzt war ich erst richtig sauer auf Tante Pearl. Die gratis Hotelsuite verpflichtete uns beinahe, Rocco aus der Patsche zu helfen.

„Ich bin jetzt der einzige überlebende Racatelli, das Geschäft gehört also mir. Das heißt, ich bin der nächste auf der Abschussliste." Rocco brach ab und dachte einen Moment nach. „Aber mach dir keine Sorgen. Da du nichts mit dem Geschäft zu tun hast, wirst du in Ruhe gelassen werden."

„Warum bist du dir da so sicher?" Mein Puls beschleunigte sich, als ich mich weiter über den Tisch lehnte. Sich in die Sache reinziehen zu lassen, war eine richtig schlechte Idee. Mein Herz sagte ja, auch wenn mein Verstand *Nein* schrie. Am Ende gewann das Herz. Ich wollte ihm helfen.

„Das ist ein ungeschriebenes Gesetz. Jetzt wo du alles weißt, haben wir keine Zeit zu verlieren. Lass mich dir von Oma erzählen." Rocco bedeutete dem Kellner, eine weitere Runde zu bringen, und lehnte sich nach vorne.

Als Reporterin brannte ein Teil von mir darauf, die ganze Geschichte zu hören. Meine risikoscheue Seite wollte allerdings lieber im Dunkeln tappen. Ich kippte den letzten Rest Bier in meinem Glas hinunter. „Ich bin ganz Ohr."

KAPITEL 13

*„D*u weißt, ich würde alles für dich tun. Sag mir einfach, was du brauchst." Ich lehnte mich über den Tisch und blickte in Rocco Racatellis wunderschöne Augen. Vielleicht hatte Tante Pearl wirklich recht. Wir hatten beide ein Familiengeheimnis, es erschien also nur natürlich: Wir waren für einander bestimmt.

„Ich bin so froh, dass du und deine Familie zur Beerdigung gekommen seid." Rocco tätschelte mir die Hand. „Ich bin immer noch schockiert darüber, was passiert ist, aber heute Morgen, das war eine enge Sache. Ich stand kurz davor, von Bones Battilanas Abschussliste abgehakt zu werden."

„Die Typen in der Lobby heute Morgen?"

Rocco nickte. „Er will mich umbringen und gleichzeitig die Kunden verscheuchen. Dann hat er freie Hand mit dem Racatelli-Imperium, ohne dass sich jemand in seine Angelegenheiten einmischt. Entweder ich kriege ihn oder er kriegt mich."

„Vielleicht gibt es noch einen anderen Weg. Wir könnten ihn mit einem Zauberspruch außer Gefecht setzen oder sonst irgendwas." Ich wusste nicht genau, was Tante Pearl geplant hatte, außer dass es mit Sicherheit etwas mit Zauberkraft zu tun hatte. Ihre schlechte Idee klang mittlerweile wie eine gute. Ein Zauberspruch würde zumindest eine Gewalteskalation vermeiden.

„Aber auch wenn das funktioniert, wie lange würde das anhalten?" Rocco blickte zur Seite auf seine kräftigen Bodyguards, die sich mehr mit der Speisekarte als mit potenziellen Gefahren zu beschäftigen schienen. Ich fragte mich, ob es dieselben Männer waren, die auch auf Carla aufpassen hätten sollen. Falls ja, dann war ihre Unaufmerksamkeit definitiv Teil des Problems.

„Ich denke, wir finden eine dauerhafte Lösung." Ich war alles andere als überzeugt, aber irgendwas in mir wollte unbedingt, dass sich Rocco besser fühlte.

Eine Kellnerin versorgte unseren Tisch mit den neuen Drinks. Sie war ein junges Mädchen, das kaum die High School abgeschlossen haben dürfte. Ihre Hand zitterte sichtlich, als sie unsere Drinks auf den Tisch stellte.

Rocco lächelte und wartete, bis sie verschwunden war. Sobald sie außer Hörweite war, lehnte er sich über den Tisch und sprach leise. „Bist du dir sicher, Cenny? Das könnte gefährlich werden."

„Solange du uns Rückendeckung gibst, damit wir alles vorbereiten können, sollte nichts passieren. Wir kümmern uns um Bones, damit du dich um das Geschäft kümmern kannst." Ich drückte seine Hand. Das hohe Risiko in dieser Geschichte schien meine Gefühle für ihn nur noch zu verstärken. Rocco war jemand, den ich kannte, wir könnten uns ein angenehmes Leben zusammen aufbauen. Er hatte einen unkonventionellen Job, ja und? Unkonventionell war ich auch.

Ich war immerhin eine Hexe.

Vielleicht sollte ich Tyler einfach vergessen. Als Sheriff von Westwick Corners folgte er den Regeln und Gesetzen. Meine Familie brach sie regelmäßig. Er vertrat Recht und Ordnung, wir das Chaos. Ich würde ihm nur Probleme bescheren.

Rocco, andererseits, war wie ich ein Außenseiter. Wir hatten einiges gemeinsam und nichts, was meine Familie tat, könnte seinem Ruf schaden.

Er tätschelte meine Hand und lächelte.

Ich lächelte zurück.

Plötzlich zuckte ich zusammen, als etwas an der Bar krachte. Auf den Krach folgte das Klirren von Glas. Ich drehte mich gerade noch rechtzeitig um, um zu erkennen, dass die Kellnerin neben der Bar zusammensackte. Sie stieß mit einem anderen Kellner zusammen, der seinerseits in den übergewichtigen Barkeeper hinter dem Tresen fiel. Der krachte in die Gläser hinter ihm und das ganze Ding klappte wie eine Reihe Dominosteine zusammen.

„Was zum..." Rocco sprang von seinem Stuhl auf. Er wirkte unentschlossen, ob er helfen und damit Aufmerksamkeit auf sich ziehen oder besser verschwinden sollte.

„Irgendwas ist gerade passiert." Ich schlug die Hand auf die Brust.

„Das kannst du laut sagen."

„Nein, ich meine, irgendwas ist gerade mit mir passiert." Der laute Krach hat es mir plötzlich ins Bewusstsein gerufen.

Ich blickte zu Rocco, der plötzlich gar nicht mehr so attraktiv aussah. Er sah nun einfach nur noch wie die erwachsene Version meines High-School-Schulfreundes aus. Sein muskulöser Oberkörper hatte sich in den eines untersetzten Mannes mit einem Ansatz von Bierbauch verwandelt.

Plötzlich wurde mir alles klar. „Ich glaube, Tante Pearl hat uns mit einem Anziehungszauber belegt."

„Wovon sprichst du?"

„Das, was wir für einander fühlen, das ist nicht echt. Der Krach hat den Zauber gebrochen." Der Zauberspruch verfügte über einen Sicherheitsmechanismus, damit die Verzauberten im Falle einer Gefahr wieder daraus befreit werden konnten. Der laute Krach hat uns wieder zu Sinnen gebracht, zumindest mich.

Rocco runzelte die Stirn. „Natürlich ist das echt." Ein Anflug von Unsicherheit legte sich über sein Gesicht. „Sagst du mir gerade, dass du mir die Gefühle für mich nur vorspielst?"

„Nein... ich meine, das waren doch gar nicht meine richtigen Gefühle. Ich mag dich, Rocco. Aber nicht so." Mir wurde plötzlich schmerzlich bewusst, dass ich unter dem Einfluss von Tante Pearls

Zauber zugestimmt hatte, an einem übersinnlichen Schlag gegen die Mafia mitzumachen. Jetzt wollte ich nichts lieber tun, als ihr so richtig die Meinung zu geigen.

Aber ich hatte es Rocco versprochen.

Ein Versprechen, das ich unmöglich halten konnte.

Rocco wirkte betroffen. Er drehte sich verwirrt von mir weg.

„Ich bin's nur, Rocco. Spürst du nicht den Unterschied in deinen Gedanken zwischen jetzt und nur ein paar Sekunden zuvor?

Er schüttelte den Kopf. „Ich will dich immer noch..." Er runzelte die Stirn. „Das ist komisch. Ich habe vergessen, was ich sagen wollte."

„Die Wirkung des Zauberspruches lässt nach. Es tut mir leid, aber ich kann mich nicht in deine kriminellen Geschäfte reinziehen lassen. Wir finden Carlas Mörder, aber nicht mit Zauberkraft."

„Du musst mir helfen, Cenny. Bones' Männer sind hinter mir her und warten nur auf eine Gelegenheit, mich auszuschalten."

„Ich bin mir sicher, wir können dich mit einem Schutzzauber belegen. Ich werde mit Tante Pearl sprechen." Etwas verstand ich aber noch immer nicht. „Du erbst Carlas Vermögen, aber was passiert, wenn du stirbst? Wer ist der nächste in der Reihe?"

Rocco schwieg einen Moment. „Ihr Ehemann. Bones Battilana."

„Bist du sicher?"

Rocco sah mich verwirrt an.

„Also was ich meine... kommt er als Ehemann nicht sowieso vor dir zum Zug? Der Ehegatte kommt doch immer vor den Kindern oder Enkeln, egal wie lange die Ehe gedauert hat. Wenn das der Fall ist, dann hat er doch gar keinen Grund, dich umzubringen. Dann hat er doch sowieso schon alles geerbt."

Roccos Gesichtsausdruck bestätigte mir, dass ich recht hatte. Hier ging irgendetwas anderes vor sich und ich würde herausfinden was.

Ich war furchtbar wütend auf meine Tante. Dank ihres Zaubers hatte ich im Grunde genommen versprochen, einen Mafioso aus dem Weg zu räumen. Das war gefährlich, illegal und meiner Lebenserwartung ganz und gar nicht zuträglich.

Aber ein Versprechen war ein Versprechen und ich stand immer zu meinem Wort.

Jetzt musste ich nur noch herausfinden, wie ich das schaffen konnte.

KAPITEL 14

*R*occos Situation hatte sich in den letzten zehn Jahren, in denen ich ihn nicht gesehen hatte, dramatisch verändert. Vielleicht sein Charakter ja auch.

Ich konzentrierte mich wieder auf seine Geschichte und war immer noch überwältigt vom wahren Ausmaß des Racatelli-Besitzes. Das Hotel Babylon war offensichtlich nur ein winziger Teil davon. Alles in allem musste er hunderte Millionen Dollar wert sein.

Jetzt wollte ich es genau wissen „Womit verdienen die Racatellis eigentlich ihren Lebensunterhalt?"

„Wenn ich dir das sage, müsste ich dich umbringen." Nun lächelte Rocco zum ersten Mal. „Nein, im Ernst, darum brauchst du dich im Moment nicht zu kümmern."

„Es ist mir Ernst, Rocco. Ich kann dir nicht helfen, solange du mir nicht alles sagst." Als ich mich nach vorne lehnte, erkannte ich, dass ich genau das tat, was Tante Pearl wollte. Ich war geradewegs in die Falle getappt.

Rocco nahm einen Schluck von seinem Drink. „Oma hat die Konkurrenz ausgeschaltet. Nicht durch Angst oder Gewalt, sondern einfach indem sie höhere Gehälter und Boni auszahlte. Die Mitarbeiter waren ihr gegenüber loyal. All die florierenden Geschäfte sind ihr nicht in den Schoß gefallen. Ganz und gar nicht. Sie hat richtig lausige Grundstücke gekauft und sie dann mit viel harter Arbeit in Top-Adressen verwandelt. Das hat Bones nicht gefallen. Er wollte das Beste für sich. Aber das war nicht alles. Bones gefiel es nicht, von Carla ausgestochen zu werden."

„Weil sie eine Frau ist?"

Rocco zuckte mit den Schultern. „Ich denke, ja. Es wurde schlimmer, nachdem sie verheiratet waren. Oma sagte mir, dass es für sie nur eine Zweckehe war, aber ich glaube, Bones hat die Sache etwas anders gesehen.

Meine Kinnlade klappte nach unten. „Sie hat ihn benutzt?"

„Warum nicht? Er hat sie schließlich auch benutzt. Sie erhofften sich beide etwas von diesem Arrangement." Rocco betonte das letzte Wort, in dem er mit den Fingern Anführungszeichen in die Luft malte. „Oma wollte nur etwas Ungezwungenes."

Es wäre mir nie in den Sinn gekommen, dass grauhaarige ältere Damen wie Carla oder Tante Pearl Flirts hatten oder irgendwelche Leute heirateten, in die sie gar nicht verliebt waren. „Das klingt schäbig, wenn du das so sagst."

„Und du klingst wie eine 70-Jährige. Ein bisschen mehr Vegas-Spirit würde dir guttun."

Ich starrte Rocco wütend an. Er hatte kein Recht, so über mich zu urteilen. „Ich bin ganz zufrieden damit, wie ich bin, danke."

„Oma war einfach ein Freigeist. Sie wollte einfach nur etwas Körperliches. Bones war es, der auf eine Hochzeit bestanden hatte."

Ich schnaufte. Das war keinesfalls die Carla, an die ich mich erinnerte, aber immerhin hatte ich sie zum letzten Mal als Teenager gesehen.

„Aber warum hat sie ihn dann überhaupt geheiratet? Warum dieser Sinneswandel?"

„Oma dachte, das würde verhindern, dass die Gewalt überhandnimmt. Gib ihm, was er will. Oder lass ihn zumindest glauben, dass er bekommt, was er will. Sie hat ihn aber einen Ehevertrag unterzeichnen lassen. Sie war besorgt, dass Bones sie nur heiratet, um die Kontrolle über ihr Geschäft zu bekommen.

„So wie dieses Hotel?" Ich nahm an, dass Viele ein Stück vom Racatelli-Kuchen abhaben wollten. Ich war überrascht, dass Bones die Hochzeit trotz des Ehevertrages durchgezogen hat. Andererseits kannte ich auch die Details dazu nicht. Vielleicht sah Bones ja dennoch einen Vorteil für sich, trotz des Ehevertrages. Es schien allerdings so, als würde Rocco mehr als jeder andere von Carlas Tod profitieren. Wenn er denn lange etwas davon haben würde, versteht sich.

Rocco nickte, seine Augen füllten sich mit Tränen. „Das und ein paar andere Dinge. Oma hat später kalte Füße bekommen und wollte die Hochzeit abblasen, aber Bones hat sie bedroht. Deshalb hat sie es durchgezogen. Aber sie hat alles mir hinterlassen."

„Das klingt mir nicht gerade nach der großen Liebe." Rocco tat mir unglaublich leid. Ob kriminell oder nicht, er hat seine ganze Familie verloren. Trotz des Ehevertrages schien Bones hinter irgendetwas her gewesen zu sein und es war gewiss nicht Carlas Zuneigung.

„Wo ist Bones? Hast du ihn gesehen?"

„Ich meide ihn, wo es geht", sagte Rocco. „Er wird natürlich bei der Beerdigung sein... und den trauernden Ehemann spielen."

„Das ist wirklich eigenartig."

Rocco nickte. Dann sagte er: „Wer immer das getan hat, wird dafür bezahlen. Aber das muss bis nach der Beerdigung warten."

Ein Kellner brachte Martinis für Rocco, mich und die beiden Typen am Nebentisch, auch wenn wir nichts bestellt hatten. Das letzte, was ich brauchte oder wollte, war mehr Alkohol.

Rocco streckte seine Hand über den Tisch aus und berührte die meine. „Wegen der Beerdigung... sehen wir uns dort?"

Ich nickte und wusste nicht, was ich sagen sollte. Trotz der Gerüchte, die es immer über die Familie gegeben hatte, hatte ich nie vermutet, dass Carla was damit zu tun hatte. Jetzt war mein Interesse geweckt. Ich wollte so schnell wie möglich in mein Zimmer, um alles über die Racatellis, ihr geheimes Leben und ihre mysteriösen Tode zu erfahren.

Das Begräbnis gab mir plötzlich neue Motivation und ich wollte alles tun, um Rocco zu helfen. Was auch immer sein Job war, er war noch immer der Junge, mit dem ich aufgewachsen war. Selbst Gangster liebten ihre Großmutter und niemand hatte es verdient, von kaltblütigen Mördern um die Ecke gebracht zu werden. Trotzdem war ich noch nie auf einem Mafia-Begräbnis.

Ich erinnerte mich an Tylers Warnung. Solange ich wachsam war und aufpasste, konnte mir nichts passieren.

Ich lächelte Rocco an, als ich einen Schluck von meinem Drink nahm. „Ich werde dort sein."

KAPITEL 15

„In der Liebe und im Krieg ist alles erlaubt", sagte Tante Pearl. „Aber wir können Roccos Chancen ein wenig erhöhen."

Als ich in die Suite zurückkehrte, war Mum weggetreten, Christophe kochte irgendetwas in der Küche und Tante Pearl starrte unentwegt auf den Fernseher, in dem ein Poker-Turnier lief.

Ich verschränkte meine Arme und stellte mich vor den Fernseher, um ihr die Sicht zu versperren. „Du verschwendest deine Zeit mit deinen wahnwitzigen Zaubersprüchen. Was immer du auch über Rocco und mich gelegt hast, es wirkt nicht mehr.

„Wovon sprichst du? Ich habe nie so was getan." Tante Pearl winkte ab. „Und jetzt geh mir aus dem Weg, ich will nichts von der Action verpassen. Ich glaube, jetzt geht gleich jemand All-In und wird alles verbocken.

Ich drehte mich um und sah auf den Bildschirm. Drei Männer und eine Frau starrten konzentriert auf ihre Karten. Das war ja noch langweiliger als die Zeitlupenwiederholung einer Golfpartie. Ich griff nach der Fernbedienung und drehte den Fernseher ab.

„Hey! Ich wollte mir das ansehen." Tante Pearl versuchte, mir die Fernbedienung zu entreißen, aber ich hielt sie von ihr weg.

„Es ist eine Sache, mich zu entführen, aber mich zu verzaubern und damit mein Leben in Gefahr zu bringen? Das ist echt nicht okay, Tante Pearl! Zum Glück wurde der Zauber aufgehoben." Wenn wir uns schon auf einen Gangsterkrieg einlassen, wollte ich wenigstens bei allen Sinnen sein.

„Hast du etwa deinen Aufhebungszauber verwendet? Gute Arbeit!" Ihre Laune besserte sich sofort. „Siehst du, du musst es nur probieren."

„Ich habe gar nichts getan. Der Zauber wurde von selbst aufgehoben, weil er nicht gut genug war. Wie auch immer, ich habe keine Lust auf deine Kuppelei und deine Einmischung." Ich legte die Fernbedienung auf den Couchtisch.

Tante Pearl schürzte ihre Lippen. „Ich wollte nur helfen, Cenny. Du bist so griesgrämig, seit du deine Hochzeit abgeblasen hast und ich wollte ein bisschen frischen Wind in dein Leben bringen. Du solltest nicht so undankbar sein."

Das war wieder typisch für Tante Pearl, dass sie mich an meine Beinahe-Hochzeit mit Brayden Banks erinnerte, der mich für seine eigenen Zwecke verraten und verkaufen wollte. Geld schien wirklich die Wurzel allen Übels in der Welt zu sein. Auch Carlas Vermögen hatte sie ins Grab gebracht.

„Ich bin nicht undankbar und ich habe genug frischen Wind..." Ich hatte zu viel gesagt.

Tante Pearl verdrehte die Augen, als sie nach der Fernbedienung griff und den Fernseher wieder einschaltete.

„Du hättest Rocco und mich niemals verhexen dürfen. Jetzt habe ich ihm etwas versprochen, das ich nicht halten kann." Ich erzählte ihr von Roccos Irrglauben, dass er Carlas Erbe sei. „Er weiß natürlich von der Hochzeit, aber er hat gesagt, dass Bones einen Ehevertrag unterschrieben hat."

Tante Pearl lachte. „Bones hätte niemals so etwas getan. Aber das ist nicht wirklich eine große Sache. Uns fällt schon was ein."

„Aber wie... Rocco steht kurz davor, um die Ecke gebracht zu werden. Und Bones hat gerade ein ganzes Imperium geerbt." Ich erzählte ihr von Roccos Version von Carlas Romanze – wenn man es so nennen wollte – und der erzwungenen Hochzeit. „Rocco hat mir außerdem erzählt, dass die Polizei Carlas Tod als Unfall einstuft."

„Das ist unmöglich", sagte Tante Pearl.

„Was ist mit Bones? Glaubst du, er war's?"

„Was ist mit ihm?" Tante Pearls Gesicht verfinsterte sich. „Lass gut sein. Wir sprechen später darüber."

Etwas an ihrer Stimme sagte mir, dass ich nicht weiter nachhaken sollte, aber ich tat es trotzdem. „Carla muss doch Dutzende Feinde gehabt haben, wenn man mal ihren Job bedachte. Sogar Rocco hatte ein Motiv."

„Nicht Rocco." Tante Pearl schüttelte den Kopf. „Rocco hat seine Großmutter geliebt. Du hast allerdings recht damit, dass eine Menge Leute sie tot sehen wollten. Ich wünschte, wir hätten früher hier sein können. Als die Dinge eskalierten, hat sie mich um Hilfe gebeten. Aber es war zu spät." Eine Träne kullerte über ihre Wange.

Ich ließ mich neben meine Tante auf das Sofa fallen und legte einen Arm um ihre Schultern. Tante Pearl war immer ein Fels in der Brandung gewesen, trotz ihrer schmächtigen Statur. Jetzt wirkte sie winzig und verletzlich.

„Jetzt sag mir aber bitte nicht, dass du auch was mit der Mafia zu tun hast." Mir kam es so vor, als würde ich meine Tante gar nicht mehr kennen und mehr Geheimnisse konnte ich nicht ertragen. Schon gar nicht, wenn es mit schießwütigen Gangstern zu tun hatte. Wir waren viel zu sehr in die Angelegenheiten anderer Leute verwickelt, skrupelloser Leute, die vor nichts zurückschrecken würden, um uns loszuwerden.

Sie wandte sich ab. „Natürlich bin ich das nicht. Aber ich bin Carlas Freundin. Egal ob mit oder ohne deine Hilfe, ich werde alles tun, um Rocco zu schützen. Und Carlas Tod zu rächen. Bist du also dabei oder nicht?"

„Natürlich bin ich dabei", seufzte ich. Tante Pearl hatte mich wie eine Spieluhr aufgezogen, jetzt blieb mir nichts anderes übrig, als zu tanzen.

KAPITEL 16

*E*s hätte kein heißerer Tag für eine Beerdigung sein können. Wir standen in der asphaltierten Auffahrt, ein paar Meter vom massiven Racatelli-Mausoleum entfernt, das die anderen Grabsteine wie Zwerge wirken ließ. Ein gutes Dutzend Gäste stand schweigend da, während wir auf die Beerdigung warteten.

Ich drehte mich zu Tante Pearl. „Wird Bones auch zur Beerdigung kommen? Ich sehe ihn nirgendwo."

Sie zuckte mit den Schultern. „Wer weiß?"

Er hatte auf jeden Fall ein Motiv gehabt, Carla umzubringen, trotz des Ehevertrags. Jetzt wo Carla weg war, hatte er eine Konkurrentin weniger. Trotzdem konnte ich mir nicht vorstellen, dass Carlas Ehemann die Beerdigung verpassen würde. Aber Bones war nirgendwo zu sehen.

Vielleicht war er bereits auf der Flucht, obwohl die Polizei es als Unfall einstufte. Oder vielleicht streckte er die Zehen schon mal ins Wasser des Racatelli-Imperiums, während Rocco mit der Beerdigung beschäftigt war.

„Sag mir, wenn du ihn siehst", flüsterte ich.

Tante Pearl stand neben mir, aber sie hätte gerade auch eine Million Kilometer weit weg sein können. Vielleicht war es die Hitze, aber sie schien ganz versunken in die Erinnerung an Carla zu sein. Ich tippte ihr auf den Arm.

„Wie?"

„Wenn du Bones siehst, gib mir ein Zeichen, okay?" Die Beerdigung hing dem Zeitplan etwas hinterher und ich wurde bei knapp 40 Grad geröstet. Das schwarze Wollkleid, das Tante Pearl für mich gezaubert hatte, war schwer und beinahe unerträglich warm. Meine Beine waren in schweren schwarzen Strumpfhosen gefangen und viel zu kleinen Pumps, auch ein Geschenk von Tante Pearl. Wie immer war ihre Garderobenwahl sowohl eine Strafe als auch eine Anregung, meine eigenen Künste zu verbessern. In typischer Tante Pearl-Manier steckte im Ergebnis eine Botschaft. Sie wollte, dass ich die Hitze spürte.

„Sprich leise, Cendrine." Tante Pearls Augen verengten sich. „Sag seinen Namen nicht laut, das zieht nur Aufmerksamkeit auf uns."

Mit einem Mal wurde mir die delikate Lage schmerzlich bewusst. Das war eine echte Mafia-Beerdigung. Aber meine Aufregung über dieses Real-Life-Soprano-Erlebnis war wohl eher unangebracht. Wir konnten schließlich ganz schnell ins Kreuzfeuer dieser Familienstreitigkeiten geraten.

„Vielleicht hätten wir doch nicht zur Beerdigung kommen sollen", sagte ich. „Was, wenn etwas passiert?" Je mehr ich darüber nachdachte, desto unlogischer erschien es mir, dass wir hier an der Beerdigung teilnahmen und von einem Haufen bekannter Gangster umringt waren. „Was, wenn die Typen aus der Lobby zurückkommen?"

Tante Pearl zuckte mit den Schultern. „Umso mehr Grund für uns hier zu sein. Rocco braucht mehr Bodyguards. Er braucht einen magischen Schutzschild, wenn er den Tag überleben will."

Sie drückte meinen Arm. „Alles wird gut werden, Cenny. Entspann dich. Wir müssen hier sein. Carla gehörte praktisch zur Familie."

Ich drehte mich zu Mum, die in ihrem ärmellosen schwarzen Leinenkleid, das knapp über ihren Knien endete, entspannt und elegant aussah. Es war einfach, chic und viel besser für die drückende Hitze von Las Vegas geeignet als mein Wollfetzen. „Ich kannte Carla Racatelli kaum, als sie noch in Westwick Corners lebte. Sie hat mich bestimmt nicht vermisst, als sie vor zehn Jahren weggezogen ist. Und sie würde es bestimmt nicht bemerken, wenn ich ihre Beerdigung verpasse."

„Vielleicht nicht, aber deine Anwesenheit macht einen großen Unterschied für Rocco, der weiß, dass du ihn unterstützt." Mum tätschelte mir die Hand.

Rocco. Ich hatte ihm versprochen, dass ich bei der Beerdigung sein würde, aber er hatte so viel um die Ohren, dass er es wahrscheinlich schon wieder vergessen hat. Wenn Tante Pearls Zauber für mich aufgehoben war, galt dasselbe bestimmt auch für ihn. Auf eine gewisse Art enttäuschte es mich.

„Warum braucht Rocco meine Hilfe? Ich habe ihn in all den Jahren nicht gesprochen oder gesehen."

Mein Puls raste, als ich daran dachte, wie er seine Hand auf die meine gelegt hatte. Ich fühlte mich auf eigenartige Weise von ihm angezogen, auch wenn mir mein Kopf sagte, dass das alles nicht echt war. Vielleicht war der Zauber noch nicht vollständig aufgehoben.

Ich wollte Tyler, nicht Rocco, aber das konnte nicht funktionieren, solange ich hier in Las Vegas war. Ich erinnerte mich daran, wie uns Tyler an der Autobahn aufgehalten hatte. Sein umwerfendes Lächeln, er war so sexy in seiner Uniform.

Dann dämmerte mir plötzlich, dass Tante Pearl vermutlich Wind von meinen Gefühlen gegenüber Tyler bekommen hatte. Vielleicht hatte sie mich nicht entführt, um Rocco zu helfen, sondern um mich von Tyler fernzuhalten. Als Sheriff war er sozusagen ihr Erzfeind. Sie war ständig dabei, die Grenzen der Legalität auszuloten und geriet laufend in Schwierigkeiten. Sie wäre entsetzt, wenn sie wüsste, dass ich mich mit ihm traf. Aber wir hatten uns ziemlich angestrengt, unser Geheimnis vor allen zu bewahren, inklusive Tante Pearl, es war also unmöglich, dass sie etwas wusste.

Oder wusste sie etwa doch alles? Ich erschauderte.

„Ach, Cenny.

„Ja?"

„Hatte ich erwähnt, dass du einer der Sargträger bist? Am besten stellst du dich hinter Rocco." Sie deutete auf vier ältere Männer. Ich fragte mich, ob es Verwandte waren. Wenn ja, dann waren sie um einiges älter als Carla.

„Wie bitte? Nein!" Plötzlich wurde es um uns herum leise und jeder drehte sich zu mir um. Sogar der Verkehr an der angrenzenden Straße schien für einen Moment stillzustehen.

„Cendrine West, beweg deinen Hintern und stell dich auf deinen Platz." Tante Pearl schubste mich in Richtung der Männer.

Alle Augen waren auf mich gerichtet. Ich schlich hinüber zu den Männern und nahm – nachdem ich keine andere Wahl hatte – meinen Platz ein.

Ich erschrak, als mir jemand zupfiff.

„Psst!" Tante Pearl zeigte mir ein Daumen hoch.

Das erregte die Aufmerksamkeit zweier dunkelhäutiger Männer, die mit ihrer Statur wie zwei massige Footballspieler wirkten. Ich erkannte sie, es waren Roccos Bodyguards, und ich fragte mich, warum ich Sargträger sein sollte und nicht die beiden Muskelprotze.

Natürlich.

Sie mussten die Hände frei haben, falls sie eilig ihre Waffen ziehen mussten, um Rocco zu beschützen.

Ich erschauderte. Jeder, der auf Rocco schießen würde, zielte geradewegs auf mich. Ich würde nur ein paar Zentimeter von ihm entfernt stehen.

Das war wirklich zu viel, das konnte man nicht von mir verlangen, dass ich mich in Lebensgefahr brachte, weil ich den Sarg eines Mafiabosses trug. Ich ging zurück zu Tante Pearl. Sie wandte mir den Rücken zu, als sie mit Mum sprach, und so sah sie mich erst, als ich sie am Ellbogen antippte.

„Cendrine West, zurück an deinen Platz." Tante Pearls Augen weiteten sich „Los!"

Ich schüttelte den Kopf. „Nein, Tante Pearl! Ich gehöre hier nicht her, ich will nach Hause." Ich sah Mum hilflos an. Konnte sie etwas für mich tun?

Mum schüttelte ihren Kopf leicht und hoffte, ihre Schwester würde es nicht bemerken.

„Nein, Cenny, du musst bleiben." Tante Pearl schürzte ihre Lippen.

„Wir brauchen dich als Sargträger. Und ich brauche ebenfalls deine Hilfe.

„Warum ich?" Ich hatte wirklich ein schlechtes Gewissen, weil ich einen solchen Aufstand bei einem so traurigen Anlass machte, aber ich spürte, dass sich in mir Ärger zusammenbraute. Worin auch immer Tante Pearl ihre Finger im Spiel hatte, es war entweder gefährlich, peinlich oder beides.

„Du bist die Ablenkung." Sie strich eine Haarsträhne aus meinem Gesicht und steckte sie hinter mein Ohr. „Du weißt schon, eine Augenweide. Du musst die Aufmerksamkeit dieser schießwütigen jungen Spunde auf dich ziehen, während Ruby und ich den magischen Teil übernehmen."

„Ich verstehe nicht, warum..."

„Streite nicht mit mir. Denk daran: Ich habe mir den Knöchel verstaucht, deshalb nimmst du meinen Platz als Sargträger ein." Tante Pearl schürzte die Lippen, als plötzlich auf magische Weise eine Gehhilfe vor ihr auftauchte. „Das ist die Geschichte. Du hast was gut bei mir, versprochen."

Mein Blick verfinsterte sich. „Ich kann mich nicht daran erinnern, dass du dich verletzt hast. Du hast heute Morgen noch ziemlich fit ausgesehen."

„Das war nur vorgespielt, Cenny. Sieh mich doch an, ich kann kaum laufen." Tante Pearls Unterlippe zitterte. „Wenn du nicht für mich einspringst, werde ich Carlas Beerdigung ruinieren."

„Ich bezweifle, dass sie davon etwas bemerken wird."

„Jetzt hilf mir doch einfach aus diesem Schlamassel", sagte Tante Pearl. „Du musst doch nur ein paar Schritte laufen, dann ist alles vorbei."

Es war sinnlos, mit Tante Pearl zu streiten. Sie gewann jeden Streit und ich war zu müde, um es weiter zu versuchen.

Die anderen Sargträger starrten in meine Richtung. Offensichtlich hielt ich die Prozession auf.

Ich wusste nicht, was angsteinflößender war: den Sarg bei einer Mafia-Beerdigung zu tragen oder meine scheinbar unkontrollierbare Anziehung gegenüber Rocco. Was ich allerdings wusste, war, dass

Tante Pearl solange einen Riesenaufstand machen würde, bis ich ihrem Plan folgen würde.

Das letzte, was ich wollte, waren enge Bande mit jemandem, der vom Rande der Gesellschaft aus arbeitete. Aber wenn ich etwas über die Racatellis wusste, dann dass sie mit einigen sehr mächtigen Personen in der Unterwelt befreundet waren. Personen, von denen ich nicht einmal wissen wollte, dass sie existierten.

Noch verstörender war Tante Pearls offensichtliche Verbindung zu den Racatellis. Sie hatte Carla nicht einmal erwähnt, seit die Racatellis vor zehn Jahren plötzlich aus Westwick Corners weggezogen waren und sie war nicht gut darin, über die Distanz hinweg Kontakt zu halten. Irgendwas ging hier vor, davon war ich überzeugt.

KAPITEL 17

ie Beerdigung begann schließlich mit einer Stunde Verspätung ohne Erklärung für die Verzögerung. Während Rocco und seine Entourage in der klimatisierten Limousine warteten, standen Tante Pearl, Mum und ich auf dem Asphalt mit den anderen Trauergästen und warteten. Die Nachmittagssonne brannte unbarmherzig auf uns herab und ich fühlte bereits einen Sonnenbrand auf meiner Haut. Ich wischte mir den Schweiß von der Stirn und verlagerte mein Gewicht von einem unbequemen Schuh auf den anderen.

Rocco stieg aus seiner Limousine und wurde von vier bulligen Bodyguards umringt. Zwei erkannte ich, die anderen beiden hatte ich noch nie gesehen. Wir warteten, bis die Gruppe langsam die Asphaltstraße heraufgelaufen kam.

Es war ein Tag, der nach trägerlosen Tops und kurzen Hosen verlangte, nicht nach dicken Winterwollstoffen. Ich konnte es kaum erwarten, dass die Sache hier zu Ende war.

Der Bestatter ließ den Sarg aus dem Leichenwagen gleiten und dirigierte uns Träger an ihre Positionen. Ich fand mich zwischen zwei gebrechlich wirkenden Herren in den ihren Siebzigern wieder. Beide hatten einen gekrümmten Rücken und schienen von der Hitze noch mehr mitgenommen zu sein als ich.

Noch nie war ich ein Sargträger gewesen und langsam wurde ich nervös. Das war nicht wirklich etwas, das man aus dem Stehgreif konnte. Zum Glück hatte ich einen der Plätze in der Mitte und so konnte ich mich auf die Kommandos der anderen verlassen. Alle waren Jahrzehnte älter als ich und daher nahm ich mal an, dass sie das hier schon öfter gemacht hatten.

Ich nahm meinen Platz ein und umklammerte den metallenen Griff. Der Sarg war zu meiner rechten Seite. Ich hatte keinerlei Vertrauen in meine Sargträgerkollegen, die alle aussahen, als hätten sie schon Probleme, eine Tüte aus dem Supermarkt nach Hause zu tragen. Ich hoffte nur, dass wir als Kollektiv stark genug waren. Die Distanz zum Grab betrug knapp fünfzig Meter, aber dabei konnte einiges schief gehen.

Als einzige Frau wirkte ich ein wenig deplatziert und dann noch ganz besonders, da ich der Ersatz für Tante Pearl war. Sie war nicht einmal 1,50 Meter groß und ohne den Einsatz von Zauberei hätte sie es ohnehin nie geschafft. Sie wäre sowieso eine eigenartige Wahl gewesen. Wobei, das waren wir eigentlich alle, wenn ich mir so die starken, jungen Kerle ansah, die sich unter den Trauergästen befanden. Es waren nun gut 100 Personen anwesend und jeder von ihnen stand Carla und Rocco vermutlich näher als ich. Ich verstand ja, warum die Bodyguards ein Freilos bekamen, aber was war mit den anderen Gästen, die in ausgezeichneter körperlicher Verfassung waren? Warum wurden die nicht als Sargträger ausgewählt?

Ich wischte mir mit meiner freien Hand den Schweiß von der Stirn und erkannte plötzlich, dass Tante Pearl mich von Anfang an als Sargträger vorgesehen hatte. Wie immer hatte sie einen Plan gehabt. Wenn ich doch nur wüsste, wie genau dieser aussehen sollte.

Mit jedem Schritt geriet ich mehr außer Atem. Ich mühte mich ab, Carlas Sarg auf einer Höhe mit den anderen Trägern zu halten, die trotz ihrer Gebrechlichkeit um einiges größer waren als ich. Ich hielt meinen Arm unangenehm hoch, um in einer Linie mit den anderen zu bleiben.

Carlas Sarg war viel schwerer als man es annehmen hätte können und ich fühlte mich, als würde ich jeden Moment zusammenbrechen.

Unserem langsamen Tempo zufolge, hatten auch die anderen Sarg-träger ein Problem damit, das Gewicht zu halten.

Wir krochen weiter über den unebenen Asphalt. Ich zählte jeden Schritt, während wir immer wieder ins Schwanken gerieten und unser Gleichgewicht suchten. Wir trotteten langsam zum Grab, das noch immer gut 40 Meter entfernt war. Es wurde immer heißer und ich schwitzte, während sich der Metallgriff in meine Hand bohrte. Wir hatten nun gut den halben Weg zurückgelegt, aber der Schmerz in meiner Hand wurde unerträglich.

Wenn das so weiterging, würde ich umkippen, bevor wir das Grab erreicht hatten. Ich blickte hinüber zu meinen älteren, männli-chen, gebrechlichen Kollegen und fragte mich, ob wir es schaffen würden.

Eins, zwei, drei...

Leise zählte ich meine Schritte und dachte mir, dass ich noch gut 100 vor mir hatte, bevor ich den schweren Holzsarg endlich abstellen konnte.

Vierzehn, fünfzehn...

Der Mann vor mir stolperte über eine Unebenheit im Asphalt und geriet ins Straucheln. Er fiel auf seine Knie, wobei er mit einer Hand noch immer den Sarg hielt.

Meine Beine schmerzten unter dem Gewicht und ich versuchte alles, um nicht mitsamt dem Sarg auf ihn zu stürzen. Jetzt bereute ich es, dass ich nicht öfter zum Gewichtheben ins Fitnesscenter gegangen war. Mein rechtes Bein knickte ein, als ich Übergewicht nach vorne bekam. Das ließ mich den Rhythmus mit den anderen Sargträgern verlieren. Für einen Moment wankte ich, dann fand ich mein Gleich-gewicht wieder. Wir alle pausierten für einen Moment, während das Gewicht des Sarges neu ausgerichtet wurde.

Jemand half dem gestürzten Mann wieder auf die Beine. Zu meiner Überraschung nahm er seinen Platz vor mir wieder ein. Ich hätte erwartet, dass jemand für ihn einspringen würde, aber nein.

„Verdammt, ist das schwer", murmelte ich vor mich hin. „Carla muss einiges zugelegt haben." Falls mich jemand von den anderen gehört hatte, reagierte niemand darauf.

„Bereit?" „Eins, zwei, drei." Der Mann vorne sprach gerade so laut, dass ich ihn noch hören konnte. „Gehen wir jetzt langsamer."

Ich stöhnte. Wenn überhaupt sollten wir einen Zahn zulegen, damit wir das Gleichgewicht nicht ganz verloren. Ich wagte allerdings nicht, etwas zu sagen.

Wir gehorchten und krochen in Zeitlupe weiter über den Asphalt in Richtung des Bestatters. Der bedeutete uns, nach rechts zu treten und uns ins Gras zu stellen. Wir trotteten über den unebenen Untergrund entlang an einer Reihe Grabsteine. Es wurde immer schwieriger, das Gleichgewicht zu halten, im Gleichschritt zu bleiben und dabei den Sarg immer auf gleicher Höhe zu halten.

Ich konzentrierte mich auf meine Schritte, setzte einen Fuß vor den anderen.

Wir hatten ein paar Meter im Gras geschafft, als ich plötzlich mein Gleichgewicht verlor. Der Griff des Sarges bohrte sich noch tiefer in meine Hand und schnitt die Blutzufuhr ab. Meine Hand wurde taub und ich konnte den Griff nicht länger spüren. Ich zwang mich weiterzugehen. Nur noch ein paar Schritte, dann hätte ich es geschafft.

Es war schon viel Zeit vergangen, seit ich Carla Racatelli das letzte Mal gesehen hatte, aber auch 10 Jahre Las-Vegas-Futter konnten den Sarg doch nicht so schwer werden lassen.

In meiner Erinnerung war Carla eine ebenso schmächtige Gestalt wie Tante Pearl, die kaum 50 Kilo auf die Waage brachte. Und ein paar Kilos mehr, das hätte sich auf alle Sargträger verteilt, das wäre nicht ins Gewicht gefallen. Wieder einmal begannen meine Knie unter dem Gewicht zu zittern.

Meine Hand pochte vor Schmerz, während ich mich auf den Boden konzentrierte, die letzten Schritte zählte, die letzten Sekunden, bis wir Carlas letzte Ruhestätte erreichten und ich endlich meine Hand ausruhen konnte.

Eine kleine Gruppe von Männern und Frauen, alle in schwarz gekleidet, scharrte sich um das Grab, der Rest folgte unserer Prozession. Je näher wir kamen, desto erleichterter wurde ich.

Weniger als zehn Meter, dann konnte ich den Sarg abstellen.

Die nächsten Momente sah ich dann nur noch verschwommen, als der Boden des Sarges aufbrach und etwas herausstürzte. Ich erstarrte, als das Gewicht des Sarges verlagert wurde.

Eine Frau schrie und zeigte in unsere Richtung.

Ich blickte auf den Sarg und riss entsetzt den Mund auf.

Zwei Beine taumelten rechts von mir aus dem Sarg heraus.

Ich schrie.

Beharrte Beine. Männliche Beine. Die Beine gehörten zu einem Körper, der ganz klar männlich war, mit einem Bierbauch, der kaum unter einem schwarzen Nadelstreifenanzug versteckt werden konnte.

Keine Carla.

Dann fiel die Leiche unbeweglich wie ein Crash Test Dummy auf den Boden.

Der Sarg fiel uns aus der Hand, ins Gras und glitt zur Seite. Er landete mit einem dumpfen Aufprall auf der Leiche.

Mum schrie und deutete auf den Sarg. „Das ist nicht Carla."

Das war sie auf keinen Fall, wenn sich Carla Racatelli in den letzten Jahren nicht in einen übergewichtigen Kerl verwandelt hat.

Tante Pearl wurde ohnmächtig und fiel in eine Gruppe Menschen, die sich um den Sarg drängen wollten. Zwei bullige Männer in schwarzen Anzügen schnappten sie und halfen ihr hinüber zum Leichenwagen, wo sie sich in den geöffneten Kofferraum setzte.

Ein Scharnier krachte, als der Sarg geöffnet wurde. Die kleine Carla Racatelli lächelte selig der Menge zu und hatte ihre Arme vor ihrem starren Körper gefaltet. Irgendwie war ihr Körper im Sarg geblieben, wofür ich froh war.

Ein paar Teenager neben mir schossen Fotos mit ihren Handys. Ich erschauderte bei dem Gedanken, was bald auf Facebook, Instagram oder sonst wo zu sehen sein würde. Es hatte den Tod dazu gebraucht, aber Carla und ihr ungebetener Gast würden wohl bald ein Internethit sein.

„Hey, steckt gefälligst eure Handys weg und helft uns mit dem Sarg." Ich zeigte auf die Jungs und bedeutete ihnen, den Sarg aufzuheben und ihn zum Grab zu tragen.

Sie waren angesichts meines Wutausbruchs so schockiert, dass sie die Handys tatsächlich in die Taschen gleiten ließen und gehorchten.

„Das geschieht ihr recht", murmelte ein in schwarz gekleideter, buckeliger Mann. „Sie hat bekommen, was sie verdient hat."

Dann brach ein Streit zwischen zwei Männern aus, die neben ihm standen, während die anderen noch spekulierten, was wohl als nächstes passieren würde. Die ruhige Trauerfeier hatte sich ganz plötzlich in ein italienisches Schreigefecht entwickelt und ich fragte mich, wann sie anfangen würden, Gegenstände aufeinander zu werfen.

Oder noch Schlimmeres, denn ich sah, dass Roccos Bodyguards in die Innentaschen ihrer Anzüge griffen.

„Was zur Hölle geht hier vor?" Rocco Racatelli trat nach vorne und bäumte sich vor dem Bestatter auf. „Was haben Sie mit meiner Großmutter angestellt?"

„Ich... ich verstehe das nicht. Ich habe Mrs. Racatelli selbst in den Sarg gelegt." Der Bestatter errötete, brach in Schweiß aus und kniete sich ins Gras. Er atmete tief ein und schloss den Deckel des Sarges. „Alles in Ordnung. Sie ist noch da."

„Meine Großmutter hat im Vorhinein für eine ordentliche Beerdigung mit allem Drum und Dran bezahlt", sagte Rocco. „Nicht für eine 2-für-1-Aktion mit einem Mitbewohner im Sarg. Das werden Sie noch bereuen."

Die beiden Männer, die Tante Pearl geholfen hatten, traten nun näher an den Bestatter heran. Dieser zitterte und war sichtlich verängstigt.

„Aber, aber, Jungs." Rocco winkte sie weg.

Plötzlich tauchte Tante Pearl an meiner Seite auf. „Das wäre ein Grauen für Carla. Sie ist nie Holzklasse geflogen. Sie hätte sich nie auf sowas Billiges wie einen geteilten Sarg eingelassen."

Der Bestatter erblasste. „Jemand hat sich am Sarg zu schaffen gemacht. Er hat einen doppelten Boden."

„So wie ein Doppeldecker-Sarg?" Das würde das Gewicht erklären. Zusammen würden Carla und der mysteriöse Mann sicher 150 Kilo auf die Waage bringen.

Es war eine geniale Möglichkeit, sich einer Leiche zu entledigen und es hatte funktioniert, weil Carla so eine schmale Statur hatte.

Naja, zumindest hatte es fast funktioniert.

Carlas Körper lag oben, wäre uns also nicht das Missgeschick mit dem Sarg passiert, hätte niemand erfahren, dass sich zwei Personen im Sarg befanden. Nur selten wurde nach verschwundenen Personen auf einem Friedhof gesucht.

Aber wer war denn diese unbekannte Leiche? Jemand musste sie doch vermissen. „Weiß jemand, wer der Kerl ist?"

Jeder starrte mich an, als ob ich ein Idiot wäre.

„Du weißt es nicht?" Rocco zögerte, bevor er antwortete. „Danny Bones Battilana."

„Bones?" Ich schnaufte. Der bierbäuchige Mann sah überhaupt nicht so aus, wie es sein Spitzname annehmen ließ, und ich konnte nicht fassen, dass so einer Mums Herz brechen konnte. Ich blickte verstohlen zu ihr, die in ein Taschentuch schniefte.

„Ich hatte angenommen, dass du ihn kennst." Rocco zog überrascht die Augenbrauen nach oben.

Ich schüttelte den Kopf, ein wenig verschnupft, da ich offensichtlich die Einzige war, die nichts von Mums heimlicher Affäre wusste. „Ich... äh... habe von ihm gehört."

Der Tod gab Bones ein unantastbares Alibi. Dem Zustand der Leiche zufolge war er bereits länger tot als Carla. Das Einschussloch in seiner Stirn deutete außerdem darauf hin, dass es sich nicht um einen natürlichen Tod handelte.

Wenn Bones Carla nicht umgebracht hatte, wer dann? War es beide Male dieselbe Person gewesen? Beide waren die Anführer großer Mafia-Familien und ganz offensichtlich strebte hier jemand nach Macht.

Ich sah mich in der Menge um und fühlte mich plötzlich klein und wehrlos. Wer auch immer der Mörder war, er oder sie war gewiss hier auf dem Friedhof. Ich trat einen Schritt von Rocco weg, nur für den Fall, dass er das nächste Ziel war.

Ich erschrak, als mich jemand am Ellbogen berührte. Ich sprang zur Seite. „Was zum...?"

„Cenny, sei nicht so schreckhaft." Mum griff nach meinem Arm.

Die Tränen liefen ihr über das Gesicht, sie war sichtlich aufgelöst. Sie lehnte sich an mich. „Warum sollte das jemand tun?

Sollte ich so tun, als wüsste ich nichts von Bones? Ich blickte mich nach Tante Pearl um, aber die war in ein Gespräch mit Rocco vertieft. Ich beschloss, dass es weder die richtige Zeit noch der richtige Ort war, sie nach ihrer geheimen Affäre zu fragen. „Jemand wollte einen Mord vertuschen, nehme ich an."

„Aber warum sollte ihn jemand ausgerechnet in Carlas Sarg verstecken?" Mum zog die Augenbrauen zusammen. „Es sieht so aus, als würden sie nebeneinander schlafen."

„Tut mir leid." Es war nicht meine Aufgabe sie aufzuklären, aber Mum hatte ja keine Ahnung, wie recht sie hatte. Ich hoffte, niemand würde ihr die Wahrheit sagen, damit ihr der Schmerz erspart blieb. „Wie geht es dir?"

„Naja, ich nehme mal an, solche Dinge passieren." Mum zuckte mit den Schultern. „Da können wir nicht viel tun."

Ich wollte unbedingt alles über ihre Beziehung mit Bones Battilana wissen, aber traute mich einfach nicht zu fragen. Zu viele hätten uns hören können. Wer auch immer von Mums Beziehung mit Bones wusste, könnte hinter ihr her sein, wenn er glaubte, dass sie ihre Nase in anderer Leute Geheimnisse steckte. Man brauchte kein Genie zu sein, um zu wissen, dass eine Mafia-Vergeltungsaktion alles nur verschlimmern würde. Ich musste einen Weg finden, um die Graben-kämpfe zu beenden, bevor es noch mehr Opfer gab.

KAPITEL 18

*R*occo hatte für Carlas Beerdigung keine Kosten und Mühen gescheut. Es wurde genügend Gourmet-Essen serviert, um eine ganz Armee an Trauergästen zu verköstigen und Mafia-Trauergäste schienen ganz besonders großen Appetit zu haben. Ein ständiger Strom an Gästen bewegte sich in und aus dem Saal, in dem das Buffet aufgebaut war, um Rocco zu kondolieren. Er stand in der Nähe der Tür und unterhielt sich mit drei Frauen, die ungefähr in Carlas Alter zu sein schienen.

Ein weiteres gutes Dutzend Menschen stand um das üppige Buffet herum, das mit Canapés, schickem Fingerfood, gefüllten Gebäckstücken und exotischen Früchten vollgetürmt war. Die meisten versammelten sich allerdings um die Bar, wo ein Barkeeper großzügig gefüllte Gläser mit Whiskey, Brandy und italienischen Likören verteilte. Mit jedem Glas stieg der Lärmpegel der Gespräche, deren Mittelpunkt meist das Sargfiasko rund um Bones Battilana war und Spekulationen darüber, wie er wohl sein dramatisches Ende gefunden hat.

Die Kugel in seiner Stirn war nur schwer zu ignorieren.

Ich stand in einer Ecke des Raumes und versuchte erfolglos,

zwischen den dunklen Vorhängen vor den riesigen Fenstern nicht aufzufallen. Dahinter lag der Blick auf den Friedhof und den nun abgesperrten Tatort im Kies frei, wo die Polizei eifrig Beweise sammelte.

Eigenartigerweise blieben die Beamten jedoch draußen. Niemand kam nach drinnen, um uns zu befragen. Ich nahm an, dass die Polizei bereits eine Liste mit Verdächtigen haben musste und die meisten davon mit Sicherheit in diesem Raum anzutreffen waren. Allerdings schien niemand sonst von den Vorgängen draußen Notiz zu nehmen. Die Trauergäste wirkten zum Großteil unbekümmert.

Ich allerdings war noch immer mitgenommen darüber, dass ich den Sarg fallen gelassen hatte. Es war äußerst peinlich, dass ich das schwächste Glied einer Kette aus Sargträgern war, die alle gut vierzig Jahre älter als ich waren. Ich schwor mir, mein Training wieder aufzunehmen, sobald ich zuhause war.

Aber mein Missgeschick hatte auch einen Vorteil. Wäre ich nicht gewesen, wäre Bones Battilana noch immer der Verdächtige Nummer 1 im Mordfall Carla und das hätte die Ermittlungen in die falsche Richtung gelenkt. Da er nun von der Liste gestrichen werden konnte, konnten wir uns auf andere Spuren konzentrieren. Irgendwie fühlte ich mich sogar wie eine Heldin, da ich die Leiche „entdeckt" hatte. Eigenartigerweise schien aber niemand meine Gefühle zu teilen.

Mum tat mir entsetzlich leid. Es war eine Sache herauszufinden, dass der eigene Freund tot war, aber ihn aus einem Sarg plumpsen zu sehen, das war schon noch mal was anderes. Mum hielt sich aber erstaunlich gut und wirkte gefasst. Nun stellte sie sich neben mich und löffelte an ihrer zweiten Portion Tiramisu.

„Bist du sicher, dass es dir gut geht?" Ich musterte sie argwöhnisch.

„Warum sollte es das nicht?" Mum tupfte sich ihren Mund mit einer Serviette ab. „Gratis Trip nach Vegas, großartiges Essen und ein unglaubliches Penthouse. Was will man mehr?"

„Du weißt, was ich meine. Bones."

„Was ist mit ihm?" Mum zog die Augenbrauen zusammen.

„Naja, er war dein... Freund, oder? Bist du denn kein bisschen traurig?"

„Wie bitte? Ich kannte ihn doch kaum, aber ich habe nie wirklich verstehen können, was Pearl in ihm sah. Sie war doch verliebt in ihn."

KAPITEL 19

*M*um und ich standen an einem Ende der Bar, was uns einen guten Blick auf die Menschen im Raum, aber auch die Polizeiarbeit draußen gab. Außer dass einige uniformierte Beamte den Tatort bewachten, schien sich nicht viel abzuspielen.

Ich wandte mich an Mum: „Mit wie vielen Frauen hat sich denn Bones getroffen? Da gab es Carla, Tante Pearl und dich." Ich zählte an meinen Fingern mit. „Fehlt noch jemand?"

„Nein, Cenny. Ich habe dir doch gesagt, ich habe mich nie mit Bones getroffen. Ich konnte ihn nicht ausstehen. Aber Pearl und Carla, die waren beide verrückt nach ihm. Das war vielleicht auch der Grund, warum ihre Freundschaft in die Brüche ging. Bones hat Pearl für Carla verlassen und dann wollten sie sich beide an die Gurgel gehen. Der Kerl ist es nicht wert, wenn du mich fragst."

Meine Kinnlade klappte nach unten. „Aber Tante Pearl hat gesagt..."

Mum winkte ab. „Du weißt doch, wie sie ist. Sie gibt nie eine klare Antwort und erfindet ständig irgendwelche Geschichten. Sie sorgt gerne für Streit."

Tante Pearl hatte nicht nur ihre Rivalität mit Carla verschwiegen, sondern hatte mich offensichtlich auch über Mums Beziehung mit

Bones angelogen. Ich glaubte Mum mehr als Tante Pearl und ich war froh, ihre Geschichte zu hören.

Allerdings war darin auch ein Problem enthalten. Das bedeutete nämlich, dass Tante Pearl ein Motiv hatte, sowohl Carla als auch Bones umzubringen. Ich wusste, dass sie das niemals tun würde, aber niemand sonst würde meiner streitsüchtigen und flunkernden Tante glauben.

Ich konnte mich für Tante Pearl während unserer Reise im Wohnmobil verbürgen, aber was sie davor getan hat, keine Ahnung. Die Polizei konnte die Kugel in Bones' Schädel nicht einfach so ignorieren, das heißt, sie würden nach Verdächtigen suchen. Es war nur eine Frage der Zeit, bis sie sich auf seine Freundinnen konzentrierten, so zum Beispiel Tante Pearl.

Ich wandte mich wieder an Mum: „Bist du dir absolut sicher, dass du nie mit Bones ausgegangen bist? Kein einziges Mal?" Ich wollte absolute Gewissheit über die Fakten haben.

„Nur über meine Leiche! „Ich konnte den Kerl nicht ausstehen."

„Pssst. Wir möchten doch nicht, dass jemand auf falsche Ideen kommt." Ein paar Gäste an der Bar blickten in unsere Richtung, darunter Tante Pearl, die sich außer Hörweite am anderen Ende befand. Sie saß praktisch auf dem Schoß eines rund siebzigjährigen Mannes. Er trug ein teuer aussehendes rosafarbenes Hemd unter einem schwarzen Anzug mit passenden rosafarbenen Nadelstreifen. Offensichtlich gerieten Nadelstreifen in der Mafiawelt nie aus der Mode. „Wer ist der Kerl, mit dem Tante Pearl da spricht?"

„Das ist DER Mann."

„Wie?" Sie hatte offensichtlich nicht lange um Bones getrauert.

„Manny, The Man, La Manna", erklärte Mum. „Pearl schwärmt für ihn. Und ich glaube, das beruht auf Gegenseitigkeit."

Ich folgte ihrem Blick ans andere Ende der Bar, wo zwei ineinander verschlungene Arme die Gläser zu einem Toast erhoben. „Tante Pearl steht auch auf ihn? Seit wann?"

Mum zuckte mit den Schultern. „Seit ein paar Monaten. Sie ist verrückt geworden, Cenny. Ich weiß nicht, was in letzter Zeit in sie

gefahren ist. Vielleicht liegt das an diesen eigenartigen Grünkohls-
moothies, die sie trinkt."

„Ich gehe mal rüber und sehe nach ihr." Auf dem Weg dorthin gab
ich dem Barkeeper ein Zeichen. Zuerst wollte ich mein Weinglas mit
Sauvignon Blanc auffüllen. Ich würde Stärkung brauchen, wenn ich
die Wahrheit aus meiner Tante herauslocken wollte. Entweder Tante
Pearl oder Mum, oder beide, haben mich wegen Bones angelogen und
ich würde die Sache nicht auf sich beruhen lassen, bevor ich nicht
alles wusste.

Tante Pearl tauchte nur Sekunden später an meiner Seite auf. „Ver-
bock das Ganze nicht, Cenny Kümmere dich einfach um deine Angelegenheiten und stelle keine Fragen."

„Ich dachte, deshalb hast du mich hierher gezerrt. Um mich einzu-
mischen." Ich hatte tausende Fragen, die nach Antworten verlangten.
In weniger als 24 Stunden hatten wir einen Unfall mit dem Wohnmobil, waren in eine Schießerei verwickelt, hatten eine Leiche entdeckt
und befanden uns nun in einem Raum mit einigen der meistgesuchten
Verbrechern Amerikas. „Wenn du mir nicht die Wahrheit sagst,
irgendwer wird es schon tun. Dein Freund da zum Beispiel, Mr. La
Manna."

„Du hältst Manny da raus."

„Aber ich möchte ihn unbedingt kennenlernen. Ich habe viel von
ihm gehört."

Tante Pearl riss überrascht die Augen auf. Sie starrte hinüber zu
Mum und machte eine vielsagende Geste.

Die zuckte nur mit den Schultern und ich könnte schwören, dass
ich ein Lächeln auf ihren Lippen erkennen konnte.

„Ich werde euch ein anderes Mal vorstellen. Ich muss jetzt erst mal
Schadensbegrenzung betreiben und ihn davon abhalten, sich auf
Rocco und das Racatelli-Imperium zu stürzen. Dieses Fusionsgequat-
sche bringt mich noch um."

„Manny ist auch ein Mafiaboss?" Tante Pearls Rolle als Vermitt-
lerin überraschte mich. Diplomatie war kaum ihre Stärke und dass sie
sozusagen als der Henry Kissinger zwischen den Mafiosi verhandeln
würde, erschien mir nicht nur gefährlich, sondern auch vollkommen

unnötig. Neben ihrem fehlenden Taktgefühl war außerdem nicht anzunehmen, dass irgendeine Art Waffenruhe unter diesen Kerlen länger als ein paar Stunden halten würde.

Tante Pearl nickte. „Jetzt wo Carla und Bones aus dem Weg sind, verschwendet Manny keine Zeit. Er will Rocco aus dem Weg haben. Er unterbreitet ein großzügiges Angebot, aber Rocco meint, dass ein Nein keine Option ist."

„Ich kann es nicht glauben, dass du auf Du und Du mit diesen Leuten bist. Du glaubst, Manny hat Carla und Bones umgebracht? Und dass Rocco der nächste ist." Das klang genau nach meiner Tante und das machte mir Angst.

„Wir sollten besser schnell handeln."

„Ich finde nicht, dass deine schamlose Flirterei als schnelles Handeln bezeichnet werden kann. Du scheinst die Sache hier ziemlich zu genießen."

„Oh, werde erwachsen, Cendrine. Ich erbringe hier große persönliche Opfer. Das ist für uns alle das Beste."

Ich legte meine Hand auf ihren Arm. „Nein, Tante Pearl. Ich denke, wir sollten uns um unsere eigenen Angelegenheiten kümmern. Gehen wir."

Zu meiner Überraschung stimmte Tante Pearl zu. „Also gut. Sehen wir zu, dass wir hier wegkommen."

KAPITEL 20

*I*ch sah mich nach Rocco um. Ich wollte mich von ihm verabschieden, aber ohne dass jeder davon Wind bekam. Wenn Rocco in Gefahr war, wollte ich nicht mit hineingezogen werden.

Auf den zweiten Blick erschien mir der Gedanke, ich könnte unentdeckt bleiben, jedoch lächerlich. Ich hatte bereits die Aufmerksamkeit jedes einzelnen Anwesenden durch meine Sargaktion auf mich gezogen. Als Sargträger würde jeder annehmen, dass ich ein enges Verhältnis zu Rocco und den Racatellis hatte.

Rocco erblickte mich und kam zu mir herüber. „Hast du dich von deinem Sturz erholt?"

Ich wurde rot. „Es tut mir wirklich leid. Das muss die Hitze oder so gewesen sein. Ich sollte zurück ins Hotel gehen und mich ausruhen." Das bot mir die perfekte Entschuldigung, um zu verschwinden. Die Hitze von Las Vegas, mein Wollkleid und meine altersschwachen Sargträger hatten mir insgesamt keinen Gefallen getan.

„Es ist nicht deine Schuld" Seine intensiven blauen Augen fixierten die meinen.

Ich deutete mit dem Kopf hinüber zur Bar. „Carla hatte eine Menge Freunde." Die Gäste schienen eher in Feierlaune als in Trauerstimmung zu sein, aber hey, jeder ging anders mit seinem Kummer um. Mafiosi trauerten wahrscheinlich öfters als die meisten von uns und so ist es nur verständlich, dass sie etwas abgestumpft sind.

„Freunde?" Er grinste. „Wohl eher falsche Freunde. Sie sind gekommen, um Omas Tod zu feiern und vielleicht einen Vorteil für ihre Geschäfte herauszuschlagen. Es ist ein knallhartes Spiel mit hohen Einsätzen. Die Leute würden töten, um mitspielen zu können. Omas Killer ist unter uns, da bin ich sicher."

„Vielleicht wird die Polizei den Fall nun erneut öffnen."

Rocco starrte mich verwirrt an.

„Du weißt schon, mit der Sargaktion und so. Es scheint doch ein großer Zufall zu sein, dass Carla und Bones so plötzlich verstarben. Vielleicht wollte jemand beide tot sehen."

Rocco seufzte. „Ungefähr die Hälfte der Leute hier. Eine oder mehrere von ihnen wissen, was Oma im Swimmingpool zugestoßen ist. Sie hatte Angst vor dem Wasser. Du hast doch selbst gesehen, wie seicht der war."

Mein Blick verfinsterte sich. „Nein."

„Natürlich hast du das, Cenny. Du wohnst doch in ihrer Suite."

„Wie bitte? Ach ja, natürlich." Ich rief mir noch einmal den Pool in Erinnerung und war schockiert. Dass Tante Pearl ein solch wichtiges Detail ausgelassen hatte, machte mich wütend. Ich hätte niemals geahnt, dass unsere Suite der Ort war, an dem Carla gestorben war, geschweige denn ein Tatort. „Vielleicht sollten wir woanders wohnen."

„Nicht notwendig. Die Polizei hat ihre Arbeit beendet und den Tatort freigegeben. Es ist dort sicher. Um ehrlich zu sein, ist es besser so. Da weiß ich euch alle gut geschützt"

„Sind wir, äh, in Gefahr?"

„Nein, gar nicht. Aber um ehrlich zu sein, eure Verbindung mit mir birgt natürlich einige Risiken in sich. Ich habe Pearl davor gewarnt, aber sie meinte, das wäre kein Problem."

Tante Pearl hatte allerdings ein anderes Problem: mich. Ich war mit ihrer Geheimniskrämerei überhaupt nicht einverstanden und fest entschlossen, sie damit zu konfrontieren.

„Aber wenn die Polizei denkt, dass es ein Badeunfall war, dann ist ein Mörder auf freiem Fuß. Vielleicht wurde Bones von derselben Person umgebracht."

„Möglich, aber wir werden es nie wissen."

Die Polizei konnte eine Leiche in einem Pool als Unfall einstufen, aber doch sicherlich keine, die mit einem Einschussloch in einem fremden Sarg lag. „Aber die Polizei kann doch nicht einfach..."

„Die sind doch gekauft und bezahlt." Er winkte ab. „Ich weiß was du denkst. Bones Battilana ist einfach zu offensichtlich. Aber die Polizei wird einen Weg finden, den Fall ebenfalls zu schließen. Vielleicht hängen sie es irgendeinem anderen toten Kerl an. Jemand will uns aus unserem guten Geschäft raushaben und Geld regiert die Welt."

„Das erscheint mir doch etwas extrem." Über das Racatelli-Business wurde in Westwick Corners nie gesprochen, vor allem weil wir alle eine vage Vermutung hatten, dass es irgendwas Illegales war und damit wollte niemand etwas zu tun haben. In solchen Angelegenheiten pflegten wir in unserer Stadt einfach keine Fragen zu stellen. Aber Roccos offene Art über die Verbindungen seiner Familie mit der Welt des Verbrechens zu sprechen überraschte mich.

Er blickte durch das Fenster hinaus zur abgesperrten Fläche auf dem Kies. „Das einfachste wäre es, einfach den Tatort zu verunreinigen." Das machen sie vielleicht gerade auch, jegliche Spuren von DNA zerstören, die genug Beweis für eine Anklage wären."

„Vertuschung?" Ich war absolut nicht davon überzeugt, dass die Polizei eine Untersuchung manipulieren würde. Aber vielleicht liefen die Dinge in Vegas anders. „Bones hat eine Kugel im Schädel stecken. Das zumindest müssen sie untersuchen."

Rocco nickte. „Das werden sie, aber sie werden dabei lausige Arbeit machen. Oder sie werden versuchen, es mir anzuhängen."

„Aber was für ein Motiv könntest du haben..." Ich kannte die Antwort, bevor ich den Satz zu Ende sprechen konnte. Als Carlas frischgebackener Ehemann stand Bones Rocco auf seinem Weg zum Racatelli-Erben im Weg. „Vergiss es."

„Aber warum hatte Carla denn überhaupt einen Pool, wenn sie Angst vor Wasser hatte."

„Die Penthouse-Suite hatte bereits einen Pool, als wir das Hotel kauften. Sie hat darauf bestanden, im Hotel zu wohnen. Und den Pool konnte man ja schlecht entfernen. Eine Aufschüttung hätte nur hässlich ausgesehen und so war er meist ohne Wasser. Aber nicht an dem Tag, dem Tag, an dem sie starb. Da war der Pool gefüllt. Deshalb glaube ich ja, dass das alles geplant war. Rocco brach ab und blickte ins Leere. „Zumindest war ich es, der sie gefunden hat."

„Es tut mir wirklich leid, Rocco."

„Die Polizei kann ruhig behaupten, dass es ein Unfall war, aber ich weiß, was passiert ist. Das war eine Mafiaaktion."

Ich hatte so viele Fragen, ich wusste gar nicht, wo ich beginnen sollte. Für den Moment hatte ich sogar ganz vergessen, dass ich gehen wollte. „Vielleicht ist es für eine Autopsie noch nicht zu spät. Unter den Umständen…" Ich blickte hinaus. Die Entdeckung von Battilana würde gewiss für weitere Untersuchungen sorgen und das Grab war ja auch noch nicht geschlossen.

Er zuckte mit den Schultern. „Auch wenn sie das tun würden, sie würden die Ergebnisse nicht veröffentlichen. Sie halten uns weiter hin. Und ich glaube, ich weiß warum."

„Wir brauchen einen Autopsiebericht, Rocco." Trotz meines Vorhabens, mich um meine eigenen Angelegenheiten zu kümmern, so wollte ich dennoch auch Gerechtigkeit.

KAPITEL 21

rotz meiner Absichten blieb ich auf der Trauerfeier. Dort stand ich in einer Ecke mit Rocco. Es war zwecklos. Ich fühlte mich erneut zu ihm hingezogen. Hatte Tante Pearl vielleicht ihren Zauber erneuert? Aber es war nicht nur körperliche Anziehung zwischen Rocco und mir. Nun hatte ich auch ehrliches Mitgefühl für ihn.

Nachdem alle Gäste ihr Beileid ausgesprochen hatten, begann die Sache etwas interessanter zu werden. Praktisch jeder betrank sich an der Bar.

Tante Pearl und Mum schien das nicht zu stören, sie waren vom vielen Wein schon etwas wackelig auf den Beinen.

„Siehst du den Kerl dort drüben?" Er deutete auf Tante Pearls Schwarm. Er hatte die Bar verlassen und stand nun am Buffet, um seinen Teller erneut mit Desserts aufzufüllen. „Das ist Manny The Man La Manna. Er versucht, die Konkurrenz auszuschalten und in unser Geschäft einzutreten."

La Manna wirkte nicht gerade wie ein knallharter Bursche. Er war vielleicht 1,50 m groß und war körperlich sicher nicht in der Lage, jemanden einzuschüchtern, geschweige denn, jemanden aus dem

Geschäft zu drängen. Aber ich nahm an, es gab andere, die die Drecksarbeit erledigten.

„Das ist er?" Ich wollte nicht preisgeben, was ich bereits über ihn wusste. Ich beobachtete, wie er sich die Finger ableckte und sie dann an seinem Nadelstreifenanzug abwischte. Was Tante Pearl so anziehend an ihm fand, entzog sich meiner Kenntnis. Neben seiner zweifelhaften Berufswahl hatte er keine Manieren - etwas, auf das Tante Pearl besonders viel Wert legte. Dass sie mit einem Verbrecherboss anbandelte, brachte mich zur Weißglut. „Denkst du, er hat was damit zu tun?"

„Keine Frage."

„Was hat es mit all diesen eigenartigen Spitznamen auf sich?"

Wir beobachteten, wie sich Manny mit einem angehäuften Teller Tiramisu wieder zur Bar gesellte.

„Jeder hat einen Spitznamen. Zum Schutz, falls irgendwo Spitzel oder Polizisten lauern."

Das war der endgültige Beweis für ihre kriminellen Machenschaften, die -nachdem wir in Vegas waren - vermutlich Spielmanipulation, illegales Glücksspiel und Geldwäsche beinhalteten. Es erschien mir unsensibel, Rocco ausgerechnet jetzt nach weiteren Details zu fragen und deshalb erkundigte ich mich einfach über Manny La Mannas Geschäfte. Die mussten schließlich in derselben Branche angesiedelt sein, nachdem Manny das Geschäft übernehmen wollte. „Womit beschäftigt er sich?"

„Wucher, Erpressung, Geldwäsche und so weiter. So ziemlich mit allem, was hier hinter verschlossenen Türen vor sich geht."

Ich konzentrierte mich wieder auf Manny, der an der Bar stand. Er verschlang sein Tiramisu mit solcher Freude, das ich schon befürchtete, er würde noch den Teller ablecken.

Der Mann neben ihm erregte plötzlich meine Aufmerksamkeit.

„Ich kenne den Kerl." Ich deutete auf Christophe, der an Mannys Seite stand. „Ich bin überrascht, dass unser Butler auf der Beerdigung ist. Aber das ergibt wohl Sinn. Immerhin war er auch Carlas Butler."

„Butler?" Rocco runzelte die Stirn. „Oma hatte nie einen Butler."

„Er gehört zur Suite. Zumindest hat er uns das gesagt."

Rocco sah mich verwirrt an. „Crisco hat überhaupt nichts in dieser Suite zu suchen. Und er ist auf keinen Fall ein Butler."

„Crisco? Was für ein Name ist das jetzt schon wieder?"

„Das willst du nicht wissen. Crisco arbeitet für Manny. Er erledigt all die Arbeiten, an die sich sonst keiner wagt." Rocco fuhr sich nachdenklich über das Kinn. „Vielleicht ist das gar nicht so schlecht. Wenn er in der Suite ist, könnt ihr ein Auge auf ihn haben."

Manny scheint seine Finger überall zu haben, das scheint sich bis in meine eigene Familie zu erstrecken. Ich erschauderte, obwohl der Raum gut geheizt war.

Mein Puls begann zu rasen. Was immer Christophe auch für einen Grund hatte, in unserer Suite zu sein, es hatte nichts mit Canapés und Cocktails zu tun. Er wollte irgendwas von uns. „Nein, wir müssen hier raus. Ich muss Mum und Tante Pearl warnen.

Rocco hielt mich zurück. „Das kannst du nicht tun. Du würdest ihn nur aufschrecken. Er ist außerdem nicht hinter euch her, sondern hinter mir. Er denkt sicher, ich würde in die Suite zurückkehren."

„Aber was, wenn er..."

„Du und deine Familie interessieren ihn nicht, Cenny. Nicht böse gemeint, aber ich nehme an, er baut eine Falle für mich auf. Gib mir einfach ein bisschen Zeit, bevor du etwas unternimmst. Ihr müsst dort bleiben. Sonst erregt das nur Verdacht. Haltet ein Auge auf ihn, während ich einen Plan ausarbeite. Er darf mich nicht erwischen."

Das ergibt alles keinen Sinn. Er ist hier auf der Beerdigung. Er kann dich auf der Stelle umlegen, wenn er möchte."

Rocco bugsierte mich in den Gang hinaus. „Niemand wird mich hier umlegen. Zu viele Zeugen. Außerdem ist es eine Beerdigung. Es gibt Grenzen, die nicht einmal diese Typen überschreiten."

Ich verstand Roccos Logik nicht. Jeder Mafioso würde einfach den Mund halten. Wenn das mal nicht unter *omertá*, die Schweigepflicht, fiel, dann wusste ich auch nicht mehr.

Ärger stieg in mir auf. „Wie konntest du uns einfach so in dieser Suite wohnen lassen?"

„Pearl kannte den Plan und Crisco ist keine große Sache. Ihr beobachtet ihn einfach, während ich mich auf Manny konzentriere."

„Da bin ich mir nicht so sicher. Christophe hat uns gegenüber einen Startvorteil." Ich erinnerte mich zurück an Christophes Drinks, eine exzellente Methode, um eine Hexe zu neutralisieren, oder drei. Wie hat er überhaupt Zugang zur Suite bekommen? Wann war das? Hat Christophe vielleicht Carla ermordet.

Christophe hatte uns vielleicht im Visier, aber wir ihn ebenso.

„Seid einfach vorsichtig", sagte Rocco. „Aber ich brauche wirklich jede Hilfe, die ich kriegen kann. Mannys Plan ist klar. Zuerst Großmutter, dann Bones Battilana Das heißt, ich bin der nächste auf der Abschussliste. Sobald er uns los ist, gehört ihm ganz Vegas."

Das war ein bisschen wirr, aber Rocco schien zu wissen, wovon er sprach.

Ich konzentrierte mich wieder auf Christophe, der mich nicht länger anlächeln zu schien. Stattdessen fixierte er nun Rocco mit einem düsterem Blick. Christophe neigte seinen Kopf und sprach zu Manny, der denselben Ausdruck aufsetzte. Manny stupste einen korpulenten Mann an, der sich zu ihnen gesellt hatte. Der Mann fuhr sich mit dem Zeigefinger über den Hals und machte dabei eine Schneidebewegung.

Die drei Männer lachten.

Ich hatte das Gefühl, dass wir die Cocktails von Christophe nicht mehr lange genießen werden.

KAPITEL 22

*I*ch folgte Mum und Tante Pearl in Richtung des Fahrstuhls. Als ich in unser marmornes Foyer trat, blieb ich stehen. Ich brauchte einen Moment, um meine Gedanken zu ordnen. Stattdessen fand ich mich allerdings vor einem Paar wieder, das im Al-Capone-Stil in einem riesigen Ölgemälde verewigt war. Sie schienen mich direkt anzustarren. Erst jetzt erkannte ich, dass dies vielleicht Carlas oder Tommys Eltern gewesen sein mussten. Die Augen der Frau waren genauso intensiv wie die von Rocco und der Mann sah aus wie sein Zwillingsbruder, nur im 30er Jahre Stil.

Unsere Suite erschien mir nun mehr wie ein Gefängnis als ein Zufluchtsort, aber es war zu spät, um kehrtzumachen. Ob ich es wollte oder nicht, wir hatten zugesagt, Rocco zu helfen.

Ich entspannte mich etwas, während ich mich in der Suite umsah. Christophe war nirgendwo zu sehen, aber ich nahm an, er würde jeden Moment auftauchen.

Ein Schauer lief mir über den Rücken. Ich musste herausfinden, welchen Grund er dafür hatte, sich in unserer Suite aufzuhalten. Bei dem Gedanken, ihn damit zu konfrontieren, zitterte ich kurz. Es war nicht das, was Rocco von mir wollte, aber ich wusste wissen, was hier vor sich ging und zu fragen schien mir die einzige Option zu sein. Wir brauchten einen Plan und wir mussten schnell handeln.

Tante Pearl ließ sich ins Sofa fallen, müde, aber offensichtlich entspannt und sorglos. Mum wankte hinüber zur Terrassentür und nach mehreren Drinks auf der Trauerfeier kicherte sie nun mit sich selbst.

Die Klimaanlage in der Suite half zwar gegen die Temperaturen, konnte aber mein erhitztes Gemüt nicht abkühlen. Ich lief die Treppen hinauf, wo ich mein ungemütliches Wollkleid gegen kurze Hosen und ein T-Shirt tauschte. Ich hievte meinen Koffer auf das Bett und stopfte all meine Sachen hinein. Ich wollte bereit sein, falls wir überstürzt aufbrechen mussten. Natürlich konnte es auch sein, dass Christophe nie wieder hier auftauchen würde, aber die Chancen hierfür standen schlecht. Manny wollte Rocco loswerden und seine Verbündeten mit Sicherheit ebenso. Wir könnten vielleicht als Pfand eingesetzt werden, oder schlimmeres. Ich hatte auf dem Weg ins Hotel versucht, Mum und Tante Pearl davon zu überzeugen, aber die taten meine Gedanken als lächerlich ab.

Egal ob mit oder ohne die beiden, ich war versessen darauf, wieder nach Hause zu kommen. Was mich anging, so stand Rocco alleine dar. Er konnte nur selbst von diesem Pfad des Verbrechens abkehren. Natürlich war mir nicht wohl dabei, Mum und Tante Pearl mitten in einem Mafiakrieg zurückzulassen, aber ich konnte auch nichts tun, um sie aufzuhalten.

Ich erinnerte mich, was Rocco über den Tod seiner Großmutter erzählt hatte. Offensichtlich war Carla ertrunken, aber dennoch lag sie mit dem Gesicht nach oben im Pool. Dieses Detail hatte mich schon früher beschäftigt, aber erst jetzt verstand ich warum.

Ertrunkene trieben normalerweise mit dem Gesicht nach unten im Wasser. Was ja logisch war, denn das Gesicht musste im Wasser sein, um zu ertrinken. Und eine Leiche trieb weiterhin so im Wasser, wie sie gestorben war, außer jemand hatte sich daran zu schaffen gemacht. Tote drehten sich nicht um, außer es gab vielleicht eine Strömung oder etwas anderes, das sie bewegte.

Oder jemand anderes.

Das bestätigte Roccos Anschuldigungen. Ich war in Alarmbereitschaft versetzt. Die einzige Person mit unautorisiertem Zugang zu Carlas Suite konnte jeden Moment zurückkehren.

Ich drückte meinen Koffer zu und ging die Treppe hinunter. „Tante Pearl?"

„Was ist jetzt schon wieder?"

„Wenn du schon nicht abreisen willst, müssen wir zumindest Christophe loswerden. Er kann nicht bei uns bleiben." Ich erzählte ihr von Roccos Anschuldigungen. Jetzt wo die ganze Butler-Maskerade aufgeflogen war, nahm ich an, dass es nicht mehr sein Plan war, uns bunte Cocktails zu servieren.

Tante Pearl lachte. „Sei doch nicht lächerlich. Chris ist harmlos. Er tut doch alles, was Manny ihm sagt."

Ich riss meine Arme protestierend in die Luft. „Das ist doch das ganze Problem. Christophe arbeitet für Manny und Manny will Rocco umbringen." Ich brachte es nicht über mich, ihn Crisco zu nennen. Dass der Name auf eine bekannte Marke für Bratenfett anspielte, das war einfach zu gruselig.

„...und Manny tut alles, was ich ihm sage." Tante Pearl steckte sich eine graue Haarsträhne hinter das Ohr und zwinkerte mir zu.

„Warum bandelst du überhaupt mit einem Mafioso an?" Ich warf die Arme in die Luft. „Das ist eine ernste Sache, Tante Pearl. Wir sind hier mitten in einem Bandenkrieg und wir könnten verletzt werden. Oder getötet."

„Natürlich ist das eine ernste Sache. Wir sind nicht ohne Grund hier, Cenny. Schließlich müssen wir den wahren Mörder finden und hinter Schloss und Riegel bringen."

Ich deutete mit dem Kopf auf die Terrasse, wo Mum am Pool saß und ihre Füße ins Wasser hängen ließ. In genau jenen Pool, in dem Carla ihr Ende gefunden hatte. Ich erschauderte.

„Es geht ihr gut." Tante Pearl hob einen Finger. „Eine Sekunde."

Ich folge ihr in die Küche. „Nur weil die Polizei ihren Job nicht macht, heißt das nicht, dass wir ihn erledigen müssen. Wir könnten umgebracht werden. Das macht Carla auch nicht wieder lebendig."

„Wir stoßen die Dinge doch nur an. Geben den Cops einen kleinen

Ruck." Sie nahm zwei Gläser aus dem Schrank und schnippte mit den Fingern. Eine gekühlte Karaffe mit Erdbeermargarita verfestigte sich plötzlich vor unseren Augen.

All dieser Alkohol tat uns überhaupt nicht gut. Es schwächte nur unsere Sinne, genau wie unsere Kräfte.

Tante Pearl schenkte zwei Gläser ein und reichte mir eines. „Polizisten sind doch alle gleich."

Ich ignorierte sowohl das Glas als auch ihre Anspielung auf Tyler. Ich war hier wohl die Einzige, die bei Verstand war, und ich konnte es mir nicht leisten, den durch noch mehr Alkohol zu vernebeln. „Gegen das organisierte Verbrechen kommen wir doch nie an."

Wenn überhaupt, dann würde ich Roccos Vorgehen als *unorganisiertes* Verbrechen bezeichnen. Wer immer das getan hat, muss dafür bezahlen. Tante Pearls Augen wurden wässrig und sie hob ihr Glas an die Lippen. Sie leerte es in einem Zug und stellte es dann lautstark auf der Theke ab. „Wo soll ich nur anfangen?"

Ich bedeutete ihr, mir zu folgen und wir gingen zurück ins Wohnzimmer. Draußen saß Mum noch immer ruhig am Pool. Sie sah zufrieden aus, entspannt, nicht von Liebeskummer zerfressen. Rückblickend betrachtet hatte sie sich allerdings in den letzten Tagen etwas eigenartig verhalten. „Na los, sag schnell, bevor Mum wieder hereinkommt."

Mums und Tante Pearls Aussagen passten nicht zusammen, irgendwer - oder beide - sagten also nicht die Wahrheit.

Tante Pearl rollte mit den Augen. „Wie ich dir bereits gesagt habe, Bones hat sich in Carlas Herz geschlichen. Er hat ihr Herz im Sturm erobert und sie geheiratet, das alles gerade mal innerhalb von drei Wochen."

Ich schüttelte den Kopf. „Mum wird das alles herausfinden. Es wird in den Nachrichten sein."

„Ja. Carlas geheime Ehe wird öffentlich werden. Genauso wie die Tatsache, dass alle Firmen von Carla Racatelli nun in die öffentliche Hand übergehen."

„Du meinst weil Bones statt Rocco erbt?" Ich atmete tief ein. „Willst du damit sagen, dass sie das Casino im eigenen Namen betrieben hat, statt es über eine Firma laufen zu lassen? Wie könnte sie nur so...?"

„Dumm sein? Ich weiß nicht, Cenny. Liebe veranlasst jeden mal dazu, etwas Dummes zu tun. Und dieser Danny, der hatte wirklich Charme. Du kannst dir nicht vorstellen, welche Anziehungskraft er auf Frauen ausgeübt hat, du hast ihn nie kennengelernt. Aber dafür ist es jetzt auch zu spät." Sie griff in ihre Tasche und zog ein Foto hervor. „Diese Kerle mögen keine Fotos von sich, aber ich konnte doch eines machen. Das waren wir, auf einem Doppeldate. Nur ein paar Monate bevor Danny Ruby für Carla verlassen hat."

Ich riss ihr das Bild aus der Hand. Mum und Tante Pearl saßen mitten in einer Las-Vegas-Show. Sie saßen in der ersten Reihe, mit zwei Männern am Tisch. Der eine war Manny La Manna, der andere Danny, Bones, Battilana, damals noch ohne Einschussloch.

Manny saß neben Tante Pearl, sportlich gekleidet, während Bones einen feinen, maßgeschneiderten Anzug und ein weißes Hemd trug. Er lächelte freundlich in die Kamera und hatte seinen Arm um Mum gelegt. Sie lehnte sich zu ihm hinüber und schien vor Glück nur so zu strahlen.

Mein Puls begann zu rasen. Auch wenn Mum es abstritt, es schien fast so, als hätten sie und Bones wirklich eine, naja, romantische Verbindung gehabt. Beide schienen sehr glücklich zu sein. Dennoch hatte Bones innerhalb weniger Monate Carla geheiratet. Jetzt brauchte ich doch eine Margarita. Ich nahm mein Glas und trank einen Schluck.

„Was hat denn Rocco gesagt, als seine Großmutter begonnen hat, mit Bones auszugehen?"

„Er war nicht glücklich darüber. Er wollte Carla warnen. Die wollte nichts davon hören und dachte, es würde Rocco nicht passen, dass sie mit jemandem ausgeht."

„Rocco hatte einen Grund, Bones umzubringen", sagte ich. „Er wollte die Kontrolle."

Tante Pearl nickte. „Rocco hat sich gewehrt, deshalb auch die Schießerei in der Lobby." Bones wollte die Mitarbeiter des Hotels verschrecken und stattdessen seine eigenen Leute einsetzen. Dann hätte er die Kontrolle über alles."

„Allerdings scheint das für Bones nicht so gut gelaufen zu sein. Und überhaupt war Bones an dem Morgen gar nicht in der Lobby. Er war bereits tot." Mein Blick verfinsterte sich. „Wenn er bereits tot war, warum dann die Schießerei?"

Tante Pearl zuckte mit den Schultern. „Diese Kerle führen doch nur seine Anweisungen aus."

Ich dachte noch einmal an die Leiche zurück. „Das müssen aber alte Anweisungen sein, denn Bones hat ausgesehen, als wäre er schon lange tot gewesen." Ich schlug die Hand vor den Mund. „Rocco könnte Bones getötet haben. Er hat ein Motiv."

„Stimmt."

„Du scheinst aber nicht besorgt zu sein."

„Mich kümmert mehr, wer zuerst gestorben ist, Bones oder Carla", sagte Tante Pearl. „Wenn Bones als Rache für Carla umgebracht wurde, dann hat Rocco ein Problem. Das würde bedeuten, dass Bones Carla überlebt hat. Er würde Carlas Erbe sein, nicht Rocco. Aber ich bin mir sicher, du wirst das Gegenteil beweisen."

„Ich?"

„Du bist doch gut darin, solche Dinge herauszufinden und du hast einen guten Draht zur Polizei. Du hast uns im Nu aus allen Schwierigkeiten geholt."

Schon wieder brachte Tante Pearl das Thema Sheriff Gates auf und ich hatte keine Ahnung warum. Er arbeitete in Westwick Corners, nicht in Las Vegas, und er hatte überhaupt nichts mit der Sache zu tun.

„Nein, Tante Pearl. Wir müssen hier wirklich verschwinden." Ich begann zu flüstern. „Was ist mit Christophe? Der Kerl macht mir Angst."

„Sei doch nicht lächerlich, Cenny. Christophe ist doch viel zu beschäftigt damit, Cocktails und Appetithäppchen vorzubereiten, als dass er einen Mord planen könnte. Er könnte Ruby wirklich zur Hand gehen..."

Ich stellte mir Christophe hinter der Bar in Westwick Corners vor und wischte diesen Gedanken schnell beiseite. „Das ist doch lächerlich. Mir gefällt das nicht, dass du mit diesen Gangstern anbandelst. Das ist gefährlich."

„Du überreagierst. Crisc... also ich meine Christophe, ist doch nur hier, um uns zu beschützen, Cenny. Manny hat ihn uns als Wache geschickt."

„Bist du dir da sicher? Das ist ein bisschen viel Security und ich wette, Rocco..."

„Rocco weiß doch gar nicht, was er tut. Er ist im Moment viel zu abgelenkt. Außerdem habe ich nicht gesagt, dass ich Manny glaube. Ich spiele doch nur mit, damit meine Tarnung nicht auffliegt."

„Was denn... bist du denn jetzt auch noch sowas wie ein Geheimagent?"

„Du verstehst schnell, Cenny. Wir halten unsere Freunde nah, und unsere Feinde noch näher."

KAPITEL 23

*T*ante Pearl starrte ins Leere. „Ruby wollte nie, dass du das mit Danny herausfindest, aber ich konnte mich sonst niemandem anvertrauen." Sie zog ihre Beine an und rutschte so nahe an mich heran, dass ich den Alkohol in ihrem Atem riechen konnte. „Wir müssen Ruby die Wahrheit über ihren Freund sagen. Es wird wehtun, aber vielleicht wird sie das positive daran erkennen. Bones hat Carla heimlich getroffen, aber nur um an das Casino zu kommen, um dort sein Geld waschen zu können.

„Ich verstehe nicht, warum sie sich besser fühlen sollte, wenn sie weiß, dass er nur sein Geld waschen wollte." Ich rief mir noch einmal die Trauerfeier in Erinnerung. Herauszufinden, dass der eigene Freund jemand anderen geheiratet hatte, das konnte einem ganz schön den Tag vermiesen. „Mum muss immer noch traurig sein. Warum sollten wir ihr auch nur irgendwas erzählen? Er ist tot, das alles ist doch jetzt nicht mehr wichtig."

„Aber natürlich ist das wichtig", entgegnete Tante Pearl. „Nun, zurück zu Carla. Sie hat Danny davon abgehalten, sein Geld zu waschen."

„Ich verstehe warum", sagte ich. „Vermutlich hat Carla ihr eigenes Geld gewaschen. Noch mehr Geld hätte sie auffliegen lassen können."

Großartig. Jetzt dachte ich schon wie eine Kriminelle. „Es war clever von Bones, Carla zu heiraten. Als seine Frau würde sie niemals gegen ihn aussagen müssen."

„Schau, was ihm das eingebracht hat, Cenny. Der Kerl ist tot." Tante Pearl rümpfte die Nase. „Sieh mal, Bones ist nicht wirklich Carlas Ehemann. Er war es nie."

„Aber die Hochzeit..."

„Alles ein Schwindel. Carla ist, ich meine, war wirklich clever." Ihre Augen wurden erneut wässrig und ihre Stimme versagte. „Sie wusste genau, was gespielt wurde. Das brachte sie auf die Idee mit der falschen Hochzeit. Bones sollte denken, dass sie verheiratet waren, das sollte Carla Zeit verschaffen. Sie wollte einen Bandenkrieg verhindern."

„Das hat ja gut funktioniert."

„Sie hat Danny sie hofieren lassen, während sie die ganze Zeit wusste, was er eigentlich wollte. Dann arrangierte sie eine Blitzhochzeit mit allem Drum und Dran, inklusive Zeugen und gefälschten Dokumenten. Aber er dachte, alles wäre echt. Es schien ein guter Plan zu sein", sagte Tante Pearl. „Aber vielleicht war es zu spät."

„Bones, also Danny, muss es irgendwie herausgefunden und sie umgebracht haben."

Tante Pearl rümpfte die Nase. „Wer weiß? Wir haben immer noch keinen Beweis, der jemanden konkret belastet. Bones hatte ein Motiv, aber sein Tod ist doch ein unumstößliches Alibi."

„Das hängt vom Timing ab." Es stimmte, dass Bones' Leiche in einem viel schlechteren Zustand war als Carlas, aber dafür gab es mehrere Gründe. „Carlas Leiche wurde vom Bestatter versorgt und ich glaube nicht, dass man sich um Bones ebenso gekümmert hat. Seine Leiche wurde auf den Boden von Carlas Sarg gestopft."

„Na und."

„Es sieht so aus, als wäre er schon länger tot, aber vielleicht nur, weil er nach dem Tod nicht aufgeschmückt würde, Make-up und so, was Bestatter halt so tun." Ich sah hinaus und erkannte besorgt, dass Mum aus dem Blickfeld verschwunden war. Ich atmete tief ein und war sicher, dass ich nur überreagierte. Die Terrasse umgab unsere

Suite von drei Seiten, vielleicht spazierte sie also nur ein bisschen herum, um den Ausblick zu genießen.

Ich drehte mich zurück zu Tante Pearl. „Ich wünschte, es würde eine Autopsie von Carlas Leiche geben. Das Ertrinken, das ergibt doch keinen Sinn."

„Das lässt sich machen. Dein Wunsch ist mir Befehl." Tante Pearl wirbelte einmal mit der Hand in der Luft herum und blickte dann zur Decke hinauf. „Endlich bist du an Bord, Cenny. Besser spät als nie."

Ein Stoß Papiere fiel von oben herab und landete auf meinem Schoß. Ich ordnete die Zettel nach Seitenzahl. „Hast du das jetzt einfach so erfunden?"

„Sei doch nicht lächerlich. Das würde ich doch nie machen."

„Aber der Gerichtsmediziner hat doch gar nicht..."

„Hat er schon. Die Autopsie wurde unter Verschluss gehalten, ebenso wie alles andere."

Ich hielt den Bericht in die Höhe. „Wo hast du den her?"

Tante Pearl rollte nur mit den Augen. „Das tut nichts zur Sache. Du kannst ihn lesen, während ich unten im Casino ein wenig ermittle."

„Kein Glücksspiel für dich, Tante Pearl. Du weißt, was das mit dir anstellt." Tante Pearls Impulsivität und ihr Hang zum Glücksspiel waren eine explosive Mischung. Auch falls ihr Lottogewinn echt sein sollte, sie hatte vermutlich ein ganzes Vermögen investiert, um einmal zu gewinnen. Hexen konnten sich alles herbeizaubern, alles außer Geld. Ein Lottoschein mit den Gewinnzahlen war im Grunde mit Geld gleichzusetzen. Einen solchen herbeizuzaubern konnte als hexerischer Betrug eingestuft werden. Ein schwerwiegender Regelbruch, der zum lebenslangen Ausschluss aus dem WEHEX führen konnte.

Meine Tante brach immer wieder mal kleinere Regeln, aber sie würde ihren Hexenstatus niemals auf Spiel setzen, komme was wolle. Andererseits mussten Spieler ihre Sucht ja irgendwie finanzieren und vielleicht verlor sie die Kontrolle über sich.

Tante Pearl zuckte mit den Schultern. „Wie auch immer. Ich kann es tun oder lassen. Aber vergiss nicht: Ich bin Lottogewinnerin. Ich kann es mir leisten zu spielen, wenn ich es wollte."

Ich wollte Tante Pearl gerade fragen, wie viel sie genau im Lotto gewonnen hatte, als Mums Schrei ertönte.

„Hilfe!"

Wir rannten beide hinaus und fanden Mum hüfthoch im Pool stehen. Ihr Haar war nass und ihre Wimperntusche war über die Wangen verlaufen. Sie musste ins Wasser gefallen sein.

„Wie bist du..." Ich streckte meine Hand aus.

„Ich weiß nicht. Ich muss wohl eingeschlafen sein. Dann lag ich mit dem Gesicht nach unten im Pool." Mums Stimme war nur ganz schwach und ihre Zähne klapperten trotz der unglaublichen Hitze.

Wir zogen sie aus dem Pool und Tante Pearl griff nach einem Handtuch, um es über Mums Schultern zu legen.

Mum knickte zur Seite. „Autsch... ich muss mir den Fuß verdreht haben, als ich ins Wasser gefallen bin."

Das Missgeschick war nur ein weiterer Beweis dafür, dass Mum nicht ihr sonst so umsichtiges Selbst war, auch wenn ich nicht das Gefühl hatte, dass Mum übermäßig viel auf der Trauerfeier getrunken hatte. Auf jeden Fall nicht genug, um ganz weggetreten zu sein, auch wenn sie bereits etwas wackelig auf den Beinen war. Was auch immer der Grund dafür war, es passte auf jeden Fall nicht zu ihr.

Das war knapp! Ein Badeunfall war schon genug. Wenn es denn einer war.

Tante Pearl und ich ergriffen jeweils einen Arm und führten Mum zum Sofa im Wohnzimmer, wo sie sofort einschlief. Wenigstens atmete sie regelmäßig. Ich legte ihr ein Kissen unter den Kopf und deckte sie zu.

Dann konzentrierte ich mich wieder auf den Autopsiebericht. Es war eine trockene Lektüre, vor allem, da ich die meisten medizinischen Ausdrücke nicht kannte. Eines war jedoch klar. Die Ursache für Carlas Tod war nicht Ertrinken.

Dem Bericht nach enthielten Carlas Lungen kein Wasser, was bedeutete, dass sie bereits tot war, als sie im Pool landete. Ich blätterte durch den Bericht, bis ich zum Abschnitt Todesursache kam. Die Gerichtsmedizinerin stufte ihren Tod als gewaltsam ein, Tod durch Strangulation.

Ich blickte zu Tante Pearl, die sich gerade die Schuhe anzog, um ins Casino hinunterzugehen. „Warte! Hast du das gelesen?"

„Wie hätte ich das tun sollen? Du hattest den Bericht ja die ganze Zeit." Sie ging zurück zum Sofa und setzte sich auf die Armlehne neben mir. „Warum?"

„Sieh dir das an." Ich zeigte auf die Passage zur Todesursache. „Carla wurde erwürgt. Der Badeunfall wurde inszeniert, um es so aussehen zu lassen, als wäre sie ertrunken."

„Ich habe dir ja schon gesagt, dass das alles eine Vertuschung ist. Es war kein Unfall."

„Ich weiß, dass du das gesagt hast, Tante Pearl, aber ich hätte gedacht, dass zumindest dann auch im Bericht Unfall als Todesursache stehen würde." Ich hielt die Papiere hoch." „Das beweist die Vertuschung, aber nur durch die Polizei, nicht die Gerichtsmedizinerin. Wie und warum will die Polizei das länger zurückhalten?" Ich sprach leise, um Mum nicht aufzuwecken.

„Sie wurden geschmiert."

„Das mag schon sein, aber warum sagt dann die Gerichtsmedizinerin nichts?"

Tante Pearl zuckte mit den Schultern. „Könnte ebenfalls geschmiert worden sein."

Ich schüttelte den Kopf. „Nein, dann würde im Bericht auch Unfall als Todesursache angeführt sein. Wir sollten der Gerichtsmedizinerin einen Besuch abstatten."

Tante Pearls Augen weiteten sich „Sie ist ebenfalls in Gefahr."

Ich nickte und blickte auf meine Uhr. Es war bereits nach neunzehn Uhr. „Es ist schon spät, wir werden also bis morgen warten müssen."

„In der Zwischenzeit sollten wir Rocco beschützen", meinte Tante Pearl. „Ich habe ein Schutzschild um ihn gelegt, das die nächsten 24 Stunden anhält. Nur eine andere Hexe kann es brechen."

Tante Pearl war hartnäckig und unaufhaltsam, wenn sie ein Ziel hatte, und heute war es nicht anders.

„Rocco braucht doch keine Beschützer, Tante Pearl. Überleg mal. Um ihn rum sterben die Leute wie die Fliegen und er geht ohne

Schramme raus. Warum?" Nun, wo der Anziehungszauber meiner Tante verpufft war, konnte ich klarer sehen. Entweder hatte Tante Pearl ein Schutzschild aus Teflon um ihn gelegt oder er hatte selbst etwas damit zu tun.

„Er hatte wohl Glück." Tante Pearl wich meinem Blick aus. „Aber Glück ist auch enden wollend"

„Das ist kein Glück. Er hat vermutlich etwas damit zu tun, zumindest mit Bones Tod."

„Wie kannst du nur den armen Rocco beschuldigen. Er ist doch das Opfer in der ganzen Sache." Sie schüttelte enttäuscht den Kopf.

„Du bist nicht objektiv, Tante Pearl. Deine Gefühle übermannen dich."

Tante Pearl stand auf. „Ich muss mein Versprechen halten, Cenny. Es war Carlas letzter Wunsch, dass ich mich um Rocco kümmere."

Ich schüttelte den Kopf, als ich an Rocco und seine bewaffneten Bodyguards dachte. „Rocco braucht dich nicht." Er ist alt genug, um auf sich selbst aufzupassen. Moment mal! Bist du seine..."

„Patin." Tante Pearl beendete meinen Satz. „Sobald wir die Sache hier beendet und den Killer hinter Schloss und Riegel gebracht haben, müssen wir Rocco wieder auf die Füße helfen. Er wird in seiner neuen Position an der Spitze des Racatelli-Imperiums meine Unterstützung brauchen."

Ich hoffte doch stark, dass sie ein Patin im eigentlichen Sinne sein wollte und keine Mafia-Patin. Tante Pearl als Don Pearl, oder besser gesagt Donna Pearl, wie es wohl im Italienischen heißen sollte, das war eine grauenhafte Vorstellung.

„Das Verbrechersyndikat der Racatellis ist doch kein gewöhnliches Geschäft, Tante Pearl. Ich bezweifle, dass Carla wollte, dass du ihm dabei zur Seite stehst." Es war traurig, dass es Carlas Tod gebraucht hatte, damit so offen über die Familiengeschäfte der Racatellis gesprochen wurde. „Das sind gefährliche Leute, mit denen du dich da abgibst."

„Nicht so gefährlich wie eine Hexe, die sich auf einer Vendetta befindet. Und da kommst du ins Spiel. Tante Pearl rieb ihre Hände. „Du wirst Rocco ablenken, während ich meine Hexereien durchführe."

Ich riss meine Arme protestierend in die Luft. „Oh nein, ich werde mich da nicht einmischen. Du nimmst die ganze Paten-Sache etwas zu ernst."

Sie stand nun aufgebäumt vor mir, Hände in die Hüfte gestemmt. „Ich bin keine Patin im eigentlichen Sinne, Cendrine. Carla hat mich als Patin benannt, als Roccos Eltern schon tot waren. Sie wusste, dass sie nicht ewig leben würde. Rocco musste als ihr Geschäftsnachfolger bereit sein. Sie dachte, dass ich die Richtige für den Job wäre."

„Du bist auch nicht gerade jung", merkte ich an. Tante Pearl war ebenfalls in den Siebzigern und nur ein paar Jahre jünger als Carla. Ihre Geschichte vom Aufbau eines Nachfolgers war entweder eine Riesenübertreibung oder eine glatte Lüge.

Allerdings war auch kaum jemand so entschlossen wie meine Tante, das war das einzige Argument, das Sinn ergeben würde. Aber was wusste sie schon darüber, wie das organisierte Verbrechen funktionierte? Nichts, soweit ich wusste. „Ich glaube, du misst dem ganzen mehr Bedeutung bei als notwendig. Wenn du seine Patin bist, bist du dann nicht auch theoretisch vorläufig die Chefin des Racatelli-Imperiums?"

Tante Pearl nickte. „Deshalb sind wir ja nach Vegas gekommen. Wir müssen Rocco helfen."

„Warum ich? Ich habe keine sehr starken Kräfte." Und das letzte was ich wollte, war, diese Kräfte einzusetzen, um einem Kriminellen zu helfen, seine Macht wiederzuerlangen. Egal ob Schulfreund oder nicht.

„Genau."

Ich wartete, bis Tante Pearl das weiter erklärte oder mir zumindest die Leviten las, aber das tat sie nicht. „Keine Hexenkräfte, aber du hast starke Anziehungskräfte."

„Anziehungskräfte... oh nein. Du wirst mich nicht mit Rocco verkuppeln." Mich als solches Spielzeug zu benutzen, war eine Beleidigung. Ich dachte an das Treffen in der Lobby zurück. Die muskulöse Brust und die tiefblauen Augen...

Verdammt. Was zum Henker ist falsch mit mir? Ich wollte Tyler, nicht Rocco. Da war ich mir sicher. Und doch schien diese magnetische Anziehungskraft von Rocco meine Gefühle durcheinander zu bringen.

„Du bist genau die Art von Ablenkung, die Rocco jetzt braucht. Außerdem bist du zu seiner Sicherheit in der Nähe. Du kannst ihn beschützen, wenn etwas schief geht."

„Was zum Beispiel?" Ich fühlte mich unbehaglich.

„Ich weiß nicht, Cenny." Tante Pearl legte eine Pause ein und wägte ihre Worte sorgfältig ab. „Denk daran, nur eine Hexe kann den Schutzschild außer Kraft setzen, den ich um Rocco gelegt habe. Du bist nicht die beste Hexe - nicht einmal im Entferntesten - aber zumindest kannst du eingreifen, falls es notwendig wird."

„Wie eingreifen?"

„Keine Zeit für Details. Du weißt dann schon, was zu tun ist."

„Vielleicht mache ich ja nicht mit."

„Du musst, Cenny. Es geht nicht anders. Du kannst auch nicht viel dagegen tun. Vertrau mir einfach."

„Du hast mich doch schon wieder mit einem Anziehungszauber belegt!" Erneut verspürte ich diese starke Anziehung gegenüber meinem Schulfreund. Wenn ich doch nur mehr Zauberei geübt hätte, dann hätte ich vielleicht einen Gegenzauber aussprechen können. Meine Tante verwendete mich für ihre eigenen Zwecke und erteilte mir gleichzeitig eine gewaltige Lektion. Das alles nur, weil ich meine Zauberkräfte vernachlässigt habe und nun stand ich meiner mächtigen Tante hilflos gegenüber.

Wäre ich eine bessere Hexe geworden, hätte ich mich gegen Tante Pearls Manipulationen wehren können. Sie hatte mich erneut ausgetrickst. Ich funkelte sie an. „Nimm den Zauber sofort zurück."

„Nein, Mädchen. Nicht bevor wir Carlas Mörder haben und sicherstellen, dass das Racatelli-Imperium in Roccos Händen bleibt."

„Ich bin mir sicher, Rocco will gar nicht, dass du dich einmischst." Ich wollte das ebenso wenig. Das Ganze konnte ungut enden.

„Das tut nichts zur Sache. „Da gibt es... naja, Geschäftsprobleme, von denen Rocco noch nichts weiß. Und persönliche Probleme." Tante Pearl starrte ins Leere. „Carla hatte ein paar Probleme auf zwischenmenschlicher Ebene."

„Die Probleme haben sich doch durch ihren Tod gelöst."

„Würde man denken, aber..."

„Aber was..."

„Carla hatte mit jemand anderem etwas laufen." Möglicherweise hat sie in einem unbedachten Moment der Leidenschaft etwas getan, das sie bereut hat."

„Mit jemand anderem als Bones? Wo hat sie nur die Zeit für all das gefunden?" Carla leitete ein Multimillionen Dollar Verbrecherunternehmen, musste sich gegen Mafiosi wehren und hatte noch mehrere Männer gleichzeitig am Start. Ich schaffte nicht einmal ein Zehntel davon und war fast fünfzig Jahre jünger. Verglichen mit ihr, war ich echt gescheitert. Andererseits war ich auch noch am Leben.

„Sie hat es halt hinbekommen."

„Wer war das... noch ein Verbrecher?" Ich hatte es halb im Scherz gesagt.

„Äh... Manny", sagte Tante Pearl.

„Dein Manny?"

Tante Pearl nickte. „Sie und Manny haben den Bund der Ehe geschlossen, dieses Mal war es eine echte Ehe."

„Aber du und Manny...."

„Das war nur Show. Ich wusste ja, das Manny eigentlich mit Carla verheiratet war, aber er wusste nicht, dass ich es wusste. Das tut er immer noch nicht."

„Bist du denn nicht eifersüchtig?"

Tante Pearl zuckte mit den Schultern. „Nicht wirklich. Das war doch nur eine lockere Sache. Keine Verpflichtungen oder so."

Ich hielt mir die Ohren zu, ich wollte keine Details mehr. Ungewollte Bilder schossen durch meinen Kopf. „Warum wollte Carla unbedingt noch einmal heiraten? Sie war doch jahrzehntelang Single?"

„Du glaubst wohl, ihr Kinder seid die einzigen, die eine Romanze genießen wollen? Ja, Carla war nicht mehr die jüngste, aber sie war noch nicht zu alt für ein wenig Spaß." Tante Pearl seufzte. „Das ist doch das ganze Problem. Sie hat sich von der Leidenschaft mitreißen lassen und sogar auf den Ehevertrag vergessen. Ihr Tod bedeutet also, dass alles an Manny La Manna geht. Inklusive dem Hotel."

Carlas Mafioso-Lover war plötzlich noch um einiges reicher. „Dann muss Manny sie ermordet haben."

„Vielleicht. „Ich weiß ehrlich gesagt nicht, was ich denken soll", sagte sie. „Ich würde es ihm auf jeden Fall zutrauen. Sie war ungefähr fünfzig Millionen Dollar wert. Und dann noch die ganzen Holdings der Racatellis, denen sie vorstand..." Tante Pearls Augen füllten sich mit Tränen. „Carla wäre entsetzt, wenn sie von all den Streitigkeiten wüsste."

„Dann lass uns die Polizei anrufen, die sollen sich darum kümmern. Erzähl ihnen von deinem Verdacht."

Tante Pearl schüttelte energisch den Kopf. „Ganz sicher nicht. Wir können das nicht tun, denn Carlas Geschäfte drehten sich um einige illegale Dinge. Wir können es auch Ruby nicht erzählen. Sie hält nichts von den windigen Geschäften der Racatellis."

„Natürlich müssen wir es ihr erzählen?" Ich bezweifelte, dass Mum nichts von Carlas Geschäften mitbekommen hatte. Sie war nur zu höflich, um etwas zu sagen.

Aber eines war sicher, Tante Pearl befand sich in größerer Gefahr, als sie es sich bewusst war.

Carlas Tod veränderte mehr als Roccos und Mannys Zukunft. Tante Pearls Verbindung mit Manny war ebenfalls zu hinterfragen, genauso wie Christophes Aufenthalt in unserer Suite.

KAPITEL 24

Tante Pearl saß auf dem Sofa, während Mum friedlich am anderen Ende döste. Christophe war erst vor einigen Minuten in die Suite zurückgekehrt und tat nun so, als hätte sich die Szene bei der Trauerfeier nie abgespielt. Er ging direkt in die Küche, was mir nur recht war.

Nach fünf Minuten voller Geschirrklirren kam er mit einem Tablett voller Snacks wieder, das er auf dem Couchtisch vor uns abstellte. „Hat jemand Hunger?"

Ich war so besorgt, etwas Falsches zu sagen, dass ich nur „Danke" murmelte und nach einem Stück Käse griff.

„Wie spät ist es denn?" Mum richtete sich nun auf und blickte sich um. Dann stand sie auf und vergaß auf ihren verletzten Knöchel. Sofort fiel sie mit einem schmerzverzerrten Gesicht zurück auf das Sofa. „Ach, ich wünschte, ich könnte hinaus zum Pool. Dort ist es so entspannend."

„Ich glaube nicht, dass das eine gute Idee ist, Mum."

„Lassen Sie mich das übernehmen." Wie in einer Liebesschnulze hob Christophe Mum mit beiden Armen hoch und trug sie hinüber zu einem äußerst gemütlich aussehenden Diwan am Fenster. Er setzte sie sanft ab und reichte ihr eine flauschige weiße Decke. „Zumindest können Sie von hier aus die Aussicht genießen."

Mum kicherte, sie genoss Christophes Aufmerksamkeit ganz offensichtlich. „Danke, mir geht es gut. Nur ein paar Schrammen vom Sturz."

Christophes Grübchen vertieften sich, als er lächelte. Er tat so, als wäre nichts Außergewöhnliches vorgefallen. „Kann ich den Damen Getränke anbieten? Sie müssen nach der Trauerfeier entsetzlich müde sein." Er zwinkerte Mum zu.

Die errötete. „Warum nicht?"

Ich folgte Tante Pearl zum Sofa und flüsterte: „Warum spielt er weiter die Butler-Rolle? Wir haben ihn doch zusammen mit Manny gesehen."

„Pssst." Sie hielt einen Finger an ihre Lippen.

Christophe ignorierte uns und hatte seinen Blick weiter auf Mum gerichtet. „Ich hole etwas Eis für Ihren Knöchel."

„Für mich einen Cosmo, Chris", rief ihm Tante Pearl hinterher, als er wieder zur Küche eilte. „Und einen Weißwein für Ruby."

Mum erwiderte nichts, was ich als Zeichen der Zustimmung deutete.

„Für mich nur Wasser. Es ist ja noch nicht einmal fünf Uhr nachmittags...", protestierte ich.

„Hier gilt die Vegas-Zeit, Cenny. Diese Stadt schläft nie und du solltest das auch nicht tun. Geh mal ein bisschen raus aus dir." Tante Pearl fuhr sich mit der Hand durch ihre grauen Haare. „Verhalt dich mal ein bisschen deinem Alter entsprechend."

Christophe kam scheinbar schon nach Sekunden wieder und trug ein großes Tablett voll mit gekühlten Drinks und noch mehr Snacks wie Käse, Tartes und Crackern herein. Er reichte mir ein Glas kühlen Weißweins. „Ich habe mir erlaubt, einen äußerst feinen Chardonnay aus Sonoma Valley für Sie auszusuchen, Cendrine. Nachdem auch Pearl und Ruby alkoholische Drinks zu sich nehmen, nahm ich an, Sie würden sich ihnen anschließen."

Meine Willenskraft ließ nach. Ich nahm das Glas von seinem Tablett und trank einen Schluck. Der Chardonnay fühlte sich samtig weich auf der Zunge an und befeuerte meinen Appetit. Ich knabberte an einem Stück Käse, während die Müdigkeit mich immer stärker übermannte. So erschöpft wie ich war, war mir plötzlich alles egal. Wir waren eine ganze Nacht lang hergefahren, waren in eine Schießerei verwickelt und hatten es mit Glücksspiel, Gangstern und Mord zu tun. Ich hatte kaum geschlafen und nicht länger die Kraft, mich gegen Tante Pearls Pläne zur Wehr zu setzen oder ein Auge auf Christophe zu haben.

„Sie sind wirklich flink, Chris." Tante Pearl schüttete ihren Cosmo hinunter und pfefferte ihr Glas auf den Couchtisch. „Sind Sie ein Zauberer oder was?"

Ich verschluckte mich an meinem Drink und spuckte Chardonnay auf mein Kleid. Wütend funkelte ich meine Tante an, von deren magischen Anspielungen ich wirklich genervt war.

Falls sich Christophe angegriffen fühlte, zeigte er es nicht. „Das ist ein Betriebsgeheimnis. Ich kann auch Vorbereitungen für das Abendessen treffen, wenn Sie wünschen." Er blieb stehen und erwartete weitere Instruktionen. Vielleicht war er doch kein Gangster?

„Das wäre toll, Chris, danke!" Tante Pearl sprang auf die Füße. „Ich glaube, wir werden hier zu Abend essen. Warum überraschen Sie uns nicht?"

„Sehr gerne. Ich werde nur schnell einige Dinge besorgen." Christophe rannte hinaus in das Foyer und seine Gummisohlen quietschten auf dem Marmorboden.

Ich wartete, bis die Fahrstuhltür geschlossen war, dann drehte ich mich zu meiner Tante.

„Wenn er wirklich für Manny arbeitet, dann wollen wir nicht, dass er zurückkommt."

Mum nippte an ihrem Wein und zog sich ihre weiße Decke über. Sie bemerkte offensichtlich nichts von unserem Dilemma.

„Wir müssen die Tür verriegeln." Tante Pearl schüttelte langsam den Kopf. „Ich hätte eine Idee, wie wir ihn davon abhalten könnten zurückzukehren."

„Was es auch ist, ich mache es. Wie denn?"

Tante Pearl lächelte. „Du könntest einen Schutzschild herbeizaubern. Hast du den Zauber geübt? Oder warst du mit anderen Dingen beschäftigt?"

Sie wusste genau, dass ich nicht geübt hatte und ließ mich jetzt dafür büßen. Schon wieder.

„Kannst du nicht..."

„Nein, Cenny. Du musst lernen, auf eigenen Füßen zu stehen."

„Aber das hier ist wirklich ernst. Kannst du nicht einmal eine Ausnahme machen?"

Tante Pearl winkte ab. „Es gibt doch keinen besseren Weg, um etwas zu lernen. Zumindest ist jetzt deine Motivation hoch."

Ich seufzte. Deine Sorge um meine Zukunft bringt uns noch alle in Schwierigkeiten. Tu es zumindest für Mum."

„Du machst dir zu viele Sorgen, Cenny. Genieß doch einfach die schöne Suite, denn ich glaube nicht, dass du jemals wieder so nobel absteigen wirst."

„Wir könnten auch im Wohnmobil wohnen", erklärte ich.

Tante Pearl hob ihren Zeigefinger. „Fühlst du dich in der Sardinenbüchse in der Tiefgarage etwa sicher? Kein gutes Versteck, wenn die Mafia hinter einem her ist."

Da hatte sie recht und es war sowieso zu spät, heute noch irgendetwas zu tun. „Gut, heute Nacht bleiben wir hier. Wir bleiben in der Suite und checken morgen aus."

„Ich werde nicht hier drin versauern. Wir sind in Vegas, Baby. Ich gehe runter ins Casino. Willst du mitkommen?"

Ich schüttelte den Kopf, aber Tante Pearl war bereits die Treppen hinauf zu den Schlafzimmern gelaufen.

Vielleicht hatte Tante Pearl recht damit, das Beste aus der Situation zu machen, aber ich wollte wirklich ins Bett. Tante Pearls sogenannte Mission schien auch keine große Sache mehr zu sein.

Jetzt wo die Trauerfeier vorbei war, gab es eigentlich nicht mehr viel, das wir tun konnten. Was konnte denn jetzt noch schiefgehen?

Ich nippte an meinem Weinglas und blickte hinüber zu Mum, die schon wieder eingeschlafen war. Sie schlummerte zufrieden auf dem Diwan. Ich ging hinüber, nahm vorsichtig das Weinglas aus ihrer Hand und stellte es auf ein Tischchen. Dann schob ich die Kissen unter ihrem geschwollenen Knöchel zurecht und spürte, wie auch meine Augen immer schwerer wurden.

Mums beinahe Bewusstlosigkeit und meine schwachen magischen Kräfte boten uns kaum Schutz und Tante Pearl wusste das genau. Allerdings würde sie uns nie alleine zurücklassen, wenn wir wirklich in Gefahr wären. So viele Probleme sie auch verursachte, sie war loyal und versuchte stets uns zu schützen.

Vielleicht hatte Tante Pearl recht. Wenn man schon irgendwo festhing, dann gab es schlimmere Orte als diesen hier, umgeben von Luxus und rund um die Uhr verwöhnt. Das war mein letzter Gedanke, bevor der Schlaf mich übermannte.

KAPITEL 25

*I*ch schreckte orientierungslos auf dem Sofa hoch. Dem Licht vor dem Fenster zufolge schien es Abend zu sein. Ich musste eingeschlafen sein.

Ich drehte mich in Richtung des Geräusches, das mich geweckt hatte.

Dump.

Dump. Dump. Dump.

Ich konnte mich nicht erinnern eingeschlafen zu sein, aber das musste ich wohl, denn ich fühlte mich komplett weggetreten. Ich hatte pochende Kopfschmerzen, obwohl ich nur ein paar Schlucke Wein getrunken hatte. Der Alkohol, zu wenig Wasser im Laufe des Tages und die gleißende Sonne bei der Beerdigung, das musste mich aus den Schuhen gekippt haben.

Die Schlüsselkarte zur Suite hatte ich noch immer in meiner Hand und plötzlich fiel mir ein, dass ich Tyler seit der Rückkehr von der Trauerfeier nicht mehr angerufen hatte. Das war dieser verfluchte Zauber, der über Rocco lag. Die halbe Zeit konnte ich nicht klar denken und die restliche Zeit, war ich hinter Tante Pearl her.

Wieder ein nicht gehaltenes Versprechen.

Dump. Dump.

Jegliche Chancen mit dem Kerl, auf den ich es schon seit Monaten abgesehen hatte, waren nun wohl verspielt. Und das alles nur wegen meiner lästigen Tante und ihrer Entführungsshow.

Ich war nun vollkommen überzeugt, dass sie von unserem Date gewusst hatte. Sie würde alles tun, um ihn zu verjagen, ja, sie würde sogar unsere beginnende Beziehung auf jede erdenkliche Art versuchen zu zerstören. Die Sache mit den Racatellis schien nur eine willkommene Ausrede dafür zu sein.

Dump. Dump.

Tante Pearls Abneigung gegenüber Tyler war nichts Persönliches. Sie fand es nur fürchterlich frustrierend, dass er ihr die Stirn bot. Er war der erste Sheriff, den sie nicht aus der Stadt verjagen konnte. Sie hatte mich vermutlich entführt, um mir jede Chance auf ein Happy End zu nehmen.

Dump.

Als sich meine Augen langsam an die Dunkelheit gewöhnten, blickte ich mich erneut nach der Quelle des Geräusches um. Mein Blick wanderte die Wendeltreppe hinauf und endete an einem Paar High Heels, in denen wohlgeformte Beine steckten.

„Juhuuuuu! Wie sehe ich aus?" Tante Pearls Stimme schallte von der Decke herunter, während ihre manikürten Hände auf dem Treppengeländer ruhten. Von meiner Position auf dem Sofa aus konnte ich nur das untere Ende eines purpurroten Abendkleides sehen, das unter den Halogenleuchten schimmerte.

Ich richtete mich auf und fluchte vor mich hin, während ich die Szene beobachtete. Meine kurz andauernde Unbekümmertheit von vorhin war umgehend wieder verflogen. Das war nicht Tante Pearl. Das war Carolyn Conroe. „Du kannst doch hier nicht deine Carolyn-Nummer abziehen."

Carolyn Conroe war Tante Pearls Alter Ego, ein verhexter Marilyn-Monroe-Klon, in den sich meine Tante Pearl immer dann verwandelte, wenn sie auf der Suche nach ein wenig Spaß war. Carolyn war noch waghalsiger als Tante Pearl, noch teuflischer, noch unberechenbarer. Schon der Gedanke, dass Carolyn alleine und unkontrolliert durch Las Vegas zog, versetzte mich in Angst und Schrecken.

„Warum nicht? Carolyn liebt Vegas noch mehr als ich." Der Schlitz am Kleid, der bis zu den Oberschenkeln hinaufging, zeigte Tante Pearls - oder besser gesagt, Carolyns - schlanke Beine und sie bewegte sich langsam und etwas steif in ihren unmöglich hohen Absätzen die Treppe herunter.

Carolyns jugendliches Aussehen war gerade mal eine Hautschicht tief. Die Beine darunter gehörten noch immer der von Arthritis geplagten siebzigjährigen Pearl. Nicht einmal Hexenkraft konnte dagegen etwas tun.

„Was in Vegas passiert, bleibt in Vegas." Sie blieb ein paar Stufen vor dem Treppenende stehen und zwinkerte mir zu. „Projekt Vegas Vendetta, Phase zwei."

„Was ist mit Christophe? Du kannst doch deine Spielchen nicht abziehen, während er da ist. Er darf nicht herausfinden, dass wir Hexen sind." Ich wusste nicht, wann er wieder zurückkehren wollte. Da wir erst heute Morgen angekommen waren, hatte ich keine Ahnung, ob er im Hotel übernachtete oder ob er nach dem Ende seines Arbeitstages einfach ausstempelte und nach Hause ging.

Tante Pearl schüttelte den Kopf und schritt die letzten Stufen hinunter. „Ist doch egal. Nach diesem Wochenende sehen wir ihn sowieso nie wieder. Wenn er Carolyn sieht, sag ihm einfach, dass sie eine Freundin von euch ist."

Als ob ich eine Wahl gehabt hätte. „Was ist mit Wilt?"

„Wilt ist so auf das Spielen versessen, der bemerkt doch gar nichts mehr. Hör doch endlich auf, dir Sorgen um andere Leute zu machen, Cenny." Carolyn griff nach einer silbernen Clutch, die auf dem Couchtisch lag und öffnete sie, während sie durch das Foyer eilte. Sie presste ihre Lippen zusammen und trug purpurroten Lippenstift auf. „Ich muss los."

Tante Pearls ausgelassene Stimmung erschien mir unangemessen für jemanden, der um eine kürzlich verstorbene Freundin trauerte. Ich blickte mich um, Mum war noch immer weggetreten und hatte nichts von unserer Unterhaltung bemerkt. „Wie ich sehe, trauerst du noch."

„Carla wäre absolut begeistert von meiner Verkleidung", sagte sie. „Aber mach dir keine Sorgen, mein normales Ich trauert. Ich muss nur ein bisschen abschalten und gehe ins Casino."

„Verwandle dich zurück, bevor dich noch jemand sieht." Mein Kopf hämmerte, ich fühlte mich, als hätte ich einen üblen Kater. Ich blickte auf mein halbvolles Glas Margarita auf dem Couchtisch. Christophe war wohl nicht der einzige, der umwerfende Drinks zubereitete. Ich nahm an, dass Tante Pearl irgendetwas in meine Margarita gemischt hatte.

„Girls just wanna have fun, Cenny. Sei doch nicht immer so eine Spaßbremse. Komm mit."

Mein Kopf pochte erneut wie wild, als ich aufstand. Tante Pearl schien sich ganz normal zu fühlen, obwohl sie viel mehr getrunken hatte als ich. Ich zeigte auf Mum. „Ich kann sie nicht alleine lassen. Was immer sie auch getrunken hat, es hat sie ziemlich mitgenommen."

Carolyn ignorierte mich und wackelte auf ihren sechs Zentimeter hohen Absätzen zur Tür.

„Tante Pearl?" Ich sprang hoch und eilte ihr ins Foyer nach. „Wie lange willst du wegbleiben?"

„Das hängt davon ab, wie gut die Stimmung unten ist."

„Und was, wenn Christophe zurückkommt?"

Sie rollte mit den Augen. „Ich weiß nicht. Sag ihm, er soll ein paar Drinks mixen, Abendessen zubereiten, was auch immer. Beschäftige ihn einfach."

Ich warf die Arme in die Luft. „Du kannst uns doch hier nicht alleine lassen. Du hast mich ja auch gezwungen, hierher zu kommen. Ich habe bereits ein Bewerbungsgespräch und ein Date verpasst. Ich mache dein verrücktes Zeug nicht mehr mit."

„Wir sind doch nur auf eine Beerdigung gegangen. Ich gebe zu, dass es nicht alltäglich ist, dass jemand den Sarg fallen lässt, aber alles in allem ist es doch gut gelaufen."

„Du schweifst vom Thema ab." Ich stampfte mit dem Fuß auf den Boden. „Das hast du doch absichtlich gemacht, nur um meine

Chancen auf einen normalen Job zu zerstören und mich davon abzuhalten, Tyler zu treffen." Ich wusste, dass sie es wusste, ich konnte es
also auch aussprechen.

„Cendrine! Hör auf zu jammern. Und hör auf, so an dem Kerl zu
hängen. Der ist es nicht wert." Tante Pearl stemmte die Hände in ihre
Hüften. „Warum bist du überhaupt mitgekommen?"

„Du hast mich entführt, schon vergessen?"

Carolyn klimperte mit ihren falschen Wimpern. „Du bist viel zu
dramatisch. Es geht nicht immer nur um dich, weißt du."

Meine Kinnlade klappte nach unten. „Mich? Du bist doch die
Dramaqueen."

„Du hast recht. Das bin ich." Sie grinste. „Deshalb wäre es wohl am
besten, wenn du zurück nach Westwick Corners fährst. Wir können
dann über alles sprechen, wenn ich wieder zurück bin."

„Du wirst mir mit einem Zauberspruch helfen?" Meine Laune
verbesserte sich schlagartig. Ein bisschen magische Hilfe von Tante
Pearl und ich wäre in nur wenigen Minuten wieder zuhause. Ich
könnte heute Abend sogar in meinem Bett schlafen.

„Warum übst du nicht ein wenig Zauberei und dann werden wir
sehen, wie wir dich zurückbringen."

„Kannst du das nicht jetzt tun?"

Carolyn tippte mit dem Finger auf ihre Armbanduhr. „Sorry, keine
Zeit. Vielleicht später. „Ich muss was erledigen, bevor es zu spät ist."

Meine Schultern sanken vor Enttäuschung zusammen, als sie
hinausging. Ich ging zurück in den Salon und dachte darüber nach,
dass ich im schlimmsten Fall nach Hause fliegen könnte. Vielleicht
nicht heute Nacht, aber morgen Vormittag. Ich könnte mir Mums
Kreditkarte leihen und ihr das Geld später zurückzahlen. Dann wäre
ich in ein paar Stunden zuhause.

Meine Laune besserte sich, als ich Mums Laptop auf dem Esstisch
liegen sah, und ich öffnete ihn. Meine Hoffnung schwand allerdings
dahin, als ich entdeckte, dass wir in der Suite kein Internet hatten.
Das hatte vielleicht mit dieser „Keine Handys"-Regel zu tun. In der
Lobby musste es doch Internet geben. Vielleicht konnte mir dort
sogar jemand einen Flug buchen.

Mum döste friedlich auf dem Sofa vor sich hin, ihr geschwollener Knöchel lag auf mehreren Kissen. Es erschien mir keine gute Idee, sie aufzuwecken, aber ich wollte sie auch nicht alleine lassen.

Aber sie hatte ja einen Butler. Christophe würde bald zurückkehren und ihr alles bringen, was sie brauchte, bis ich wieder zurück war. Ob er nun für Manny arbeitete oder nicht, er schien sich gut um uns zu kümmern, besonders um Mum.

Bis auf die Killer-Cocktails, erinnerte ich mich.

Ich kritzelte eine Nachricht für Mum und legte sie auf den Couchtisch. Dann machte ich mich auf den Weg hinunter ins Casino.

KAPITEL 26

*I*ch war nicht besonders weit gekommen, als ich an der Bar auf Rocco traf. Er saß am selben Tisch wie vorher, mit dem Rücken zur Wand, was ihm einen guten Blick über alle verschaffte, die die Bar betraten oder verließen. Einschließlich mir. Er winkte mich an seinen Tisch.

Mein Puls beschleunigte sich, als meine Augen die seinen fixierten. Egal ob Zauber oder nicht, seine Anziehungskraft war wirklich mächtig. Seinem Blick zufolge dachte er wohl dasselbe über mich. Obwohl ich wusste, dass Tante Pearl dahintersteckte, kam ich einfach nicht dagegen an.

„Cenny, wir müssen reden." Er bedeutete mir, mich zu setzen.

Das tat ich auch und blickte auf die beiden Kerle, die am Nebentisch saßen. Es fühlte sich wie ein Déjà Vu an, was aber Sinn ergab, wenn man darüber nachdachte. Als Besitzer des Hotels war der Tisch bestimmt ständig für Rocco reserviert.

Rocco kippte seinen Drink hinunter und lehnte sich nach vorne. „Omas Tod war kein Unfall. Sie hatte viele Feinde, mächtige Leute, die eine Untersuchung stoppen können. Das Problem ist, dass die Polizei geschmiert wurde."

War es nicht ironisch, dass sich ein Krimineller darüber

beschwerte, dass die Polizei korrupt war? „Von wem?"

„Onkel Manny. Ich glaube, er steckt hinter Großmutters Tod."
Roccos Blick wurde sentimental. „Er ist natürlich kein Blutsverwandter, aber vor den ganzen Revierstreitigkeiten standen sich unsere Familien sehr nahe. Das alles änderte sich, als Onkel Mannys Ambitionen immer größer wurden. Das trieb einen Keil zwischen unsere Familien. Sich um Geschäfte zu streiten, ist das eine, aber ich hätte nie gedacht, dass er dafür töten würde."

Nun, soweit ich wusste, war es doch genau das, was Verbrecherfamilien taten. Rocco war offensichtlich anderer Meinung. Ich wusste nicht genau, in welche Machenschaften die Racatellis verwickelt waren und ich wollte es auch gar nicht so genau wissen. Aber ob ich wollte oder nicht, Tante Pearl hatte mich bereits in die Sache hineingezogen. „Carla wusste doch sicherlich, mit welchen Risiken die kriminellen Aktivitäten verbunden waren."

Rocco nickte. „Das tat sie, aber sie wollte nur noch ein bisschen mehr Geld verdienen, bevor sie sich in eine bequeme Rente zurückziehen konnte. Für sich und für mich, denn ich wollte auch aussteigen. Sie wollte nur das Hotel behalten und ein paar andere Investments, aber die windigeren Dinge wollte sie loswerden. Oma wollte mit Manny einen Deal aushandeln, damit wir beide rauskonnten. Aber er wollte mehr. Aus diesem Geschäft gibt es nur einen Ausweg. In einem Sarg."

Rocco erwähnte nichts von Mannys und Carlas geheimer Hochzeit und so war ich mir nicht sicher, ob er davon wusste. Falls nicht, dann wollte nicht ich diejenige sein, die ihn darüber aufklärte.

„Du glaubst also, dass Manny für Carlas Tod verantwortlich ist?" Die Umstände ihres Todes waren eindeutig verdächtig, aber nichts deutete im Speziellen auf Manny hin. „Hat er ein Alibi?"

„Er sagt, er war im Casino, aber ich bin alle Aufnahmen der Überwachungskameras durchgegangen. Keine Spur von ihm. Trotzdem gibt es eine Handvoll Zeugen, die schwören, dass er bei einem riskanten Pokerspiel war. Den Videobändern zufolge lügen sie ganz offensichtlich."

„Hast du der Polizei davon erzählt?"

„Natürlich, aber die haben es nur abgetan. Sie glauben immer noch, dass es ein Unfall war, deshalb ermitteln sie auch nicht."

Ich erinnerte mich plötzlich an den Autopsiebericht, der noch immer oben auf dem Couchtisch lag. Was, wenn Christophe zurückkehrte und ihn entdeckte?

Ich stand auf. „Mir ist gerade was eingefallen. Ich muss gehen, Rocco."

„Nein... warte." Er umgriff mein Handgelenk, ließ es aber auch sofort wieder los. „Ich glaube, ich kann sie dazu bringen, den Fall neu aufzurollen."

„Großartig." Ich trat einen Schritt zurück.

„Ja und nein. Wenn sie ermitteln und den Mord jemanden anhängen müssen, dann werden sie mich verhaften und nicht Manny. Ich habe kein Alibi und profitiere von Großmutters Tod. Ich erbe alles."

Ich schüttelte den Kopf. Der arme Rocco wusste wirklich von nichts. „Das ist doch kein ausreichender Grund. Sie brauchen Beweise gegen dich."

„Offensichtlich haben sie schon was oder zumindest ein Motiv."

„Gegen dich? Aber warum...?"

„Sie werden behaupten, dass ich es satthatte, darauf zu warten, dass sich Oma zurückzieht. Nicht nur das, sondern auch dass ich von ihrem Tod profitiere. Ja, es stimmt, ich erbe alles, aber sie hat bereits alles mit mir geteilt. Ich kannte die Geschäfte nicht so gut, wie sie es tat, aber das letzte, das ich wollte, auch nicht-geschäftlich gesprochen, war dass sie uns verlässt. Ich kann das doch gar nicht so gut führen wie sie, nicht einmal annähernd. Aber vielleicht mit deiner Hilfe..." Roccos Stimme versagte.

„Es tut mir leid, Rocco. Ich weiß wirklich nicht, wie ich dir helfen könnte. Du brauchst einen Anwalt, keine Reporterin aus einer Kleinstadt." Eine arbeitslose Reporterin noch dazu. Ich stand auf.

„Nein... Cenny, warte. Ich kenne dein Familiengeheimnis, genauso wie du meines kennst. Du bist die einzige, die mir helfen kann, Cenny. Wenn ich gegen die Vertuschung nicht ankomme, dann musst du sie auffliegen lassen. Und dabei kannst du mir als Hexe sehr wohl helfen."

Meine Kinnlade kippte nach unten, als mir klar wurde, dass Rocco das West-Familiengeheimnis bis ins Detail kannte. „Aber ein Zauber wird Carla nicht zurückbringen, Rocco."

„Das weiß ich, aber vielleicht kannst du mir sonst irgendwie helfen. Einen Beweis finden, dass Manny nicht dort war, wo er angegeben hat, gewesen zu sein."

„Ich verstehe nicht, wie..."

„Du kannst doch in der Zeit zurückreisen und seine Schritte nachverfolgen. Du kannst sehen, was vor dem Mord passiert ist. Dann können wir sein Alibi auffliegen lassen und die Polizei dazu bringen zu handeln."

„Was lässt dich nur glauben, dass ich das könnte?"

„Pearl hat mal so einen Zurückspul-Zauber für mich gemacht. Es war ein Gefallen, als ich ein Bündel Geld verloren habe, das nicht mir gehörte. Sie hat mir an dem Tag das Leben gerettet."

Tante Pearl hatte wie immer die Regeln gebrochen. „Warum fragst du dann nicht Tante Pearl um Hilfe?"

„Das kann ich nicht", sagte Rocco. „Sie ist noch immer traurig wegen Oma. Ich möchte sie nicht mit der Wahrheit belasten. Wie immer die auch genau aussieht."

Ich blickte mich um und hielt Ausschau nach Carolyn Conroe, aber das Alter Ego meiner Tante war nirgendwo zu finden. Was gut war, denn zurzeit war sie nicht gerade die trauernde Freundin, für die Rocco sie hielt.

„Ich würde gerne helfen, aber die Wahrheit ist, dass ich keine besonders gute Hexe bin. Vor allem nicht was Zurückspul-Zauber angeht. Das ist fortgeschrittene Magie." Theoretisch konnte ich den Spruch, aber es konnte einfach zu viel schiefgehen. Es war keine gute Idee, Magie und Mafiabosse miteinander zu verbinden. Die Vorstellung machte mir schreckliche Angst. Wenn ich es gut machte, dann würde Rocco vielleicht öfter einen Gefallen einfordern. Und wenn ich scheiterte, wer weiß, was dann die Konsequenzen wären.

„Ich vertraue dir, Cenny. Eigentlich bist du sogar die einzige Person, der ich im Moment vertrauen kann."

KAPITEL 27

$\mathcal{J}$ch verließ die Bar, nachdem ich Rocco davon überzeugt hatte, zuerst einen Anwalt anzurufen und dann der Gerichtsmedizinerin einen Besuch abzustatten.

Vielleicht konnte er ja die Wahrheit herausfinden. Ich hoffte, dass er das tun würde, ohne zu extremen Maßnahmen greifen zu müssen. Wenn er doch nur eine Kopie des Berichts auf legalem Wege erhalten könnte. Das würde uns beiden helfen. Es war einen Versuch wert.

Wenn er keine Antworten bekommen würde, könnte er immer noch verlangen, dass Carlas Leiche exhumiert und eine zweite Autopsie durchgeführt wird, aber das war eine Möglichkeit, an die ich im Moment nicht denken wollte.

Tod durch Ertrinken war eine problematische Erkenntnis. Ich rief mir noch einmal das Sargfiasko in Erinnerung. Abgesehen davon, dass sich in ihren Lungen kein Wasser befand, war ihr Gesicht viel zu ausdruckslos gewesen. Opfer, die dabei sind zu ertrinken, haben kein ausdrucksloses Gesicht. Ihre Züge zeigen unvermeidlich den Schrecken und die Verzweiflung, die eingefroren werden, genau in dem Moment, in dem das letzte Leben aus ihnen weicht.

Plötzlich wurde ich traurig. Was immer Carla in ihrem Leben auch angestellt haben mochte, es konnte nicht schlimm genug gewesen sein, um so einen Tod zu verdienen. Auch meine Tante tat mir leid, weil sie eine sehr alte Freundin verloren hat, auch wenn sie ihre Trauer auf unangebrachte Weise zeigte.

Dann waren da noch meine eigenartigen Gefühle für Rocco. Ich hatte mich nie von ihm angezogen gefühlt und jetzt dachte ich ständig an ihn. Ich hatte beinahe schon auf Tyler vergessen.

Tyler.

Er hatte mich davor gewarnt, mich in die Sache reinziehen zu lassen und er hatte recht gehabt. Ich sollte nach oben gehen, die Annehmlichkeiten der Suite genießen und auf Mum aufpassen, bis sie wieder aufwachte. Tante Pearls Versprechen, mich nach Hause zu bringen, war gewiss mit einigen Forderungen verknüpft, aber das war im Moment die einzige Option.

Ich wanderte gedankenverloren umher und war immer noch hin- und hergerissen, ob ich nach oben gehen sollte, ohne Tante Pearl aus den Schwierigkeiten zu befreien, in die sie sich gewiss katapultiert hatte. Schon bald fand ich mich einige Meter von den Fahrstühlen in der Lobby entfernt wieder, um die sich eine Menschengruppe versammelte.

Ich streckte mich, um besser sehen zu können, was die Aufregung verursachte. Die Pfiffe und das aufgeregte Murmeln ließen auf einen Rockstar oder einen Hollywoodstar schließen. Ich fragte mich, wer vielleicht heute Abend eine große Show gab.

Ich erkannte einen leuchtend roten Stofffetzen sowie blonde Haare und sogleich wurde mir übel.

Meine Ängste wurden Wirklichkeit als Tante Pearl bzw. Carolyn Conroe in mein Blickfeld kam. Sie hatte eine lange Halskette aus Kristall um ihre Finger gezwirbelt, während sie in einer sinnlichen Stimme *Diamonds Are a Girl's Best Friend* zum Besten gab.

„Wer ist das?" Ein Mädchen neben mir drückte mir ihr Handy in die Hand und deutete auf sich und ihre Mum. „Würden Sie ein Foto machen?"

Großartig. Tante Pearl zog nicht nur ihre Carolyn-Conroe-Nummer ab, nein, sie gab auch noch vor, eine Berühmtheit zu sein. Ich schoss ein paar Fotos von dem Mädchen und ihrer Mutter, die jeweils an einer Seite der grinsenden Carolyn standen, dann gab ich ihr das Handy zurück.

Ich funkelte Carolyn wütend an und war von ihrem Fanclub genauso genervt wie von meiner schlechten Laune. Sie schien gar nicht zu bemerken, was um uns herum passierte. Stattdessen schien sie einfach Spaß zu haben.

Carolyn zwinkerte frech in die Runde.

Ich griff nach ihrem Arm und führte sie von der Menge weg. „Wir müssen reden."

„Hast du eigentlich nie Spaß?" Carolyn fluchte vor sich hin. „Was in Vegas passiert, bleibt in Vegas. Das weißt du doch."

Ich ignorierte ihre Bemerkung und umklammerte ihren Arm noch fester. „Wir gehen nach oben, jetzt!"

„Cenny, warte. Wir können nicht ohne Wilt gehen Ich glaube, er ist in Schwierigkeiten." Carolyn verzog den Mund.

Ihr Ausdruck schien ehrlich zu sein, auch wenn ich nicht so dumm war, ihr einfach so zu glauben. Sie trickste mich immer wieder aus. „Er ist erwachsen. Er kann für sich selbst sorgen."

Carolyn schüttelte den Kopf. „Äh... Er ist spielsüchtig. Ich hätte ihn niemals hierherbringen dürfen."

„Es gibt eine Menge Dinge, die du nicht tun hättest sollen", schimpfte ich. „Zum Beispiel *mich* gegen meinen Willen herzubringen."

Ein Lächeln huschte über Carolyns Lippen. „Du brauchst ein wenig Spaß. Lass mich nur schnell Wilt finden. Dann gehen wir nach oben."

* * *

EINIGE MINUTEN später fanden wir Wilt an einem Pokertisch, an dem um hohe Einsätze gespielt wurde. Es war bereits aus mehreren Metern Entfernung sichtbar, dass er in Schwierigkeiten steckte. Seine sonst so blasse Gesichtsfarbe war einem strahlenden Rot gewichen und Schweißperlen standen ihm auf der Stirn. „Er hat nicht gerade ein Pokerface"

„Das tut nichts zur Sache. Er braucht nur ein gutes Blatt." Sie winkte ab. „Lass Wilt ein bisschen Spaß haben."

Nach Spaß sah das gerade nicht aus, aber Wilts Gesichtsausdruck erhellte sich, als er Carolyn sah. Das erregte sofort mein Misstrauen. „Du hast Wilt dabei geholfen, zu gewinnen, nicht wahr?"

„Ein bisschen vielleicht." Carolyn lächelte und posierte für die drei anderen Männer, die an Wilts Tisch saßen. Sie warfen ihr lüsterne Blicke zu. „Die waren alle so leicht abzulenken, das wäre ja eine Verschwendung gewesen, es nicht zu tun."

„Du weißt, dass das nicht okay ist, Tante Pearl." Ich schüttelte den Kopf. „Es ist gegen die Regeln des WEHEX, Hexerei für Geld zu nutzen." Die Regeln waren insbesondere streng, wenn es um persönliche Bereicherung ging. Geld herbeizuzaubern wurde besonders streng geahndet. Obwohl ich nicht genau wusste, was die Regeln im Fall von Glücksspiel besagten, so war ich mir doch auch sicher, dass dieselben Regeln ebenso galten. Tante Pearl druckte ja nicht gerade Banknoten, aber das was sie da tat, kam dem ganzen ziemlich nahe.

Meine Tante rollte mit den Augen. „Ich kenne die Regeln, Cenny. Wer hat gesagt, dass ich gezaubert habe? Das habe ich gar nicht gebraucht. Es geht um simple Arithmetik."

„Du hast die Karten gezählt?" Im ganzen Casino waren vermutlich Kameras. So wie ich meine Tante kannte, hatte sie es vor aller Augen getan.

„Sowas ähnliches." Carolyn trat etwas näher an den Tisch heran, wo sie sofort die Aufmerksamkeit eines bulligen Mannes weckte. Sein dickes Goldarmband schnitt in sein Handgelenk, während er sich mit den Karten zufächerte. Er war eine schaurige Gestalt, die aussah, als wäre sie direkt einem Gangsterfilm entsprungen. Sein schmieriges Grinsen war entweder ein Bluff oder zeigte deutlich, dass sein Blatt das von Wilt schlagen würde. Seine andere Hand lag auf seinem Oberschenkel, ganz in der Nähe eines Pistolenholsters.

„Es ist doch lustig, den Klugscheißern hier eins auszuwischen. Die glauben doch, sie wissen alles besser. Du solltest es auch mal ausprobieren." Carolyn warf ihr blondes Haar mit einer übertriebenen Kopfbewegung zurück und stolzierte rund um den Tisch.

Karten zu zählen war bereits schlimm genug, aber jetzt auch noch das Blatt von Wilts Gegnern auszuspionieren, das war der Gipfel. Ich griff nach Carolyns Arm und zog sie zurück. „Das wird nicht lange lustig bleiben. Wilt kann es sich doch gar nicht leisten, an dem Tisch zu spielen, mit seinem Niedriglohnjob." Erschrocken sah ich, wie Wilt einen Stapel 50-Dollar-Chips in die Mitte des Tisches schob. Ich senkte meine Stimme. „Er ist in ernsthaften Schwierigkeiten."

Ich wusste nicht viel über Poker, aber sogar ich sah, dass sein Blatt lausig war. Er hatte nur Karten mit niedrigen Zahlen und dabei nicht einmal ein Paar. Er war ein schlechter Bluffer und hatte nicht den Hauch einer Chance. Egal, ob er hier sein eigenes Geld verspielte oder Tante Pearls Lottogewinne, es würde nicht lange reichen.

Carolyn ignorierte mich.

Ich trat näher an den Tisch. „Wilt, spiel dein Blatt zu Ende, dann gehen wir."

Er drehte sich nur einen Moment lang um, lang genug, um mich anzufunkeln. „Lass mich in Ruhe. Du störst mich in meiner Konzentration."

Tante Pearl bzw. Carolyn Conroe raunte mir zu. „Du hast ihn gehört. Kümmere dich um deine Angelegenheiten, Cendrine."

Ich knirschte mit den Zähnen. „Konzentriere dich, Carolyn! Erinnerst du dich, warum wir hier sind?"

„Ihr zwei kennt euch?" Wilt zog überrascht die Augenbrauen nach oben.

Ich nickte und war genervt, dass ich wieder mal die zweite Identität meiner Tante verschleiern musste.

„Die Welt ist klein." Wilt wandte sich wieder dem Tisch und seinem erbärmlichen Blatt zu.

„Kleiner als du denkst." Ich war froh, dass Wilt keine Ahnung davon hatte, dass Carolyn in Wirklichkeit Tante Pearl war - und eine Hexe. Allerdings stand Wilt ganz offensichtlich auf Tante Pearls Alter Ego und Carolyn ließ ihn doch glatt annehmen, dass das Gefühl auf Gegenseitigkeit beruhte.

Ich drehte mich zu Carolyn. „Ich tue das nur zu seinem Besten, Tante Pearl."

„Psssst... nenn mich nicht so."

„Du hast gesagt, er hat ein Spielproblem."

„Habe ich das? Ich erinnere mich nicht mehr."

„Du solltest es doch am besten wissen." Ich hielt meinen Atem an, als die Spieler am Tisch alle gleichzogen und Wilts Einsatz noch erhöhten. Es war zwecklos. Ein Streit würde den Wahnsinn, der sich vor uns ausbreitete, nur noch weiter in die Länge ziehen.

Carolyn stellte sich hinter Wilt und legte eine Hand auf seine Schulter.

Wilt blickte sich zu ihr um und war sichtlich verliebt. Um seine Angebetete zu beeindrucken, schien er noch waghalsiger zu spielen als zuvor. Es war eindeutig, dass Wilt bislang nur wenig Interesse von Frauen zuteil geworden war, geschweige denn von einem Hingucker wie Carolyn. Er genoss ihre Aufmerksamkeit und die seiner Gegner sichtlich.

Carolyn hingegen sonnte sich in der Aufmerksamkeit der drei Kerle, die ihr lüsterne Blicke zuwarfen.

„Call!" Einer der Gangstertypen legte sein Blatt auf den Tisch und grinste.

„Full House. Drei Asse und ein Zehnerpärchen."

Ich klammerte mich an Carolyns Arm. „Wilt ist erledigt. Sorg dafür, dass er aufhört." Das drohende Unheil lief in Zeitlupentempo vor meinem geistigen Auge ab.

„Du willst, dass ich ihn aufhören lasse, bevor er die Chance hat, sein Geld zurückzugewinnen?" Sie klimperte unschuldig mit ihren falschen Wimpern.

„Ja, genau."

Sie zuckte mit den Schultern und zwinkerte dem Croupier verführerisch zu.

Der lächelte gebannt zurück.

Noch bevor ich irgendetwas sagen konnte, war jeder am Tisch wie gebannt.

Im wahrsten Sinne des Wortes.

Carolyn Conroe hatte einen Zurückspul-Zauber ausgesprochen.

Nur eine Millisekunde später spielte sich die exakt gleiche Szene vor uns ab. Nur hielt dieses Mal Wilt ein Paar Asse in den Händen.

„Tante Pearl!" Ich griff sie am Arm. „Das ist noch schlimmer als Kartenzählen. Schnell, ändere alles wieder zurück."

„Keine Chance, Mädchen. Vorher hast du dich auch nicht beschwert, als du wolltest, dass ich dir mit einem Zauber helfe."

„Aber mit dem Zauber hättest du mich nach Hause bringen sollen. Nicht jemanden ruinieren."

„Jeder, der spielt, geht ein Risiko ein."

Ich verschränkte die Arme. „Was du tust, ist nicht in Ordnung. Bieg das sofort wieder gerade oder ich melde dich beim WEHEX. Du kennst die Regeln." Betrug konnte zu einem sofortigen, lebenslangen Ausschluss führen. Keine Hexe würde es riskieren, ihre Kräfte zu verlieren.

„Du würdest deine Tante verraten?" Carolyn verschränkte die Arme und schnaubte. „Weshalb? Das ist kein Betrug, Cenny. Ich habe nur Wilt an einen früheren Zeitpunkt zurückgebracht. Aber seine Entscheidungen sind seine eigenen."

„Aber er hat sich dieses Mal anders entschieden", protestierte ich. „Er hat andere Karten ausgeteilt bekommen."

„Das war der Zufall."

„Du kannst doch nicht das Leben so oft zurückdrehen, bis du bekommst, was du willst. So funktioniert das doch nicht."

„Da liegst du falsch, Cenny. Genauso funktioniert das Leben."

KAPITEL 28

ilt stand auf und sammelte seine Chips ein. Tante Pearl und ich folgten ihm, als er in Richtung der Hotellobby ging. Eine Menge Augenpaare folgte uns. Oder besser gesagt, sie folgten Carolyn, deren Beine bei jedem Schritt verführerisch aus dem Schlitz ihres Kleides hervorblitzten. Wir waren nicht besonders weit gekommen, als Wilt plötzlich anhielt und von einem Automaten wie magisch in den Bann gezogen wurde. Er schien uns überhaupt nicht mehr zu bemerken und war wie in Trance.

„Wilt!" Ich stellte mich vor ihn, aber seine glasigen Augen blickten durch mich hindurch auf die Automaten. Er fischte einige Jetons aus seiner Hosentasche und setzte sich vor die erste Maschine.

Dann steckte er einen Jeton nach dem anderen in den Münzschlitz.

„Tante Pearl, halte ihn auf! Er kann sich das doch gar nicht leisten." Gut ein halbes Dutzend betrunkener Kerle Mitte zwanzig war uns aus dem Casino herausgefolgt. Sie standen gut fünf Meter entfernt und flüsterten, während sie zu uns herübersahen. Ihren lächerlichen Hawaiihemden und den Strohhüten zufolge feierte die Gruppe wohl gerade einen Junggesellenabschied.

„Er vielleicht nicht, aber ich kann es mir auf jeden Fall leisten", sagte Tante Pearl. „Er spielt auf meine Kosten."

Ich schüttelte den Kopf. „Es ist doch egal, wer bezahlt. Das macht seine Spielsucht doch nur noch schlimmer." Ihr Lottogewinn rechtfertigte keinesfalls, das Leben eines Mannes zu zerstören.

Unser Fanclub versammelte sich in einem Halbkreis um uns. Soweit ich ihr betrunkenes Flüstern verstand, arbeiteten sie wohl an einem Plan, um sich uns vorzustellen. Ich drehte mich zu Carolyn.

„Du hast doch deinen Schein noch nicht einmal eingelöst", protestierte ich. „Was ist, wenn du dich bei den Zahlen vertan hast?" Da fiel mir ein, dass wenn sie den Schein noch gar nicht eingelöst hatte, sie ja in der Zwischenzeit das Geld von irgendwo anders herbekommen haben musste. Ich fürchtete mich davor zu fragen. Sie war nicht einmal annähernd reich genug, um so einen Spielausflug zu finanzieren.

„Der Schein ist in Ordnung. Ich habe das Ding benutzt, mit dem man die Zahlen überprüfen kann. Was kann denn noch schiefgehen?" Sie winkte neckisch der Gruppe zu und verzückte dabei den Bräutigam, der gar nicht merkte, dass er seinen Hut verloren hatte.

„Eine Menge", entgegnete ich. „Vielleicht gibt es ein Problem mit den Zahlen. Oder du verlierst den Schein. Ich hoffe, du hast ihn irgendwo sicher verwahrt."

Carolyn griff in ihren Ausschnitt, was ihr einige Pfiffe ihrer Bewunderer einbrachte. Sie riss die Augen auf und Schweißperlen traten ihr auf die Stirn.

„Was ist los?"

Sie schlug die Hand vor den Mund. „Vor einigen Minuten war er noch da. Oh mein Gott! Ich habe meinen Schein verloren!"

Mir drehte sich der Magen um, als ich an das Wohnmobil dachte, die ganze Spielerei und wer weiß, was Tante Pearl noch auf Pump finanziert hat. „Zumindest haben wir noch den Rest von Wilt Spieljetons."

Ich griff nach Wilts Arm, der gerade seine letzte Handvoll Jetons in den Automaten steckte und den Hebelarm betätigte.

Zu spät. Ich fluchte vor mich hin.

Carolyn Conroe brach in schallendes Gelächter aus und klopfte mir auf den Rücken. „Beruhige dich, Cenny. Ich habe nur Spaß gemacht."

Der Poltergruppe fielen beinahe die Augen aus, als Carolyn ihr Dekolleté zurechtrückte und sich selbst noch einmal auf die Brust klopfte. Sie zwinkerte den Kerlen zu. „Ist noch alles da."

Ich führte Wilt vom Automaten weg.

„Das ist mein Glücksautomat! Ich werde noch alles zurückgewinnen." Wilt entriss sich aus meinem Griff.

„Du wirst es nie zurückgewinnen", sagte ich. „Hör doch auf, solange du noch kannst."

Wilt schüttelte den Kopf. „Zum ersten Mal seit langer Zeit gewinne ich und du willst, dass ich jetzt aufhöre?"

„Du hast doch gar nichts gewonnen", entgegnete ich. „Du hast alle deine Chips verspielt."

„Das ist nur ein kurzfristiger Rückschlag", protestierte er.

Ich blickte hinüber zu Carolyn, aber die war zu beschäftigt. Die Polterjungs umkreisten sie und buhlten um ihre Aufmerksamkeit. Sie genoss jede Sekunde davon.

Einen Vorteil hatte ich jedoch. Wilt wusste nicht, dass Carolyn Tante Pearl war.

Ich senkte meine Stimme, damit Carolyn mich nicht hören konnte. „Wilt, ich brauche deine Hilfe. Ich kann Tante Pearl nicht finden, aber ich muss dringend mit ihr sprechen. Bist du nicht als ihr Fahrer und Bodyguard angestellt?"

Wilt erblasste. „Oh, ja. Oh mein Gott! Ich gehe sie besser suchen."

Das erschien mir doch ein wenig überreagiert, aber zumindest nahm Wilt seinen Job ernst.

„Ich weiß, du musstest dich nach der langen Fahrt erstmal ein bisschen entspannen, aber jetzt müssen wir sie wirklich dringend finden. Sie braucht ihre Medikamente." Wenn jemand in dem Moment Medikamente brauchte, dann wohl eher ich, aber Wilt schluckte meine Notlüge.

Seine Kinnlade klappte nach unten. „Ich hab's verbockt, oder? Es tut mir leid, ich weiß nicht, was in mich gefahren ist."

„Das ist okay, Wilt." Ich trat von dem Automaten weg und bedeutete ihm, mir zu folgen. Einer der Junggesellen rempelte uns an, offensichtlich verärgert, weil er seine Position nahe Carolyn verloren hatte.

Wilt folgte mir und sah zerknirscht aus. „Ich war total ins Kartenspiel versunken, anstatt auf Pearl aufzupassen. Ich kann nichts dafür, Cendrine. Die ganzen Lichter und der Lärm, das hat mich in den Bann gezogen. Es ist fast so, als wäre ich auf Drogen oder so."

„Mach dir keine Sorgen. Geh du rauf in die Suite und sieh nach, ob du sie finden kannst. Ich sehe mich hier um." Das hatte ich nicht vor zu tun, aber ich wollte, dass Wilt aus dem Casino verschwindet. Außerdem hatte ich so Carolyn für mich alleine und konnte sie hoffentlich überzeugen, wieder Tante Pearl zu werden. Carolyn Conroe zog viel zu viel männliche Aufmerksamkeit auf sich.

Wilt nickte und wandte sich zum Gehen. Er schaffte es allerdings nur ein paar Meter weit, bis ein riesiger, bulliger Kerl sich ihm in den Weg stellte.

Mein Herz setzte für einen Moment aus, als ich den Kerl als den Verbrechertypen erkannte, der vorher mit Wilt am Pokertisch gesessen hatte.

KAPITEL 29

„ *W*arum hast du den Tisch verlassen? Wir haben doch gerade erst begonnen, uns kennenzulernen." Der Kerl legte seine fleischige, riesige Hand auf Wilts Schulter. „Du und ich, wir haben ein kleines Problem."

„Ich spiele nicht mehr." Wilt zitterte, während er sprach. „Ich habe alle meine Schulden bezahlt, ich weiß also nicht, was das Problem ist."

„Du würdest Kartenzählen also nicht als Problem bezeichnen?" Der Mann drückte fester zu. „Mich verarschst du nicht. Dein mieses Blatt am Ende war doch nur dazu da, um abzulenken."

„Das ergibt doch keinen Sinn", warf ich ein. „Er hat doch am Ende verloren." Ich überlegte, ob ich Rocco suchen sollte. Dann erinnerte ich mich an die Schießerei und entschied mich dagegen. Solche Streitigkeiten konnten leicht tödlich enden.

Der Typ starrte mich so sehr an, dass ich dachte, ihm würden gleich die Augen explodieren. „Dich hat niemand gefragt, Schätzchen."

Wilt zuckte vor Schmerz zusammen als der Kerl noch fester zudrückte.

„Ich weiß genau, was du und deine Freundin hier abzieht." Der Mann nickte in Richtung Carolyn. „Sie ist die Ablenkung, nicht wahr?

Sie macht allen schöne Augen, damit wir uns nicht auf das Spiel konzentrieren."

„Nein. Ich habe fair und ehrlich gewonnen." Wilt drehte sich und befreite seine Schulter aus dem Griff des Mannes. „Ich muss los."

„Du gehst nirgendwo hin. Du schuldest mir einen Haufen Geld." Der Kerl griff nach Wilts Kragen und hob ihn hoch, sodass Wilt beinahe aus dem Hemd rutschte. Er war ungefähr zwei Mal so groß wie Wilt, wog sicher 150 Kilo und hatte ein äußerst aufbrausendes Gemüt.

Wilt schüttelte den Kopf. „Ich schulde niemandem etwas. Nicht einmal eine Erklärung."

Wilts freche Antwort würde ihn in eine Menge Schwierigkeiten bringen. Ich zog an seinem Arm. „Wilt, gehen wir."

Der bullige Kerl zog Wilt in die andere Richtung und eine Naht an seinem Hemd riss. Ein Knopf sprang ab und landete auf dem flauschigen Teppich des Casinos.

Das Gesicht des Kerls war vor Ärger rot angelaufen und er schien außer Kontrolle zu geraten.

„Carolyn", rief ich. „Komm her."

Zu meiner Überraschung löste sich Carolyn sofort von ihrer Gruppe Bewunderer. „Was ist denn hier los?"

„Wir brauchen Hilfe", flüsterte ich. „Jetzt wäre ein guter Zeitpunkt, um zurückzuspulen."

„Ach herrje", seufzte Carolyn. „Wilt steckt wirklich in Schwierigkeiten. Das ist Jimmy, Manny La Mannas rechte Hand. Er ist leicht reizbar. Wilt hat ein Händchen für Feinde."

„Hast du ihn denn nicht vorher schon erkannt? Er hat die ganze Zeit mit Wilt Karten gespielt, während du sie gezählt hast. Wie konntest du ihn übersehen?"

„Ich habe ihn schon lange nicht mehr gesehen, er sieht etwas anders aus. Er hat ordentlich zugenommen. Außerdem war ich beschäftigt, Cenny. Karten zählen, Männer zählen... das war etwas viel auf einmal.

„Konzentrier dich, Tante Pearl. Wir müssen das rückgängig machen."

„Psssst... nenn mich nicht so." „Ich bin Carolyn, weißt du noch?

„Also gut. Hol uns nur einfach aus diesem Chaos raus."

Carolyn trat einen Schritt zurück und verschränkte die Arme. „Du sprichst so mit mir und erwartest, dass ich dir einen Gefallen tue? So sicher nicht. Du willst noch einen Zurückspul-Zauber. Fein, dann mach ihn doch selbst."

„Aber ich kann doch nicht..."

„Dann gib zu, dass du Unrecht hast und entschuldige dich."

Einige von Carolyns Bewunderern kamen herüber und fragten sich, was hier los war. Ich wollte mich nicht streiten, aber es gab nichts, wofür ich mich entschuldigen müsste. Ich hatte nichts Falsches getan.

Jimmys Pranken legten sich fest um Wilts Hals.

Der streckte die Arme aus und versuchte, Jimmys Griff zu entkommen.

„Tante Pearl, bitte... es geht doch nicht um mich. Tu es für Wilt."

„Hör auf, mich so zu nennen!" Ihre Augen verengten sich. „Tut es dir also leid oder nicht?"

„Also gut. Es tut mir leid. Aber bitte mach das rückgängig und hol Wilt aus seinen Schwierigkeiten raus!" Ich konnte den Anblick keine Sekunde länger ertragen. Wilts Augen traten unter Jimmys festem Griff hervor. Er sah aus wie ein Insekt, das gerade zerquetscht wurde.

„Ich wünschte, du würdest mehr Zauberei üben und dich nicht immer auf mich verlassen." Carolyn murmelte etwas vor sich hin. „Wenn du das doch nur selbst könntest."

Ich rollte mit den Augen. Es war zu spät, daran jetzt etwas zu ändern, aber wenigstens gab ich Tante Pearl einmal recht. Sobald ich wieder in Westwick Corners war, wollte ich meine Stunden wieder aufnehmen und wenn es nur dazu gut war, Tante Pearls Dummheiten entgegenzuwirken.

Tante Pearl schnippte mit den Fingern. *Eins, zwei, drei, dass es wie früher sei...*"

Mein langer Seufzer hallte durch das Casino. Der gesamte Raum wurde plötzlich still, die Stimmen und das Klingeln der Einarmigen

Banditen verstummten. Hunderte Spieler an den Automaten und Tischen waren in ihrer jeweiligen Bewegung eingefroren.

„Oh oh." Carolyns Fröhlichkeit von eben war gerade einem sorgenvollen Ausdruck gewichen.

„Was ist los?" Ich blickte zur Decke und fragte mich, ob der Zauber alle im Gebäude beeinflusste, inklusive der Kerle, die vor den Videokameras saßen. Tante Pearls Zauber wäre für die Ewigkeit dokumentiert, sollte sich jemand die Bänder ansehen. Was in einem Casino gewiss jemand tat.

Carolyn verzog das Gesicht, als sie versuchte, Jimmys Finger von Wilts Hals zu lösen. „Es funktioniert nicht. Ich habe den Zauber im falschen Moment gestoppt und ich weiß nicht, was ich tun soll."

„Kannst du nicht noch ein paar Sekunden weiter zurückspulen?" Es erschien mir so einfach, dass ich mich fragte, warum sie selbst nicht daran gedacht hatte.

„Ähm... Ich kann die Rückspulzauber nicht so genau anhalten, dass sie in einer bestimmten Millisekunde stoppen. Auch wenn ich schnell genug wäre, ich würde Wilts Sicherheit gefährden."

„Naja, jedenfalls können wir nicht zulassen, dass Jimmy Wilt erwürgt." Ich ging zu den beiden Männern, um mir ein genaueres Bild zu machen. „Gib mir deinen Schuh."

„Es ist nicht so schlimm, oder?" Carolyn streckte ihren Kopf und musterte die beiden Männer. Wilts Gesicht war starr vor Angst und seine Hand klammerte sich um Jimmys Arm.

„Gib mir einfach schnell deinen Schuh!"

Carolyn reichte mir zögerlich ihren Stiletto. Ich schob den langen dünnen Absatz unter Jimmys Finger und zog solange daran, bis sie sich von Wilts Hals lösten. Dann lehnte ich mich zurück und zog so fest ich konnte. Jimmys Fingerknöchel krachten, als sie endlich von Wilt losließen. Ich verlor das Gleichgewicht und fiel rückwärts auf den Teppichboden.

Nur eine Millisekunde später fiel Jimmy auf mich und mir wurde schwarz vor Augen.

KAPITEL 30

*I*ch richtete mich in eine sitzende Position auf und sah, dass mich Carolyn und Wilt besorgt anstarrten. „Wo ist Jimmy?" Ich rang nach Luft, als sich mein Brustkorb langsam wieder weitete. Ich fühlte mich platt wie ein Pfannkuchen, nachdem ich von Jimmys Gewicht zerquetscht worden war.

„Weg." Carolyn zeigte in Richtung der Tür. Sie hatte ihren Schuh bereits wieder angezogen. „Steh auf. Wir haben keine Zeit zu verlieren."

Ich gehorchte, war aber leicht verwirrt. Mein Kopf pochte vor Schmerz. Ich stand Carolyn gegenüber und blickte mich im Casino um. Die Menschen rund um die Tische und Automaten spielten weiter, als wäre nichts passiert. „Warum die Eile?"

Carolyn verzog das Gesicht. „Jimmy wird Manny erzählen, was los ist und dann ist Manny hinter Wilt her und findet heraus, dass ich was damit zu tun habe. Das bedeutet Ärger.

„Manny weiß, dass du eine Hexe bist?"

„Natürlich weiß er das, Cenny"

„Du hast doch gesagt, er wäre nur ein harmloser Flirt." Wenn er von Tante Pearls Kräften wusste, dann musste er allerdings mehr für sie gewesen sein. „Wie ernst genau ist eure Beziehung?"

„Ich werde Details zu meinem Liebesleben gewiss nicht mit meiner Nichte teilen." Tante Pearl stemmte die Hände in ihre Hüften. „Das geht dich nichts an."

„Du hast einen Mafioso verärgert. Unter diesen Umständen geht es mich sehr wohl was an."

Carolyn winkte ab. „Dafür haben wir jetzt keine Zeit. Wir verziehen uns besser."

Wilt saß zombie-artig an einem Spielautomaten. Er fingerte in seinen Hosentaschen herum und drehte sie von innen heraus - sie waren leer. Carolyn bedeutete ihm, herüberzukommen und er folgte uns schließlich. Wir rannten aus dem Casino und in Richtung der Lobby.

„Ich lass dich nicht in die Suite, bevor du mir nicht mehr über deine Beziehung mit Manny erzählst. War das bevor oder nachdem er Carla geheiratet hat?" Ich fühlte mich neben Carolyn etwas underdressed, aber mein legerer Stil passte zu den anderen Gästen in der Lobby.

„Vorher, aber ich sehe nicht, warum das wichtig ist." Wir haben uns auf einer von Carlas Partys kennengelernt, als sie noch in Westwick Corners lebte. Manny war für ein paar Tage geschäftlich in der Stadt. Er stand sofort auf mich." Carolyn lächelte und fuhr sich mit den Fingern durch das lange blonde Haar.

„Stand er auf Pearl oder auf Carolyn?"

„Warum ist das wichtig?"

„Es ist wichtig. Weiß er von deiner Carolyn-Nummer?"

„Äh... Er weiß alles. Und nenn es nicht Nummer", jammerte sie. „Carolyn ist für mich sehr echt." Und ich kann dir versichern, dass sie auch für eine Menge Leute sehr echt ist. Inklusive Manny. Er findet es sexy."

Ich hielt mir die Ohren zu. „Zu viel Info." Ich wollte mir meine ältere Tante - auch in ihrem Carolyn-Kostüm - nicht dabei vorstellen, wie sie intimere Beziehungen mit Männern pflegte.

Ich drehte mich um und bemerkte, dass uns zwei Kerle der Poltertruppe gefolgt waren. „Ich weiß, die ganze Aufmerksamkeit schmeichelt dir, aber langsam wird es gruselig. Es ist so als würden sie uns verfolgen."

Das war Wilts Stichwort und er marschierte in ihre Richtung. „Ich kümmere mich um sie."

Carolyn wartete bis er außer Hörweite war und lehnte sich zu mir. „Das wird Wilt wenigstens für eine Weile beschäftigt halten." Sie zwinkerte den beiden Männern zu und ging dann zum Fahrstuhl.

Ich verdrehte die Augen, drückte den Knopf und hoffte, dass sich die Türen öffneten, bevor sich Wilt oder Carolyn in noch mehr Schwierigkeiten katapultierten.

Meine Gebete wurden erhört und ich trat in den leeren Fahrstuhl.

Carolyn folgte mir. „Jimmy hat ebenfalls Karten gezählt. Deshalb war er ja so verärgert. Er wollte keine Konkurrenz am Tisch. Manny wird denken, ich hätte Wilt geholfen."

„Du *hast* ihm geholfen." Plötzlich erkannte ich das Ausmaß ihrer Aussage. „Moment mal! Du sagst, Jimmy hat Karten gezählt. Wusste Rocco davon?"

„Das Casino muss davon wissen. Alles wird überwacht, sie müssen es wissen." Carolyn ließ den Kopf sinken und murmelte etwas vor sich hin.

„Hey, wartet auf mich!" Wilt sprang in den Fahrstuhl, gerade als sich die Türen hinter ihm schlossen. Was immer er zu unseren Verehrern gesagt hatte, es hatte gewirkt, denn sie waren verschwunden.

Soweit ich das sehen konnte, wurde Jimmy einfach nur mit seinen eigenen Mitteln geschlagen und war ein schlechter Verlierer. Ich verstand nicht, was das mit Manny zu tun haben sollte oder warum Zauberei schlimmer sein sollte als Kartenzählen. Beides war in meinen Augen Betrug.

„Vielleicht, aber vielleicht sieht es Manny nicht so. Kartenzählen ist eine der Arten, auf die Manny und seine Jungs ihr Geld verdienen. Jegliche Zauberei untergräbt sein Geschäft und das wird er nicht akzeptieren."

„Aber dieses Kartenzählen ist doch unglaublich aufwändig. Jimmy müsste schon eine Menge gewinnen, damit sich das lohnt." Ich fragte mich, ob Rocco wusste, was in seinem eigenen Casino ablief.

Carolyn rollte mit den Augen. „Sie suchen nach Spielern mit hohen Einsätzen, so wie Wilt vorgegeben hat einer zu sein."

„Wovon sprecht ihr?" Wilt fuhr sich über die Stirn. „Wer hat Karten gezählt."

„Lass gut sein, wir sprechen später darüber." Ich drehte mich zu Carolyn. „Manny weiß doch nicht, dass du etwas damit zu tun hast."

Carolyn schüttelte den Kopf. „Die Überwachungskameras. Jeder wird sehen können, was passiert ist, als ich den Zurückspul-Zauber gesprochen habe."

„Das bezweifle ich. Die meisten werden einfach denken, dass das Bild vorübergehend feststeckte, ein technisches Problem oder so."

„Nur dass sich ein paar von uns bewegt haben", sagte Carolyn. „Verstehst du es nicht? Das beweist, dass wir Hexen sind. Jeder, der die Bänder sieht, bemerkt, dass wir uns bewegen, während sonst jeder festgefroren ist."

„Oh", sagte ich. „Daran hatte ich nicht gedacht. Aber das ist schon okay. Wir geben einfach Rocco Bescheid. Er weiß, dass wir Hexen sind und kann das Band löschen."

„Hmm." Carolyn verzog das Gesicht.

„Was ist daran falsch? Manny arbeitet nicht in Roccos Casino, er wird das Band sowieso niemals sehen."

„Ich habe wohl vergessen, etwas zu erwähnen." Carolyn brach ab und atmete tief ein. „Manny hat das Casino bereits infiltriert. Einige seiner Männer arbeiten im Sicherheitsteam. Jetzt wo Carla aus dem Weg ist, wird ihn nichts mehr davon abhalten, das Casino offiziell zu übernehmen."

KAPITEL 31

*I*ch trat aus dem Fahrstuhl und folgte Carolyn und Wilt in die Suite. Nach dem ganzen Lärm und all den Leuten unten, war die Stille in der Suite eigenartig beruhigend. Es fiel mir schwer es zuzugeben, aber langsam fühlte es sich wie ein Zuhause an.

„Wir können hier nicht bleiben. Packt eure Sachen, wir verschwinden." Carolyn eilte zur Treppe, hielt aber plötzlich inne. „Mannys Leute werden jeden unserer Schritte beobachten."

Meine Kinnlade klappte nach unten. Christophe saß neben Mum auf dem Sofa und hatte eine Flasche Bier in der Hand. Während der Arbeitszeit zu trinken war doch wirklich eigenartig, aber vielleicht liefen die Dinge in Vegas ja anders. Noch eigenartiger war allerdings die Wahl seines Getränkes, ich hätte eher auf einen bunten Cocktail getippt.

Aber es war der Mann, der ihm gegenüber in einem Sessel saß, der meine Aufmerksamkeit erregte.

„Tyler! Du bist hier!"

Er grinste und stand auf. „Als ich nichts mehr von dir gehört habe, habe ich mir Sorgen gemacht. Diese Verbrecherfamilien sind gefährlich und ich habe mir gedacht, ich sehe besser nach dir. Deshalb bin ich hergeflogen."

Als ob es das einfachste auf der Welt wäre.

„Wie hast du uns gefunden?" Ich lief hinüber und gab ihm einen Kuss auf die Wange.

Er zuckte mit den Schultern. „Das war nicht wirklich schwierig. Ich bin einfach der Spur der Racatellis gefolgt."

Carolyn schüttelte den Kopf und war offensichtlich ganz und gar nicht erfreut darüber, Tyler zu sehen. „Dich mit dem Gesetz verbünden. Wie kannst du nur, Cenny? Hast du die Seiten gewechselt?"

Tyler Gates' Blick verfinsterte sich. „Kennen wir uns? Sie kommen mir bekannt vor."

„Das glaube ich nicht." Carolyn rannte Wilt hinterher, der auf die Terrasse hinausging. „Ich bin sofort zurück."

„Ich komme mit dir." Ich folgte Carolyn hinaus.

„Wir müssen hier raus, Wilt." Carolyn winkte ihn zu sich.

„Wir haben uns gerade erst kennengelernt." Wilt hielt inne. „Du bist wirklich hübsch und so, aber wir kennen uns doch kaum. Warum solltest du mit mir verschwinden wollen?"

Carolyn atmete tief durch. „Sag du es ihm, Cenny."

„Was soll ich ihm sagen?" Ich würde ihm sicher nicht erklären, dass Carolyn die magische Verkleidung meiner Tante Pearl ist. „Du hast dieses Chaos verursacht. Sieh selbst zu, wie du da wieder rauskommst.

Wilt schüttelte langsam den Kopf. „Ihr zwei könnt streiten, so viel ihr wollt. Ich verschwinde auf jeden Fall, bevor der Kerl mich wiederfindet. Ich fahre einfach mit dem Wohnmobil irgendwohin. Vielleicht verstecke ich mich in der Wüste."

„In einem riesigen Wohnmobil?" Carolyn schnaubte. „Genau. Weil das niemand bemerken wird."

„Du musst nicht gleich so sarkastisch sein", entgegnete Wilt.

Ich lief zu ihm und griff nach seinem Arm. „Bist du verrückt geworden? Gegen das organisierte Verbrechen kommst du doch nie an. Auch wenn du die Stadt verlässt, sie werden doch sicherlich nach dir suchen."

„Sei doch nicht lächerlich, Cenny. Wilt kann für immer verschwinden."

„Für immer?" Er sah skeptisch aus. „Ich verstehe nicht, wie... Ich kann nirgendwo hingehen. Ich kann nichts gut. Ich habe sogar Pearl verloren."

Ich funkelte Carolyn an. „Kannst du denn nicht irgendetwas tun?"

„Du meinst, mich zurück ver..."

„Das ist genau das, was ich meine." Ich wandte mich an Wilt. „Versprich mir, dass du dich nicht vom Fleck rührst, ich bin gleich wieder da. Ich glaube, ich weiß, wo Tante Pearl steckt."

Wilt sah skeptisch aus.

Ich kann dir nicht helfen, solange du nicht kooperierst, Wilt."

„Tu, was sie sagt", fügte Carolyn hinzu, als sie mir hineinfolgte. Sie lächelte unschuldig. „Wilt braucht ein bisschen frische Luft, wir sollten ihn hier noch ein bisschen kochen lassen. Ich glaube, er hatte doch den einen oder anderen Drink zu viel. Wo wir gerade dabei sind, Chris, ich könnte wirklich einen Cosmo vertragen. Niemand mixt die so gut wie Sie.

Christophe runzelte die Stirn. „Ich habe Ihnen noch nie zuvor einen Drink gemixt."

Ich winkte ab. „Ich habe Carolyn gegenüber Ihre Qualitäten als Barkeeper erwähnt." Ich funkelte meine Tante wütend an.

„Ein Mann vieler Talente." Tyler lächelte. „Wenigstens wart ihr in guten Händen, während Christophe auf euch aufgepasst hat. Am besten bleibt ihr für die nächsten Stunden hier in der Suite.

„Das geht nicht", rief Carolyn „Wir müssen hier raus."

Tylers Augen wurden schmal. „Sind Sie sich sicher, dass wir uns noch nie begegnet sind? Ich könnte schwören, ich hätte sie schon mal in Westwick Corners gesehen."

Mein Puls wurde schneller, während ich mich auf Carolyns Antwort gefasst machte.

Carolyn klimperte mit ihren Wimpern. „West...was?"

„Lassen Sie nur." Tyler drehte sich zu mir. „Die Lage spitzt sich zu. Versprich mir, dass ihr hier in der Suite bleibt."

„Wir gehen nirgendwo hin", antwortete ich für uns beide.

Wir gingen die Treppe hinauf ins Schlafzimmer. „Verwandle dich sofort in Pearl zurück."

„Kann das nicht warten?"

„Nein, Tante Pearl. Jetzt."

Zumindest hörte sie einmal auf mich.

Ich atmete erleichtert durch, als die glamouröse Carolyn langsam verschwand und die echte Tante Pearl vor mir auftauchte. Sie trug ein weißes Tennisoutfit, nicht gerade ihre Standardkleidung. Der kurze Rock zeigte dünne, faltige Beine mit einem Anflug von Sonnenbrand.

„Gut. Gehen wir nach unten und lassen wir Tyler Wilt helfen."

„Müssen wir wirklich die Polizei mitreinziehen?"

„Ich glaube kaum, dass wir eine Wahl haben."

„Alles klar. Machen wir es auf deine Art." Tante Pearl hievte eine weiße Sporttasche vom Bett und warf sie über ihre Schultern.

„Wir gehen nirgendwohin", erinnerte ich sie.

„Ich weiß, ich weiß." Sie sah aus, als würde sie zu einem Tennismatch aufbrechen.

Ich folgte ihr die Treppe hinunter.

„Sheriff Gates, was für eine Überraschung!"

„Gehen Sie aus, Pearl?", fragte Tyler.

Tante Pearl schüttelte den Kopf. „Nö. Ich habe nur mein Zeug für eine Partie Tennis morgen zusammengepackt."

„Das ist gut. Ich denke, wir alle sollten für eine Weile hier drin bleiben."

KAPITEL 32

*I*n einer luxuriösen Suite in Las Vegas eingesperrt zu sein, war gar nicht so schlimm, vor allem jetzt, wo Tyler hier war. Ich hätte nichts dagegen, den Aufenthalt noch etwas zu verlängern. Ich war gerührt, dass er so viele Kilometer zurückgelegt hatte, nur um sicherzustellen, dass es mir gut ging.

Das hatte noch kein Mann zuvor für mich getan.

Vielleicht hatten wir ja doch eine Chance.

Tyler erwiderte mein Lächeln. „Es war nicht so schwer euch zu finden, nachdem ich wusste, dass du Rocco Racatelli besuchst. Ich war mir sicher, dass ihr früher oder später im Hotel auftauchen würdet."

Rocco.

Tyler.

Im Moment fühlte ich nichts für Rocco, aber das war vor allem, weil er nicht da war. Würde der Anziehungszauber erneut meinen freien Willen außer Kraft setzen? Was würde das wohl für Tyler und mich bedeuten?

„Aber wie..." Meine Augen wanderten zu Christophe, dann wieder zu Tyler. Offensichtlich hatten sie sich bereits miteinander bekannt gemacht. Gut, denn ich wusste nicht wirklich, wie ich Tyler unseren merkwürdigen Butler erklären sollte.

Tyler schien meine Gedanken zu lesen. „Christophe ist ein früherer Kollege von mir. Der einzige Grund, warum er hier ist, ist euer Schutz."

„Sie sind also auch ein Mafioso, Sheriff Gates? Wer hätte das geahnt." Mum riss die Augen auf und rutschte an die Sofakante, etwas von Christophe weg. Sie blickte mich hilfesuchend an.

„Er ist in Ordnung. Mum." Mum schien etwas zu überreagieren, was aber auch kein Wunder war, bei den schlechten Männerentscheidungen, die sie in letzter Zeit getroffen hatte.

Tyler lachte. „Keine Sorge, Ruby. Christophe und ich haben als Undercover-Ermittler zusammengearbeitet. Bevor ich nach Westwick Corners kam, habe ich in Vegas gearbeitet."

„Ich wusste es doch, Sie sind zu gut um wahr zu sein. Aber Sie mixen so tolle Martinis. Was für eine Schande."

Christophe lächelte. „Was soll ich sagen? Ein Mann vieler Talente."

„Warum genau brauchen wir Schutz?" Ich wusste genau warum, aber ich wollte von Christophe eine klare Aussage. Wenn die Polizei Carlas Tod als Unfall einstufte, dann ergab Christophes Anwesenheit keinen Sinn.

„Das müssen Sie im Moment nicht wissen", sagte Christophe.

„Woher wussten Sie überhaupt, dass wir hier sind?" fragte ich. „Was ist mit Rocco? Er ist doch derjenige, der wirklich Schutz braucht." Ich wollte Antworten, aber ich kam nicht besonders weit.

„Keine Sorge. Für ihn ist gesorgt. Wir haben uns um alles gekümmert. Lassen Sie mich einfach meinen Job machen und es wird Ihnen nichts passieren", sagte Christophe.

„Wir brauchen keinen Schutz", protestierte Tante Pearl. „Wir sind sehr wohl in der Lage, auf uns selbst aufzupassen."

Ich griff Tante Pearl am Arm und zog sie in die Küche. „Das ist unsere Chance, Gerechtigkeit für Carla zu bekommen. Wir müssen Christophe den Autopsiebericht zeigen."

„Das können wir nicht tun. Vielleicht ist er genauso geschmiert, wie die anderen. Die sind doch alle überzeugt davon, dass es ein Unfall war. Wir können nichts gegen die Inkompetenz tun."

„Ich hätte gedacht, dass du dich mehr dafür einsetzt, dass deiner

Freundin Gerechtigkeit wiederfährt. Du beschuldigst mich, dass ich mich in der Zauberei nicht anstrenge. Aber du strengst dich dafür in der richtigen Welt nicht an." Ich schüttelte den Kopf. „Ich dachte Carla wäre deine Freundin. Ist sie dir denn total egal?"

„Natürlich nicht. Aber Gerechtigkeit kann auch auf anderem Wege erreicht werden."

„Keine deiner Ideen hat bislang funktioniert. Im Gegenteil, du hast uns nur noch mehr in Schwierigkeiten gebracht. Und der arme Wilt muss um sein Leben fürchten, weil du ihn in dein verrücktes Kartenzählspiel mitreingezogen hast. Hör endlich auf mit deinen magischen Blödeleien, bevor du noch alles versaust, was die Polizei tatsächlich untersucht." Ich hatte noch keine Ahnung, was Tyler wirklich herausfinden konnte.

„Gib mir den Autopsiebericht." Ich streckte meine Hand aus.

Tante Pearl trat zurück und hob abwehrend ihre Hand. „Ich scheine ihn verlegt zu haben."

„Dann findest du ihn besser. Außer du hast ihn nur erfunden."

Tante Pearl fixierte mich. „Natürlich nicht. Ich würde niemals so etwas herbeizaubern. Das wäre ja schrecklich."

„Du lässt mir nur eine Möglichkeit, Tante Pearl" Ich zeigte hinüber in den Salon. „Dort sitzen zwei Personen, die uns helfen können. Willst du ihnen jetzt den Beweis liefern, dass Carla erwürgt wurde oder willst du verheimlichen, was du weißt?"

„Also gut." Sie scheuchte mich zur Küchentür und schob mich hindurch. „Wir haben keine Zeit zu verlieren. Jimmy ist hinter uns her."

„Ich hole Wilt." Ich eilte an ihr vorbei auf die Terrasse, um Wilt zu holen. Ich öffnete die Türen und trat hinaus. Als ich mich umblickte, konnte ich keine Spur von ihm entdecken. Ich eilte umher und suchte jeden Zentimeter der riesigen Dachterrasse ab. Ich blickte sogar über das Geländer auf die Straße nach unten, wo sich eine Menschenmenge vor dem Hoteleingang versammelt hatte.

Keine Spur von Wilt.

Ich rannte wieder hinein und stieß beinahe mit Tante Pearl zusammen. „Wilt ist verschwunden."

Tante Pearls Unterlippe zitterte. „Wo kann er nur sein."

„Du hast ihm geholfen, nicht wahr? Ansonsten gibt es doch keine Möglichkeit aus dem 26. Stockwerk eines Hotels zu verschwinden, wenn keine Zauberei im Spiel war."

„Vielleicht." Tante Pearls Augen wanderten hin und her.

„Weglaufen bringt doch nichts, Tante Pearl. Das macht es für Wilt doch nur noch schlimmer. Er ist auf sich alleine gestellt und kann nicht klar denken. Tante Pearl, du musst ihn finden!"

Wilt war viel zu chaotisch und unorganisiert, um gegen das Verbrechen anzukämpfen. Er konnte ja nicht einmal Tante Pearls Kartenzählspiel folgen.

Aber gut, das war wohl auch nicht Wilts Schuld. Ich erinnerte mich an seine Bemerkung im Fahrstuhl. Er schien einfach gar nichts mitbekommen zu haben und Tante Pearls Aussagen waren so widersprüchlich, ich wüsste gar nicht, wo ich anfangen sollte. „Wir müssen es den anderen sagen."

Tante Pearl verschränkte die Arme. „Nein."

„Wilt kann vielleicht vor der Polizei davonlaufen, aber doch nicht vor La Manna und seinen Leuten. Wo immer er auch hingeht, sie werden ihn finden und an ihm Rache nehmen. Dann wird es zu spät sein. Bei der Polizei ist er zumindest in Sicherheit."

Zum ersten Mal zögerte Tante Pearl. „Vielleicht hast du recht. Sie werden ihn finden und ich kann ihn mit meiner Zauberei nicht ewig beschützen.

„Gut. Dann wäre das geklärt." Ich legte meine Hand auf ihren knochigen Arm und führte sie zu den anderen. „Ich will, dass du Christophe und Tyler alles erzählst."

„Bist du sicher? Alles?"

„Na, die Hexendetails lässt du natürlich aus. Erzähle ihnen alles, auch von den Beziehungen und Carlas Hochzeiten, egal ob gespielt oder echt."

Ich trat vor die anderen und überbrachte ihnen die Neuigkeiten. „Wilt ist verschwunden."

„Das ist unmöglich. Er hätte an uns vorbeikommen müssen. Und er kann nicht gesprungen sein, das sind zu viele Stockwerke." Mum schlug erschrocken die Hand vor den Mund, als sie verstand, was passiert war.

Tante Pearl hustete.

„Du hast doch nicht...", flüsterte Mum ihrer Schwester ins Ohr, während sie ihren Arm drückte. „Du hast ihm geholfen, nicht wahr?

„Autsch!" Tante Pearl schüttelte ihre Hand ab. „Ich musste doch etwas tun. Ansonsten wäre Wilt so gut wie tot, wenn Manny ihn erst einmal findet.

Tylers Kinnlade kippte nach unten. „Sie haben Wilt geholfen zu verschwinden? Aber er war doch nur draußen..."

„Wir werden ihn finden. Die Details besprechen wir später, aber Pearl hat euch noch etwas zu sagen. Nicht wahr, Tante Pearl?"

„Hmmm", murmelte sie.

„Na los, Pearl", sagte Tyler. „Wir müssen alles wissen. Das sind gefährliche Leute, mit denen ihr euch da abgebt."

Ich brach in kalten Schweiß aus. „Erzählen Sie mir von Mannys Leuten und wie sie das Hotel infiltriert haben. Wilts Flucht ist gewiss auf den Videokameras festgehalten. Das geht nicht gut für ihn aus.

Tante Pearl nickte. „Vielleicht ist es bereits zu spät."

KAPITEL 33

ante Pearl rannte ins Foyer und hatte ihre Sporttasche geschultert. „Ich weiß, wo wir Wilt finden."

„Nein, Pearl", sagte Tyler. „Sie gehen nirgendwo hin"

Tante Pearl funkelte ihn an, aber sie kehrte in den Salon zurück. Christophe ging zu den Terrassentüren hinüber. Mit leiser Stimme sprach er etwas in sein Handy. In weniger als einer Minute kehrte er zum Sofa zurück. „Ich bin mir sicher, dass wir Wilt bald finden. Aber unschuldige Menschen verschwinden normalerweise nicht einfach so. Wovon läuft er davon?"

„Na, vor Manny, natürlich", sagte Tante Pearl.

„Das bezweifle ich", sagte Christophe. „Er hat doch hier Polizeischutz. Warum sollte er dann davonlaufen, wo er sich doch draußen Manny stellen muss. Da steckt doch noch mehr dahinter."

„Jetzt reicht es mir aber! Natürlich geht hier noch mehr vor sich. Aber ihr seid alle zu blöd das zu sehen. Das ist der Schlüssel zu allem." Tante Pearl schlug sich die Hände an den Kopf. „Ihr findet es ja sowieso nicht heraus, dann kann ich es euch auch genauso gut sagen. Danny hat Carla umgebracht. Wilt hat das alles gesehen."

„Danny, Bones, Battilana? Das ist unmöglich, denn er war bereits tot. Wir haben ihn doch alle bei der Beerdigung gesehen." Christophe sah mich direkt an und räusperte sich.

„Das bedeutet nicht, dass er vorher gestorben ist", sagte ich.

Christophe schüttelte den Kopf. „Natürlich tut es das. Er lag unter ihr im Sarg. Außerdem war ihr Tod ein Unfall."

„Ich habe aber Beweise dafür, dass die Dinge nicht so gelaufen sind." Tante Pearl verschränkte die Arme.

„Ich verstehe nicht, wie... Ihr alle seid erst nach Carlas Tod hier angekommen, auch Wilt. Wie kann er denn Zeuge von Carlas Tod geworden sein?" Christophe runzelte die Stirn.

Ich rief mir noch einmal das Sargfiasko in Erinnerung. „Da gibt es noch etwas, das ich nicht verstehe. Bei dieser Beerdigung, Bones, er sah so...so..." Ich suchte nach passenden Worten.

„So aus, als hätte er die besten Tage schon hinter sich?", kam mir Mum zu Hilfe.

„Ja.", sagte ich. „Dem Zustand der Leiche zufolge war er bereits länger Tod als Carla."

„Das ist unmöglich", sagte Tante Pearl. „Um Carla hat sich ein Leichenbestatter gekümmert, um Danny nicht. Deshalb hat er so schlecht ausgesehen. Außerdem hätte doch jeder Bestatter das Loch in seiner Stirn überdeckt.

Christophes Augen wurden schmal. „Sie scheinen eine Menge zu wissen."

Tante Pearl schüttelte den Kopf. „Nicht wirklich. Ich bin nur eine gute Beobachterin."

„Eines ist jedenfalls sicher. Rocco würde Danny niemals im Sarg seiner Oma verstecken", sagte Mum.

„Seien Sie sich da mal nicht so sicher", meinte Christophe. „Menschen können die verrücktesten Dinge tun, um ihre Spuren zu verwischen."

„Können wir wieder zum Thema kommen." Tante Pearl funkelte. „Wilt hat mich nach der ganzen Sache angerufen."

„Wann denn? „Wir sind doch erst nach Vegas gefahren, als..."

„Es gibt sowas wie E-Mail oder Telefon, Cenny."

Meine Tante stand mit Technik auf dem Kriegsfuß, ich bezweifelte, dass sie eines von beidem verwendet hatte. Sie wickelte jegliche Art von Kommunikation persönlich ab. „Wann warst du zuletzt in Vegas?"

Tante Pearls Augen verengten sich. „Das ist schon eine Zeitlang her."

„Wann genau?" Christophe notierte sich alles auf einem Notizblock, den er aus seiner Hemdtasche gezogen hatte.

„Vor einigen Tagen."

Mum erschrak. „Bevor Carla gestorben ist? Warum hast du das nicht früher erwähnt?

„Du hast nie gefragt." Tante Pearl funkelte Mum an. „Ach und noch was. Niemand hat dich um deine Meinung gefragt. Das ganze Herumgerate bringt doch nur alles durcheinander."

Mum erblasste.

„Carla hat mich gebeten zu kommen. Sie meinte es wäre streng geheim, aber als ich gekommen bin, war sie nicht da.

„Sie war bereits tot?", fragte Mum.

„Natürlich war sie bereits tot." Tante Pearl lief unruhig vor der Terrassentür auf und ab. „Es ist unglaublich zu wissen, dass sie nur ein paar Meter von uns entfernt gestorben ist.

„Sie ist hier gestorben?" Mum sprang auf. „Ich dachte, Carla wäre zuhause gestorben."

„Diese Suite war ihr Zuhause", klärte Tante Pearl sie auf.

„Aber... ich war in diesem Pool." Mums Stimme versagte.

Christophe blickte zur Seite und fühlte sich sichtlich unwohl.

„Die Polizei hat ihren Tod als Unfall eingestuft, ohne sich auch nur umzusehen", sagte Tante Pearl. „Fall abgeschlossen. „Die Polizei hier ist entweder inkompetent oder einfach nur korrupt."

Tyler unterbrach sie. „Sie können solche Anschuldigungen nicht einfach ohne Beweise erheben, Pearl. Ich habe hier früher gearbeitet und ich kenne die meisten Männer. Kein Cop würde jemals einen Mord vertuschen."

Ich wollte mich wirklich nicht auf Tante Pearls Seite schlagen, aber sie hatte recht. „Es ist eigenartig, dass Carla mit dem Gesicht nach oben im Pool gefunden wurde. Ertrunkene liegen doch mit dem Kopf nach unten im Wasser."

Das weckte sowohl Tylers als auch Christophes Aufmerksamkeit, der sich eine Notiz machte.

Mum schlug die Hände vor den Mund. „Warum habt ihr mir nichts davon erzählt. Ihr habt mich einfach so in den Pool steigen lassen."

Pearl winkte ab. „Genau deshalb habe ich dir nichts gesagt. Weil du immer überreagierst."

„Vielleicht ist Carla nur gestürzt, so wie Mum. Nur dass ihr Unfall tödlich war." Damit wollte ich lediglich Tante Pearl dazu bringen, weiterzuerzählen, denn sie schien keine weiteren Details herausrücken zu wollen. Wir konnten unsere Zeit nicht weiter mit Belanglosigkeiten verlieren.

„Nein. Carla wurde erwürgt." Tante Pearl zog den Autopsiebericht aus ihrer Tasche und reichte ihn Christophe. „Die Gerichtsmedizinerin bestätigt das in diesem Bericht."

„Wo haben Sie den her?" Christophe runzelte die Stirn.

„Das tut nichts zur Sache. Wollen Sie ihn lesen oder nicht?"

Christophe antwortete nicht. Er fuhr mit dem Finger über das Papier, während er den Bericht las. „Kein Wasser in den Lungen. Das ist eigenartig."

„Glauben Sie mir jetzt?" Tante Pearls Augen füllten sich mit Tränen.

„Ich weiß nicht, was ich sagen soll", meinte Christophe. „Bones ist bereits tot. Ich kenne die Gerichtsmedizinerin ziemlich gut, auf die ist Verlass. Meine Quelle hat mir gesagt, dass sie den Tod als Unfall eingestuft hat. Ich kann mir nicht vorstellen, dass sie Informationen zurückhält oder einen Bericht fälscht."

„Dann nehme ich an, dass ihre Quelle lügt." Tante Pearl fügte mit ihren Fingern noch zwei Anführungszeichen um das Wort Quelle herum hinzu. „Die Gerichtsmedizinerin und Wilt sind die einzigen, die die Wahrheit kennen. Und Wilt ist der einzige Zeuge für den Mord an Carla. Deshalb ist er auf der Flucht.

„Dann helfen Sie uns mal besser, ihn zu finden, Pearl.", sagte Tyler. „Vielleicht ist es bereits zu spät."

KAPITEL 34

*M*anny und seine Handlanger standen bereits unter
Beobachtung, aber Christophe gab eine Großfahn-
dung nach Wilt raus. Ich nahm an, dass er nicht lange verschwunden
bleiben würde, vor allem nachdem er in einem riesigen Wohnmobil
unterwegs war. In mir nährte sich die Hoffnung, dass Wilt heil aus der
Sache rauskam.

„Wenn Wilts Aussage stimmt, dann wird es wirklich der Ehemann
gewesen sein", sagte Tyler. „Der ist es meistens."

„Wir werden Wilts Aussage bekommen, wenn wir ihn finden."
Christophe drehte sich zu Tante Pearl. „In der Zwischenzeit erzählen
Sie mir bitte alles, was Sie wissen."

Tante Pearl hob verteidigend ihre Hände. „Da gibt es nicht mehr..."

„Die falsche Hochzeit", gab ich ihr als Stichwort.

„Ach das." Tante Pearl funkelte mich an. „Bones hat zwar den
liebenden Ehemann gespielt, aber er war nur hinter dem Racatelli-
Imperium her. Er hat Carla gezwungen, ihn zu heiraten. Ansonsten
hätte er Rocco umgebracht. Sie hat zugestimmt, ihn aber übers Ohr
gehauen. Die ganzen Unterlagen waren nicht echt. Die Heiratsurkunde, die Zeremonie, alles nur Show."

Ich erinnerte mich an Roccos Aussage, Carla habe einen Ehevertrag unterschrieben. Das war wohl offensichtlich nicht der Fall, vielleicht wollte Carla Rocco einfach nur beruhigen, damit er sich nicht bedroht fühlte. „Bones dachte, wenn er Carla umbringt, würde er das Racatelli-Imperium erben. Dann hätte er Rocco aus dem Weg geräumt, zumindest finanziell."

Mum seufzte erleichtert. „Zum Glück war die Hochzeit nur vorgetäuscht. Das heißt doch, dass Roccos Erbe sicher ist. Zumindest vor Bones."

Tante Pearl hob ihre Hand. „Was ist mit Manny La Mannas Männern im Hotel? Er hat seine Leute schon eingeschleust und will es übernehmen. Er hat das ganze Casino infiltriert."

Tante Pearl wandte sich an Christophe. „Sind Sie deshalb hier? Wegen Mannys Übernahmeversuch?"

„Darauf kann ich Ihnen keine Antwort geben, Pearl. Ich kann nur sagen, dass Sie alle in Sicherheit sind, solange sie hierbleiben."

„Die Rivalität zwischen den Racatellis, Battilana und La Manna dauert schon lange an", sagte Tyler. „Das ist nicht wirklich ein Geheimnis. Die Schießerei war einer von vielen Zwischenfällen."

Tante Pearl schüttelte den Kopf. „Es ist wirklich eine Schande. Manny war Carlas wahre Liebe. Sie hatten wirklich etwas Besonderes."

Ich runzelte die Stirn, als ich daran dachte, was Tante Pearl mit Manny am Laufen gehabt hatte. „Aber du..."

„Ich habe dir doch gesagt, dass Manny nur ein Flirt für mich war", zischte sie. „Als mir Carla von ihren wahren Gefühlen erzählte, habe ich ihn sofort fallen gelassen. Ich war mit ihrer Wahl nicht einverstanden, aber warum sollte ich ihrem Glück im Weg stehen?"

Ich atmete tief ein. „Sie hat Manny auch geheiratet? Diesmal wirklich?"

Tante Pearl nickte. „Diese Hochzeit war echt. Sie hat sogar nur wenige Stunden vor ihrem Tod stattgefunden. Es war eine geheime Hochzeit, ich war eine der beiden Trauzeugen. Der andere war Rocco."

Langsam ergab alles einen Sinn. „Bei der Schießerei ging es nicht um das Racatelli-Imperium, oder? Es ging um die Hochzeit. Rocco gefiel das nicht, aber Manny wollte nicht, dass Rocco ihm im Weg stand. Ich nehme an, Manny hat nun, was er wollte."

Tante Pearl begann zu weinen. „Ich habe getan, was ich konnte, aber es war am Ende nicht genug."

Ich hatte sie oft den Tränen nahe gesehen, vor allem in den letzten 24 Stunden. Aber ich hatte sie nie wirklich weinen gesehen. Ich legte einen Arm um ihre Schulter. „Ist schon okay. Du hast getan, was du konntest. Ich wünschte nur, du hättest uns von Anfang an die Wahrheit gesagt. Das hätte es für uns alle einfacher gemacht."

Wir erschraken als Christophes Handy klingelte.

Er stand auf und ging in die Küche. Seiner Körpersprache zufolge schien er gute Nachrichten erhalten zu haben.

„Sie sind Wilt auf der Spur und keine Minute zu früh. Mannys Jungs sind hinter ihm her. Ich hoffe, wir finden ihn zuerst."

Mum zitterte.

„Es gibt ein paar Dinge, um die wir uns kümmern sollten, Tante Pearl. Zum Beispiel Carlas Dokumente durchgehen. Wir sollten mit der Heiratsurkunde anfangen. Das wird deine Aussage belegen."

Mum stand auf und war etwas unsicher auf den Beinen. „Ich helfe dir."

* * *

Es dauerte weniger als zehn Minuten, um die Dokumente in Carlas Schreibtischschublade zu finden. „Die schaut mir echt aus." Ich deutete auf die Heiratsurkunde von Danny und Carla und reichte sie Tyler.

„Ich kann nicht sehen, was daran gefälscht wäre", sagte er. „Carla und Bones hatten eine gültige Lizenz und die Zeremonie wurde sowohl von Rocco als auch dem Hoteldirektor bezeugt. Welcher Teil soll gefälscht sein?"

Tante Pearl erblasste. „Die Lizenz... ich dachte, die wäre gefälscht"

„Äh, nein", sagte Tyler. „Sie ist von der Hochzeitskapelle die Straße runter. Die Hochzeit war rechtlich in Ordnung."

KAPITEL 35

*W*enn Christophe und Tyler von Tante Pearls ständig geänderter Geschichte genervt waren, dann zeigten sie es nicht.

„Wir brauchen eine Aussage von Wilt", sagte Christophe. „Vielleicht ist er mehr als nur ein Zeuge.

Tyler nickte. „Vielleicht hat er Carla ja umgebracht. Er hat kein Alibi und scheint der letzte zu sein, der Carla lebend gesehen hat." Tyler drehte sich zu Tante Pearl. „Zumindest laut Pearls Schilderung der Ereignisse."

„Was soll das denn heißen?" Tante Pearl runzelte die Stirn.

Tyler antwortete nicht.

„Wir werden es schon noch früh genug erfahren." Christophe legte sein Telefon auf den Tisch. „Sie haben Wilt. Er ist in Sicherheit."

„Da fällt mir ein Stein vom Herzen", sagte Mum.

„Ich habe es euch schon gesagt. Wilt hat es nicht getan." Tante Pearl stampfte frustriert auf den Boden. „Bones hat Carla ermordet, weil er dachte, dass er als Ehegatte alles erben würde."

„Vielleicht hat Rocco daraufhin Bones ermordet", sagte Tyler. „Wenn Carlas Ehemann aus dem Weg geräumt ist, erbt er alles."

„Das ist doch noch lächerlicher", hisste Tante Pearl. „Hört auf zu raten und seht den Tatsachen ins Auge."

„Vielleicht hat Manny La Manna Carla ermordet", warf ich ein.

„Manny würde so etwas nie tun!" Tante Pearl schien sich von meinem Vorschlag persönlich angegriffen zu fühlen.

„Glaubst du etwa, solche Typen haben ein Gewissen?" fragte ich.

Tante Pearl funkelte mich an.

„Wie kommt es, dass du so viel über diese Leute weißt?"

Christophe kratzte sich am Kinn. „Wo wir gerade dabei sind: Wie können Sie wissen, dass Manny das Hotel infiltriert hat, Pearl? Für eine unschuldige Beteiligte scheinen Sie eine ganze Menge zu wissen."

Ein Schauer lief über meinen Rücken, als ich mich an die Beerdigung erinnerte und daran, wie eng die Beziehung zwischen Christophe und Manny zu sein schien. Wenn Tyler ihm vertraute, dann musste er wohl in Ordnung sein, aber trotzdem fühlte ich mich unwohl. „Tante Pearl, sag es ihm."

„Zuerst will ich vollständige Immunität."

„Das läuft hier nicht wie im Fernsehen, Pearl." Christophe lächelte. „Außerdem habe ich keine Befugnis, Immunität zu gewähren. Nur der Staatsanwalt kann einen solchen Deal aushandeln. Aber ich kann Sie natürlich für eine sehr lange Befragung mit aufs Revier nehmen."

Schweigen.

„Oder Sie kooperieren und wir überspringen die Formalitäten." Christophe lächelte. „Ich weiß, wie ich mich entscheiden würde."

„Also gut." Tante Pearl funkelte uns an, dann ließ sie sich auf die Couch sinken.

Zum Glück war Christophe nicht an den Details darüber interessiert, wie genau Wilt flüchten konnte. Er wollte ihn lediglich finden. Er nahm einen eingehenden Anruf entgegen. „Gut. Wir sehen uns in zehn Minuten."

Christophe drehte sich zurück zu Tante Pearl. „Sie bringen Wilt in ein paar Minuten her. In der Zwischenzeit will ich, dass Sie mir über Manny erzählen, was Sie wissen. Ich bin ganz Ohr. Sie können loslegen."

* * *

Tante Pearl beendete ihre Aussage zehn Minuten später, hatte aber die ganzen beziehungstechnischen Details ausgelassen. Das überraschte mich kaum, da sie in Widerspruch zu Mums Aussagen standen. Eine von beiden log und ich hatte keine Zweifel daran, wer das war.

Tante Pearl war überraschend offen, was Manny und die Infiltrierung des Hotels anging. Sie lieferte sogar freiwillig einige Informationen über die Racatellis, Battilana und La Manna, die Christophe noch nicht zu kennen schien.

Zumindest tat er so, als wäre er überrascht. Es war vermutlich alles nur ein Spiel. Er war ein überraschend guter Schauspieler, was man als Undercover-Agent wohl auch sein musste. Wir waren alle auf seine Butler-Nummer reingefallen.

„Es ist alles meine Schuld." Tante Pearl schluchzte. „Ich wollte Wilt nur helfen. Ich habe Carla versprochen, dass ich auf ihn aufpasse, sollte ihr jemals etwas zustoßen.

Mum erschrak. „Du kanntest Wilt also bereits bevor er nach Westwick Corners kam."

Tante Pearl nickte. „Er kam zu mir, weil er meine Hilfe brauchte. Ich habe ihm nur dabei geholfen abzuhauen.

Ich hob meine Augenbrauen.

„Okay, vielleicht habe ich ihn nebenbei auch ein bisschen spielen lassen. Wir sind immerhin in Vegas."

„Sprechen Sie weiter." Christophe zog erneut sein Handy hervor. „Ist es okay, wenn ich das aufnehme?"

Tante Pearl nickte.

„Vor wem lief Wilt davon?" Ich beantwortete mir die Frage selbst. „Bones? Hat sein Mord irgendetwas mit Wilt zu tun?"

Pearl nickte zögerlich. „Irgendwie schon."

„Was meinst du mit irgendwie?"

„Wilt hatte hohe Spielschulden. Als er herausgefunden hat, dass sein Kredit direkt von Bones kam, war er zu Tode verängstigt. Er dachte, Bones würde ihn umbringen. Aber Bones würde so etwas nie tun, das wäre ja schlecht für das Geschäft. Tote begleichen ihre Schulden nicht, Verängstigte allerdings schon. Das hat Wilt nie verstanden. Er ist so leichtgläubig. Deshalb musste ich ihm helfen."

Meine Kinnlade klappte nach unten. Plötzlich ergab Wilts Spielproblem Sinn. „Wilt ist hier in Vegas kein Unbekannter, oder?"

„Nein", gab Tante Pearl kleinlaut zu. „Wilt musste irgendwie an das Geld kommen und ich dachte, es wäre nichts Schlechtes daran, ihm zu helfen. Wilt und ich waren ein Team, aber Manny und Bones haben beide herausgefunden, dass wir die Karten zählten. Bones hat gedroht, es Manny zu erzählen und wir wussten, dass Manny keine Sekunde zögern würde, uns umzubringen, wenn wir nicht damit aufhörten."

„Und warum in aller Welt habt ihr das nicht getan? Das gibt euch beiden doch ein Motiv, Bones zu töten. Bist du etwa für das Loch in seiner Stirn verantwortlich?"

Tante Pearl schluchzte leise. „Nein, aber Wilt."

KAPITEL 36

„*W*ilt ist ein Mörder? Ich kann es nicht glauben." Ich stand auf und lief im Salon auf und ab.

Tante Pearl seufzte. „Jeder kann durchdrehen, Cenny. Vor allem, wenn es um die eigene Familie geht."

„Was genau meinst du damit? Wer war Wilts Familie?" Ich schlug die Hand vor den Mund. „Wilt war mit Bones verwandt?"

Tante Pearl nickte. „Wilt ist Bones' Enkel. Er hat sogar einen DNA-Test, der das beweist, aber Bones hat es abgestritten. Er hat behauptet, dass Wilt ein Betrüger sei, dass er die Resultate gefälscht habe."

„Wie können Sie sich sicher sein, dass Wilt die Wahrheit sagt? Vielleicht erfindet er das alles nur."

Tante Pearl schüttelte den Kopf. „Wilt ist nicht derjenige, der die Verbindung entdeckt hat. Ich erinnere mich an Wilts Geburt und ich kannte seine Familie. Wilt war noch ein Baby, als er und seine Mutter Della als Unbeteiligte in die Schießerei zweier Banden gerieten. Wilts Vater ist damals ebenfalls gestorben, aber er war an der Schießerei beteiligt.

„Wilt ist an diesem Tag nicht gestorben, aber das wussten wir damals noch nicht. Della hat sich während der Schießerei auf ihn geworfen und ihm damit das Leben gerettet. Carla hat es viele Jahre später rausgefunden. Es war ein Geheimnis, das nur Bones kannte und derjenige, der ihm dabei geholfen hat, die Sache zu vertuschen. Um es kurz zu machen, Wilt hat an diesem Tag beide Elternteile verloren.

Bones fühlte sich so schuldig für den Tod seiner Tochter, dass er nicht einmal mehr ihrem Sohn in die Augen schauen konnte. Offiziell wurde Wilts Leiche nie gefunden. Inoffiziell war er unter einer neuen Identität in einer Pflegefamilie untergekommen. Wilt war zu klein, um zu verstehen, was mit seinen Eltern geschehen war oder dass er einen Großvater hatte, der ihn verleugnete. Bones hat der Pflegefamilie jedes Monat Geld geschickt, um das Geheimnis zu bewahren. Wilt wuchs auf, ohne etwas über seine wahre Identität zu erfahren."

„Aber wie..."

„Carla hat von den geheimen Zahlungen erfahren, kurz nachdem sie Danny geheiratet hat und fragte sich, wofür die waren. Sie schickte einen Privatdetektiv zur Pflegefamilie. Die Zahlungen reichten Jahrzehnte zurück, bis zur Schießerei, bei der Wilts Eltern und angeblich auch Wilt selbst ermordet worden waren. Sie hatte sich immer gewundert, warum die Leiche des kleinen Jungen nie gefunden wurde. Nun ergab alles einen Sinn.

„Aber wie konnte sie sicher sein, dass er es war?"

„Das Muttermal auf seiner Stirn ist einzigartig. Es sieht noch immer so aus wie damals, als er noch ein Baby war", sagte Tante Pearl. „Kannst du dir vorstellen, wie das abgelaufen ist, als wir ein Treffen mit Bones arrangiert haben?"

Ich atmete tief ein. „Carla hat ihn damit konfrontiert?"

„Natürlich. Sie wollte, dass Danny seinen Enkel anerkennt. Die Vorstellung, dass Wilt in Armut und unter staatlicher Aufsicht aufwuchs, während sein Großvater nur ein paar Kilometer entfernt im Luxus schwelgte, war schrecklich für sie.

„Und Bones, also Danny, wollte die Sache nach all den Jahren immer noch vertuschen. Er wollte weiterhin so tun, als würde Wilt nicht existieren." Vielleicht wäre es für Wilt besser gewesen, wenn er nie erfahren hätte, dass Danny Battilana sein Großvater war. Es lief im Moment nicht besonders gut für ihn.

Tante Pearl nickte. „Carla hat auf die Sache bestanden und schließlich hat er Wilts Existenz zugegeben. Natürlich warf das ein schlechtes Bild auf ihn und er wollte nicht, dass die Geschichte die Runde macht."

Ich erkannte, dass die ganze Sache Wilt ein Motiv für den Mord an Bones gab. „Warum hat Carla so lange gewartet, um die Wahrheit ans Licht zu bringen?"

„Sie hat sich immer schuldig gefühlt, gleichzeitig jedoch auch Angst vor Bones. Aber je älter sie wurde, desto mehr nagte die Sache an ihr. Sie wollte nicht, dass Wilt niemals davon erfährt. Es fraß sie innerlich auf und sie wusste, sie musste die Sache richtigstellen. Am Ende hat ihr Gewissen gesiegt."

Langsam dämmerte es mir. „Deshalb hat Bones Carla umgebracht, nicht wahr? Es ging nicht um das Racatelli-Imperium. Er wollte mit allen Mitteln Wilts Existenz geheimhalten."

Tante Pearl nickte. „Bones hat Carla erwürgt, dann hat er sie in den Pool geworfen, damit es wie ein Unfall aussah. Und er ist auch damit davongekommen, denn er wird niemals dafür angeklagt werden." Sie funkelte Christophe an.

„Naja, er ist tot, er ist also mit gar nichts davon gekommen", stellte ich klar.

„Wenn Sie mir genügend Beweise liefern, um den Fall neu aufzurollen…", sagte Christophe.

Tante Pearl zeigte auf den Autopsiebericht und reichte ihn Christophe. „ Dem Bericht zufolge war Carla bereits tot, bevor sie im Wasser landete."

„Kein Wasser in ihren Lungen, das heißt, sie war schon tot." Ich zeigte auf das untere Ende des Blattes. „Ihr Tod wurde als Tötungsdelikt eingestuft und doch hat die Polizei ihn wie einen Unfall behandelt." Ich hoffte nur, dass Tante Pearl uns wirklich den echten Autopsiebericht besorgt und nicht einfach etwas herbeigezaubert hatte.

Christophe nahm den Bericht. „Ich werde mir das selbst mit der Gerichtsmedizinerin ansehen."

Tante Pearl wurde immer unruhiger. Sie sah ständig auf ihre Armbanduhr und eine dünne Schweißschicht bildete sich auf ihrer Stirn. Da war noch was, aber ohne eine kleine Ermutigung, würde sie nicht reden. Ich legte meine Hand auf ihren Rücken und bedeutete ihr, sich aufs Sofa zu setzen. „Rede nur weiter."

„Ich weiß nur, was Wilt mir gesagt hat", antwortete Tante Pearl. „Wilt wollte seinen Großvater mit der Wahrheit konfrontieren, nachdem Carla ihm alles erzählt hatte. Er war am Boden zerstört, als er erfuhr, dass sein eigener Opa ihn im Stich gelassen hat. Leider hatte Wilt auch noch ein Spielproblem und die ganze Sache wurde kompliziert. Noch bevor er die Möglichkeit hatte, Danny zu konfrontieren, häufte er einen riesigen Berg Schulden an."

„Aber du hast doch Wilt erst in Westwick Corners getroffen", sagte ich. „Du hast mir gesagt, wir fahren für Carlas Beerdigung nach Vegas."

„Wie denkst du wohl habe ich überhaupt von der Beerdigung erfahren?" Tante Pearl erhob sich und ging vor dem Sofa auf und ab. „Gleich nach Carlas Tod hat Wilt mich aufgesucht. Sie hat erst vor ein paar Monaten wieder Kontakt mit Wilt aufgenommen."

„Wieder aufgenommen? Das verstehe ich nicht."

„Carla war Wilts Patentante. Sie war wie eine Mutter für Della und sie hatte ihr Baby sehr liebgewonnen. Sie war es, die Wilt schließlich die Wahrheit erzählt hat." Tante Pearl wischte sich eine Träne von der Wange. „Carla hat mich angerufen und mich gefragt, ob ich ihn beschützen würde, falls nötig. Dann verstarb sie plötzlich und Wilt kam zu mir. Er hat den Mord an Carla beobachtet, denn er war in der Suite.

„Warum hast du das gegenüber der Polizei nicht früher erwähnt?" Jetzt verstand ich auch, warum Wilt lieber im Wohnmobil als in der Suite bleiben wollte.

„Bones hat immer gemacht, was er wollte und musste nie dafür büßen", sagte Tante Pearl. „Ich wollte Wilt keiner Gefahr aussetzen, denn Bones würde gewiss keine Zeugen zurücklassen. Nicht dass das jetzt noch wichtig wäre."

„Vielleicht, aber er ist jetzt tot und hat sozusagen bekommen, was er verdient."

„Ja, aber die Tage des armen Wilts sind gezählt, selbst mit Polizeischutz."

„Warte eine Sekunde, wenn Carla zuerst starb und Bones ihr rechtmäßiger Ehemann war und als zweiter starb, erbt dann nicht vielmehr Wilt statt Rocco?"

Pearl nickte zögerlich. Verstehst du jetzt mein Problem? Das Ganze ist noch nicht vorbei."

KAPITEL 37

Zwei uniformierte Beamte führten einen geknickten und erschöpft aussehenden Wilt in die Suite. „Sind Sie sich sicher, dass Sie ihn hierherbringen wollen?"

Christophe nickte. „Ich möchte zuerst ein paar Dinge überprüfen. Ihr bleibt im Foyer und behaltet den Fahrstuhl im Auge. Ich will nicht, dass irgendjemand hier reinkommt, verstanden?"

Der ältere der beiden Beamten nickte und die beiden stellten sich mit gezogenen Waffen ins Foyer.

Wilt hielt seine Hände hoch, um die Handschellen gelegt waren. „Es war ein Unfall. Ich habe die Waffe einfach nur auf Danny gerichtet, aber dann hat er mit mir gekämpft. Wir haben gerungen und dann hat sich ein Schuss gelöst. Ich hatte nie vor, ihn zu töten."

„Sag kein Wort mehr, bis wir einen Anwalt haben." Tante Pearl bedeutete ihm, ruhig zu sein und warf mir dann ihr Handy zu. „Cenny, ruf einen an."

Ich fing das Handy und blickte meine Tante düster an. „Du hättest mir dein Telefon auch früher leihen können." Sie hatte es wohl absichtlich vor mir versteckt.

„Es geht nicht immer um dich, Cenny." Tante Pearl wandte sich an

Christophe und funkelte ihn an. „Es war Notwehr. Das sieht doch jeder Idiot."

Christophe ignorierte sie. „Warum haben Sie das getan, Wilt. Warum haben Sie all die Jahre gewartet?"

„Ich habe nicht gewartet. Ich hatte keine Ahnung, dass ich noch lebende Verwandte hatte. Carla hat es mir erst vor ein paar Tagen erzählt. Sie meinte, ich hätte ein Recht darauf zu wissen, dass ich ein Battilana war, auch wenn Danny es abstritt."

Tante Pearl hielt ihre Hand hoch. „Wilt... stopp"

„Nein, ich will das jetzt klären, egal ob mit Anwalt oder ohne." Wilt atmete tief durch. „An dem Tag, an dem Carla starb, schlief ich oben. Ein Geschrei auf der Terrasse weckte mich auf. Ich erkannte Carlas Stimme und dass sie sich mit einem Mann stritt. Der Streit eskalierte und so lief ich hinaus auf die Terrasse. Aber es war zu spät. Ich konnte Carla nicht retten."

Christophe kritzelte unaufhörlich in sein Notizbuch, dann drückte er auf sein Telefon. „Kann ich das aufnehmen?"

Wilt nickte. „Ich habe nichts zu verbergen. Als ich hinauslief, hatte Danny seine Hände bereits um Carlas Hals gelegt. Als er sie losließ, sackte sie auf den Boden. Sie atmete nicht mehr und als ich sie wiederbeleben wollte, zog mich Danny weg."

„Arme Carla", sagte Tante Pearl. „Ich habe ihr gesagt, sie sollte es gut sein lassen. Aber sie bestand darauf, dass es das Richtige war. Das war der Grund, warum Bones sie erwürgt hat."

Plötzlich ergab alles Sinn. Zum Beispiel, dass Wilt plötzlich an der Gas N' Go-Tankstelle in Westwick Corners aufgetaucht war. Er hatte Tante Pearl, Carlas engste Freundin, um Hilfe gebeten. Zu Wilts Unglück dachte Tante Pearl nicht immer rational. Ihr verrückter Plan hatte alles nur noch schlimmer gemacht, bis schließlich alles außer Kontrolle geraten war.

„Und was ist dann passiert, Wilt?", fragte Tyler.

„Ich kann mich nur noch verschwommen daran erinnern. Danny traf mich mit einem Sessel auf den Kopf und ich wurde ohnmächtig. Als ich wieder zu mir kam, trug er Carla hinüber zum Pool. In diesem Moment ergriff ich die Schusswaffe, die auf dem Tisch dort drüben lag." Er deutete auf den verschnörkelten Schreibtisch, der nur unweit der Terrassentür stand.

„Ich wollte ihn nur erschrecken. Ich wusste nicht einmal, ob die Waffe geladen war, ich hatte keine Zeit, das zu überprüfen. Danny kam auf mich zu und stürzte mich zu Boden. Danach weiß ich nur noch, dass die Waffe losging. Eine Sekunde lang dachte ich, dass ich in die Luft geschossen hätte, aber dann brach Danny über mir zusammen. Da wusste ich, dass die Kugel ihn getroffen hatte."

„Dann hast du mich angerufen", sagte Tante Pearl. „Es war Notwehr."

Ich blickte zu Mum und erkannte, dass sie das gleiche dachte. Tante Pearl konnte sich der Beihilfe des Mordes schuldig gemacht haben. Sie hatte mit Sicherheit Wilt dabei geholfen, die Leiche loszuwerden.

Merkwürdigerweise fragte Christophe nicht danach. Stattdessen ging er ins Foyer und sagte etwas zu den uniformierten Beamten. Daraufhin verschwanden die beiden im Fahrstuhl.

„Manny La Manna wurde wegen Geldwäsche und organisierten Verbrechens verhaftet", sagte Christophe. „Es sind noch weitere Anklagen in der Schwebe, aber über die kann ich vorerst nicht sprechen."

„Wo ist Rocco? Geht es ihm gut?" Ich stellte mir ein finales Duell zwischen Rocco und Manny vor und war mir nicht sicher, ob Rocco das ohne Kratzer überstehen würde.

Christophe nickte. „Es geht ihm gut. Er hat uns jetzt schon einige Zeit bei unseren Ermittlungen gegen die La-Manna-Familie unterstützt. Im Gegensatz zu Carla war er nie in irgendwelche kriminellen Aktivitäten verwickelt. Er wollte nie Teil des Racatelli-Verbrecher-Imperiums sein, aber ob er es wollte oder nicht, er wurde nun mal hineingeboren."

„Warum ist er nicht hier?"

„Er kommt, sobald seine Befragung beendet ist. Es war seine Idee, dass ihr Damen hierbleiben solltet. Er war überrascht, als ihr alle plötzlich da wart und er hatte Angst um eure Sicherheit."

Das ganze Familiengefüge verwirrte mich, aber am meisten diese ganzen angeblichen Ehen. „Und was ist jetzt mit Carlas Ehe mit Manny? Wird er als ihr Mann nicht das ganze Vermögen erben?"

„Nein", sagte Christophe. „Die Hochzeit war zwar echt, aber die Ehe ist null und nichtig, nachdem Carla bereits mit Danny verheiratet war. Ihre gespielte Hochzeit mit Danny war schlussendlich also doch echt."

Mum erschrak. „Bigamie? Aber wer ist dann Carlas Erbe? Wenn es immer noch Bones ist, dann geht doch alles an Wilt."

Wilt hielt seine in Handschellen geketteten Hände hoch. „Nein, ich will es nicht."

„Du wirst es auch nicht bekommen. Bones kann nicht erben, denn er hat Carla ermordet. Deshalb kann Wilt auch nichts von Bones erben. Sobald die ganzen rechtlichen Angelegenheiten geklärt sind, wird Rocco der einzige Erbe sein. So wie es immer sein sollte", sagte Tante Pearl.

„Seid ihr sicher, dass Rocco nicht..." Die Klingel des Fahrstuhls ertönte und ich brach ab. Manny war zwar verhaftet worden, aber vielleicht hatte er seine Handlanger auf uns gehetzt.

Niemand außer mir schien sich Sorgen zu machen.

„Ja, ich bin mir sicher", sagte Christophe. „Wir hatten ihn 24 Stunden pro Tag unter Beobachtung, bereits einige Wochen vor Carlas Tod und bis jetzt. Wo wir gerade davon sprechen, hier kommt er."

Rocco schritt strahlend durch die Suite. „Ich bin so froh, dass es endlich vorbei ist. Jetzt brauche ich einen ordentlichen Drink."

Tante Pearl nickte zu Christophe hinüber. „Chris, erweisen Sie uns doch die Ehre."

Mum erhob sich und humpelte in Richtung Küche. „Ich mache das. Christophe hat seine Rezepte mit mir geteilt und ich möchte sie unbedingt ausprobieren. Ich bin sofort wieder da."

„Wie wär's mit einer Margarita, Ruby?" Rocco lächelte.

Mum blieb stehen. „Vergiss die Margarita. Ich mache euch Christophes Spezial-Weinschorle. Ihr wisst schon, die die alle außer Gefecht setzt."

Mum zwinkerte mir zu. „Die ist perfekt, um gleich einen ganzen Krug zu mischen. Ich habe schon ein paar Ideen, was sich mit dem alles anstellen lässt."

KAPITEL 38

ante Pearl, Mum und ich saßen nebeneinander an den Spielautomaten. Ich saß zwischen den beiden und fühlte mich wie in einer Falle. Ich hing mit den beiden fest, zumindest bis Tyler von der Polizeiwache zurück war. Er hatte Christophe begleitet, um noch einige Hintergrundinformationen zu den Ereignissen in den letzten Stunden zu liefern und ich nahm an, er wollte einige alte Bekannte treffen.

Roboterartig zog ich den Arm hinunter und hoffte auf diese drei gleichen Symbole, die niemals kommen würden. Wir waren bereits über eine Stunde hier und bislang hatte ich keine Erfolge vorzuweisen. Tante Pearl hingegen schien am laufenden Band zu gewinnen.

Sie lehnte sich zu mir herüber. „Ich habe Manny mit einem Zauber belegt, damit er neutralisiert ist." Tante Pearl zwinkerte mir zu. „Genauso wie ich das bei dir und Rocco gemacht habe."

„Ich wusste es! Diese eigenartigen Gefühle gegenüber Rocco ergaben keinen Sinn. Und ich kann nicht gerade sagen, dass der Zauber nur neutralisierend war."

„Okay, er war eher animierend." Tante Pearl lachte.

„Du hast mich manipuliert. Wie konntest du so etwas nur tun?" Abgesehen davon, dass es einfach nur bösartig war, konnte es auch gefährlich für meine beginnende Beziehung mit Tyler sein. Natürlich war es genau das gewesen, was Tante Pearl wollte. Die Vorstellung, dass ich mit dem Sheriff ausging, brachte sie auf die Palme.

Oder? Plötzlich kamen mir Zweifel über Tyler und mich. Was, wenn er mich gar nicht wirklich mochte? Wenn seine Gefühle mir gegenüber nur durch einen von Tante Pearls Zaubersprüchen verursacht wurden?

Wie konnte ich jemals wissen, was echt war und was nicht?

Das wäre ihre ultimative Rache, ein grauenhaftes Spiel. „Hast du mich noch mit irgendwelchen anderen Zaubern belegt?"

„Zum Beispiel?"

„Ich weiß nicht. Anderen Liebeszaubern zum Beispiel?"

„Entspann dich, Cendrine. Wenn du deine Hexerei geübt hättest, dann hättest du es sofort gemerkt. Du hättest etwas dagegen tun können. Es ist wirklich deine eigene Schuld."

„Aber, aber, Pearl..." Mums Protest stieß auf taube Ohren.

Natürlich hatte ich den Zauber bemerkt, hatte aber entschieden, nichts zu sagen. Bei Tante Pearl war es am besten, sich nicht in die Karten schauen zu lassen. Sie war absolut unberechenbar. Aber bei einer Sache hatte sie recht.

Ich sollte meine Kräfte anerkennen und ausbauen. Vielleicht könnte ich das ja, wenn ich nicht immer so damit beschäftigt wäre, Tante Pearl aus mehreren Desastern zu retten. Aber es war meine eigene Verantwortung, Zeit dafür zu finden, und ich hatte vor, genau das zu tun.

Wenn ich nur hart genug arbeiten würde, dann könnte ich vielleicht sogar Tante Pearl mit einem Zauber belegen, der sie aus Schwierigkeiten raushalten konnte. Der Gedanke erfüllte mich mit neuer Energie und ich konnte es kaum erwarten, wieder an meinen Kräften zu arbeiten. Dieses Mal würde ich allerdings im Geheimen arbeiten und nicht mit Tante Pearl als strenger Lehrerin. Ich würde es ihr zeigen.

Plötzlich verstand ich, dass es das war, was Tante Pearl von Anfang an beabsichtigt hatte. Aber statt der von ihr auferlegten Hexenstunden tat ich es nun aus eigenem Antrieb.

„Ich verstehe dich nicht, Pearl", sagte Mum. „Du bist doch bereits Millionärin. Warum spielst du überhaupt noch?"

„Ha, ich könnte das alles hier kaufen", sagte Pearl. „Ich bin reicher als ihr alle zusammen."

Ich funkelte sie an. „Du musst es uns nicht auch noch unter die Nase reiben."

Tante Pearl lachte. „Ich werde es allerdings nicht lange haben. Nachdem Wilts Anwaltskosten gedeckt sind, wird alles an meine liebste karitative Einrichtung gehen."

„Oh? Welche wäre das denn?", fragte Mum.

„Die Gesellschaft zur Wiederbelebung von Westwick Corners."

„Aber wir haben doch gar keine solche Gesellschaft." Tante Pearls ständige Beschwerden über die einfallenden Touristen standen im Gegensatz zur Idee, die Stadt wiederzubeleben. Dass sie sich dafür einsetzen würde, Westwick Corners wieder attraktiv zu machen, widersprach jeder Logik. Ich glaubte ihr einfach nicht.

Ich spürte einen Blick auf mir und drehte mich um. Vor mir stand Rocco. Die Anziehungskraft von früher war verschwunden, wurde aber durch ein neues Gefühl ersetzt. Statt der Abneigung, die ich gegenüber dem alten Rocco verspürt hatte, fühlte ich nun echte Zuneigung. In der Zeit, in der wir uns nicht gesehen haben, haben wir uns beide verändert. Und jetzt ganz ohne Zauber, spürte ich etwas, das ich ihm gegenüber noch nie verspürt hatte:

Freundschaft.

„Na, wer hat Lust auf ein schönes Steak heute Abend?" Rocco zeigte auf die Straße hinaus. „Es gibt ganz in der Nähe ein schönes kleines italienisches Lokal."

„Werden da Gangster rumhängen?", fragte Mum.

„Ich kann nicht dafür garantieren, aber ich hoffe es doch." Rocco sah sehnsüchtig zur Bar hinüber. „Ich werde den Ort hier vermissen, aber sicher nicht die Spielerei und die ganzen kriminellen Machenschaften, die damit verbunden sind."

Tante Pearl verdrehte die Augen. „Oh nein, seht nur, wer da kommt."

Ich sah Tyler und lächelte. „Er kann mit uns zu Abend essen."

„Musst du ihn wirklich einladen?" Tante Pearl funkelte. „Ich glaube, ich habe meinen Appetit verloren."

Plötzlich verspürte ich das Verlangen, den Freundschaftszauber auszuprobieren, den ich gerade zuvor heimlich geübt hatte.

Ich schnippte zwei Mal mit den Fingern und murmelte dann den Spruch vor mich hin. „Gehen wir."

Tante Pearl strahlte, als ihr Tyler seinen Arm anbot. „Was wäre denn schöner als ein Abendessen mit einer solch attraktiven Begleitung?"

Tyler zwinkerte mir zu und ich lächelte.

Tante Pearl war nicht die einzige mit einem Ass im Ärmel.

KAPITEL 39

$\mathcal{N}$achdem der Tod von Carla geklärt war und Wilt für den Mord an Danny „Bones" Battilana im Knast saß, gab es für uns keinen weiteren Grund, länger in Las Vegas zu bleiben.

Tante Pearl würde wohl nicht für noch mehr Ärger sorgen, aber ich konnte mich nicht entspannen, bevor ich wusste, dass sie sicher aus der Stadt war. Ich bestand darauf, dass Tante Pearl und Mum Flugtickets nach Hause kauften. Dann machten wir uns direkt auf den Weg zum Flughafen.

Tyler ging vor uns durch den geschäftigen Flughafen von Vegas und trug Mums und Tante Pearls Gepäck. Mum hatte einen Ordner voll mit Christophes Rezepten an sich gedrückt, während Tante Pearl eine kleine Tasche bei sich trug. Ich hatte keine Ahnung, was sich darin befand, aber ich fragte lieber gar nicht erst. Manchmal war es besser, wenn man nichts wusste, vor allem, wenn es um meine Tante ging. Sie musste ja sowieso durch die Sicherheitskontrolle, deshalb machte ich mir keine Sorgen.

Ich nahm sie kurz zur Seite und sorgte dafür, dass uns niemand hören konnte. „Denk daran, keine Zauberei im Flugzeug. Du willst doch nicht die Crew oder die Passagiere in Angst und Schrecken versetzen. Es könnten sogar Air Marshalls dort sein."

„Versuch nicht, mich einzuschüchtern, Mädchen." Tante Pearls gute Laune war verschwunden. „Ich habe mich bereits damit abgefunden, dass ich mich wie eine Sardine in diese Blechbüchse zwängen muss. Du musst nicht noch darauf rumhacken."

Irgendwie fühlte es sich gut an, dass sie wieder die normale, grimmige Tante Pearl war.

„Mach dir aber keine Sorgen, Cenny. Wir werden uns ganz normal verhalten." Mum drückte meine Hand.

„Du musst nicht mit uns bis zur Sicherheitskontrolle kommen. Wir sind sehr wohl in der Lage, auf uns selbst aufzupassen", sagte Tante Pearl.

„Vielleicht ein bisschen zu sehr in der Lage", entgegnete ich. „Ich will sehen, wie ihr in das Flugzeug steigt." Ich war zuversichtlich, dass meine Tante keine Tricks mehr versuchte, wenn sie erst einmal an Bord war. Aber bevor sie nicht durch die Sicherheitskontrolle war, bestand ein Restrisiko. Darüber machte ich mir keine falschen Vorstellungen.

„Ich verstehe nicht, warum ich nicht ein bisschen Zauberei einsetzen kann. Ruby und ich könnten uns einfach nach Westwick Corners teleportieren, das wäre viel schneller."

„Keine Hexerei mehr, Tante Pearl. Nicht bevor ihr nicht sicher wieder zurück in Westwick Corners seid." Ich hatte veranlasst, dass Tante Amber sie am Flughafen in Shady Creek abholte und nach Westwick Corners brachte.

Tante Amber war nebenbei eine hohe Beamtin des WEHEX, sie hatte also ebenfalls ihre Gründe sicherzugehen, dass sich Tante Pearl benahm.

Obwohl sie sich nach wie vor einfach teleportieren konnte, nachdem ich außer Sichtweite war, vertraute ich darauf, dass Mum es ihr ausredete. Die Leute verschwanden nicht einfach so auf Linienflügen und wir wollten auf keinen Fall für einen Zwischenfall sorgen, der internationale Aufmerksamkeit auf sich zog. Nachdem Tante Pearl bereits in Schwierigkeiten wegen ihres Kartenzählens war, war ich mir recht sicher, dass sie sich benehmen würde.

Wir hielten ein paar Meter vor der Sicherheitskontrolle.

„Du hast Glück, dass Wilt ein umfassendes Geständnis abgelegt hat, sonst könntest du vielleicht gar nicht zurück. Du könntest mit ihm in einer Zelle schmoren." Ich blickte zu Mum hinüber. „Behalt sie im Auge, wir sehen uns in ein paar Tagen."

„Ich glaube, ich brauche Urlaub von diesem Urlaub." Mum lachte.

Es war noch immer nicht klar, wie viel Tante Pearl wirklich in der Lotterie gewonnen hatte. Offensichtlich aber genug, um einen erstklassigen Anwalt für Wilt zu engagieren und für seine Kaution aufzukommen. Wilt wollte sich bis zu seinem Verfahren in einer Entzugsklinik wegen seiner Spielsucht behandeln lassen. Er war in guten Händen.

Wir standen vor der Sicherheitskontrolle und verabschiedeten uns, bevor Mum und Tante Pearl durch die Tür traten.

Ich drehte mich zu Tyler und gab ihm einen Kuss auf die Wange. „Ich kann es nicht glauben, dass du den ganzen Weg bis nach Vegas gekommen bist. Wie konntest du wissen, dass wir deine Hilfe brauchen?"

„Nur so ein Gefühl. Du scheinst ein bisschen verwirrt zu sein." Er zog mich zu sich und drückte seine Lippen gegen die meinen.

Ich war mir nicht sicher, ob er auf die Racatellis anspielte oder auf Tante Pearl, aber eine Antwort war nicht notwendig. Ich hatte nun anderes im Kopf.

Wir beobachteten, wie Mums und Tante Pearls Flugzeug abhob, dann gingen wir zurück zum Flughafenparkplatz, wo das Wohnmobil geparkt war. Wir hatten vor, es zurück nach Shady Creek zu fahren, wo Tante Pearl es von einem Händler „gekauft" hatte.

Zumindest das Wohnmobil war also echt. Tante Pearl hatte es nicht herbeigezaubert. Sie hatte es sich für eine Probefahrt ausgeliehen und einfach nie zurückgebracht. Sie hatte es einmal kurz verschwinden lassen, um mich zu verwirren. Das war eines dieser Dinge, die meine Tante so unberechenbar machten: Sie tat ständig irgendetwas, um mich auf die falsche Spur zu locken. Mich wie einen Idioten dastehen zu lassen, war offensichtlich eines ihrer Hobbys.

Alles andere hatte gestimmt. Tante Pearl hatte wirklich in der

Lotterie gewonnen und Wilt war tatsächlich Danny „Bones" Battilanas Enkel.

KAPITEL 40

ie Sonne schickte einige Strahlen durch die tiefhängenden Wolken während wir auf der Interstate in Richtung Norden fuhren. Wir hatten auf dieser Reise alles mitgemacht: Sonne, Regen und schließlich sogar ein Gewitter, das uns fürchten ließ, wir müssten ungeplant Zeit in den Bergen zwischen Nevada und Nordkalifornien verbringen. Als wir den Pass überquerten, klarte jedoch der Himmel vor uns auf.

Ich blickte hinüber zu Tyler, der am Fahrersitz des Wohnmobils saß. Es war beruhigend gewesen, inmitten des heftigen Sturms an seiner Seite zu sein und irgendwie war es auch romantisch, unser kleines Refugium auf vier Rädern.

Mannys Vermögen wurde eingefroren und er selbst saß im Knast ohne Aussicht auf Kaution.

Rocco hat sich dazu entschieden, das Hotel zu verkaufen und sich von der „Familie" zu distanzieren. Ein anonymer Investor hat Rocco bereits ein großzügiges Angebot unterbreitet (durch etwas Motivation von Tante Pearl natürlich), das es ihm ermöglichte, sauber und sicher aus dem Geschäft auszusteigen.

Mum, Tante Pearl und ein bisschen Zauberei würden sicherstellen, dass Rocco schnell in ein neues Leben finden würde. Wie das aussehen sollte, wusste ich nicht, aber es war mir auch egal.

„Ach, das habe ich fast vergessen." Tyler griff hinter sich auf den Fahrersitz und reichte mir meine Tasche. „Ich habe sie auf dem Beifahrersitz gefunden, als ich dein Auto von der Tankstelle zu dir nach Hause abschleppen habe lassen."

Ich kramte darin herum und zog mein Handy heraus. Ich entsperrte es und war froh, dass ich noch Akku hatte. Ich hörte den Anrufbeantworter ab. „Es sieht so aus, als hätte es sich bereits herum-gesprochen. Der *Shady Creek Tattler* will meine Geschichte. Sie wollen mir sogar eine Anstellung geben."

Tyler lächelte. „Und, wirst du sie annehmen?"

Ich zuckte mit den Schultern. „Ich weiß nicht. Vielleicht sollte ich eine Nacht darüber schlafen." Vor einigen Tagen noch hätte ich die Stelle ohne zu zögern angenommen. Aber dieses Abenteuer zeigte mir, dass von nun an die Dinge nach meinen Vorstellungen laufen würden.

Ich erkannte plötzlich, dass mir Zauberei einen Vorteil gegenüber anderen Journalisten verschaffte. Ich konnte an Geschichten kommen, die anderen verwehrt blieben, wenn ich meine natürlichen Talente nutzte. Denn genau das waren sie: natürlich. Ich musste an einer Kraft arbeiten, die ich von Natur aus besaß.

„Fahren wir nach Hause." Ich lächelte Tyler an und suchte im Radio nach etwas Fetzigem.

„Eines nach dem anderen", sagte Tyler. „Haben wir da nicht etwas vergessen?"

Ich ging im Kopf meine Checkliste durch. Gepäck, voller Tank, Mum und Tante Pearl sicher am Flughafen abgeliefert.

Check.

Ich schüttelte den Kopf. „Nein, ich denke, wir haben alles."

„Und unser Date?" Tyler grinste. „Ich bin hunderte von Kilometern gereist und wir hatten noch immer nicht unser Date."

Ich lächelte ihn an. Zuerst hatte ich mir solche Sorgen um das Date gemacht und jetzt, wo Tyler bei mir war, hatte ich kaum mehr daran gedacht. Das war zum Teil den Ereignissen geschuldet, aber in Wirklichkeit war mit ihm zusammen zu sein das Einzige, was ich wirklich brauchte. Es fühlte sich bereits wie ein Date an. Ich brauchte kein schickes Essen oder einen Abend in der Stadt, nur diesen Mann an meiner Seite.

Trotzdem fühlte ich mich schlecht.

„Es tut mir wirklich leid wegen unseres Dates, Tyler. Ich hatte nie vorgehabt, mich nach Vegas entführen zu lassen." Tante Pearl hatte wirklich die Angewohnheit, ständig meine Pläne zu durchkreuzen. „Ich mache es wieder gut, versprochen."

„Du brauchst dich nicht zu entschuldigen. Es ist nicht deine Schuld. Außerdem habe ich bereits eine Idee." Er nahm die nächste Ausfahrt, dann bog er an einem Kreisverkehr einen halben Kilometer weiter ab.

„Wohin gehen wir denn?" Ich sah keine Häuser, aber ein Schild wies auf eine Tankstelle in 500 Metern hin. Das war nicht der Weg nach Westwick Corners. Aber über diese Entführung würde ich mich nicht beschweren. „Besser Vorsicht als Nachsicht, meinst du wohl. Wir wollen doch nicht, dass uns das Benzin ausgeht."

Tyler lächelte. „Wir brauchen aber nicht nur Benzin. Du wirst schon sehen."

Er reduzierte die Geschwindigkeit, als sich die Fahrbahn in einen erdigen Untergrund mit Schlaglöchern veränderte. Die enge Straße führte einen steilen Hügel hinauf, der gerade genug Platz bot, damit ein anderes Fahrzeug auf der Gegenfahrbahn vorbeikam. Nicht dass es hier viel Verkehr gab. Ich fragte mich, wie gut eine Tankstelle hier mitten im Nirgendwo funktionieren konnte.

Ein paar Minuten später kamen wir an. Nine Mile Gap war ein kleines Nest irgendwo im Nirgendwo. Es war bereits später Vormittag, aber ich konnte nirgendwo ein Lebenszeichen entdecken. Auch nicht an der Tankstelle, eine kleine Hütte aus Wellblech mit einer einzigen rostigen Zapfsäule. Hier war es ausgestorbener als ausgestorben.

„Hier scheint nicht besonders viel los zu sein." Ich starrte auf die

Fenster, die voller Staub und Fettflecken waren, als wir in die Tankstelle einbogen.

„Nicht mehr, nein. Hier bin ich aufgewachsen", sagte Tyler. „Es war früher wie in Westwick Corners. Inzwischen ist es aber eine richtige Geisterstadt."

„Sogar die Tankstelle ist geschlossen." Die einzige Zapfsäule war verrostet und Unkraut zog sich über den Schlauch. Die Zahlen auf der Preisanzeige zeugten noch von Zeiten als der Preis für eine Gallone bei 20 Cent lag. Ich hatte Mitleid mit Tyler.

Diese Zeitreise war bestimmt keine angenehme für ihn. Man konnte nie ohne Enttäuschung in der Zeit zurückreisen. Die Dinge waren nie so, wie man sie in Erinnerung hatte.

„Ist schon okay. Wir sind nicht wegen des Benzins hier." Tyler parkte das Wohnmobil am Rande der Tankstelle und stellte den Motor ab. „Unser Date beginnt genau jetzt."

Er hüpfte hinaus, ging um das Wohnmobil herum und öffnete die Beifahrertür. „Ich kenne ein schönes, kleines Restaurant hier. Es ist ein echter Geheimtipp, sehr exklusiv."

Ich sprang hinaus und nahm seine ausgestreckte Hand.

Wir gingen an der Tankstelle vorbei, dann an einem dreigeschossigen Ziegelsteingebäude. An der Kreuzung bogen wir ab und erreichten eine Straße mit Kopfsteinpflaster.

Meine Kinnlade klappte nach unten. Wir standen mitten auf der Hauptstraße einer vollständig restaurierten Geisterstadt aus den 50er Jahren. Alles war pikobello und frisch gestrichen, aber kein Mensch war zu sehen. Es war, als ob die Zeit einfach stehengeblieben wäre.

„Das war früher eine Arbeiterstadt. Dann wurde die Mine geschlossen und die Stadt geriet in Vergessenheit."

Ich fragte mich, welche Geheimnisse sich wohl hinter den Fassaden der Stadt verbargen.

Wir spazierten Händchen haltend die Straße hinunter. „Das erinnert mich an Westwick Corners, nur noch ruhiger." Ich hätte nie gedacht, dass das noch möglich wäre.

Tyler grinste. „Ich dachte schon, dass es dir gefällt. Jetzt aber los. Ich habe mich schon auf unser Date gefreut."

Ich folgte Tyler in ein nettes kleines Café, vor dem unzählige Blumentröge standen, aus denen Lavendel und Kapuzinerkresse quollen. Das Lokal schien der einzige Ort hier zu sein, der geöffnet hatte. Der Boden quietschte unter meinen Füßen, als ich das schwach beleuchtete Interieur betrat.

Eine nette Dame Ende 40 trat aus dem hinteren Teil des Cafés hervor, begrüßte uns und deutete auf einen Tisch in einer Fensterausbuchtung. Ein Deckenventilator sorgte für eine angenehme Brise. Ich folgte der Frau bis zum Tisch, von dem aus wir einen wunderbaren Blick auf einen kleinen Bach hatten, der grün umrahmt war. Es war, als wären wir in eine andere Welt getreten. „Passt es euch hier?" Die Dame zwinkerte Tyler zu, der nickte.

„Es ist wunderschön." Ich seufzte, als ich mich in den gemütlichen Sessel fallen ließ.

Die Frau lächelte uns an, als sie uns die Speisekarte reichte. Tyler bestellte Cola für uns beide.

Ich wartete, bis die Frau wieder halb in die Küche verschwunden war, bevor ich einen Blick auf die Karte warf. „Ich hoffe, du bist nicht enttäuscht, wegen dem französischen Restaurant und all dem. Ich mache es wieder gut."

Tyler grinste. „Es ist eigentlich egal, wo wir hingehen. Das könnte hier sogar besser sein."

Ich rümpfte die Nase. „Ich weiß, was du meinst. Schicke Restaurants haben normalerweise schrecklich kleine Portionen. Und ich könnte gerade ein ganzes Pferd verdrücken"

Tyler lachte. „Das war es nicht, was ich gemeint habe."

„Was denn dann?" Plötzlich dämmerte es mir. „Die Besitzerin hat dich sofort erkannt. Du warst in letzter Zeit schon mal hier."

„Ziemlich oft sogar."

Plötzlich war ich verwirrt. „Was ist los? Ihr beiden kennt euch, oder?"

„Ich habe mich schon gefragt, ob du es bemerkst. Das hier ist nicht nur meine Heimatstadt, Cenny. Die Frau ist meine Mum."

„Deine Mum?" Meine Kinnlade klappte nach unten und plötzlich fühlte ich mich unsicher, als ich an meinen staubigen Kleidern hinunterblickte. Ich zupfte meinen unordentlichen Pferdeschwanz zurecht. „Du hast niemals erwähnt, dass du aus einer so kleinen Stadt kommst."

Er lachte. „Du hast nie gefragt."

„Du hast gesagt, dass du vorher in Vegas gearbeitet hast. Ich habe einfach angenommen, dass du dort aufgewachsen bist."

„So ziemlich jeder dort kommt von irgendwo anders her, Cenny. Nachdem ich deine Familie bereits kenne, dachte ich, du könntest auch mal meine kennenlernen."

Jetzt musste ich lachen. „Kein Wunder, dass du Westwick Corners magst. Verglichen mit hier geht dort ja fast schon die Post ab. Aber ist es nicht schwierig, sich hier über Wasser zu halten. Wie schafft deine Mum das?"

„Das tut sie nicht wirklich. Sie hat noch ein anderes Geschäft."

Bevor ich aber danach fragen konnte, brachte Tylers Mum unsere Getränke. Bei genauerer Betrachtung war die Ähnlichkeit offensichtlich. Tylers Mum hatte dieselben warmen braunen Augen und das liebevolle Lächeln ihres Sohnes.

„Mum, das ist Cenny. „Cenny, das ist meine Mum, Vivica."

„Hier meine Liebe." Sie lächelte, als sie zuerst mein und dann Tylers Glas abstellte. „Ich habe über den Ärger in Vegas gehört. Ich bin froh, dass Tyler dir helfen konnte."

„Cenny brauchte meine Hilfe nicht, Mum. Sie hatte alles im Griff."

Ich errötete. „Ach, das war doch gar nichts. Nur ein paar Familienangelegenheiten." Ob ich es wollte oder nicht, Tante Pearls Probleme waren auch die meinen. Trotz ihrer vielen Fehler, sie war loyal gegenüber denen, die ihr wichtig waren und sie würde auch mir helfen.

„Ich habe gehört, du hast dich ganz gut geschlagen." Vivica Gates lächelte. „Wenn man bedenkt, dass du einfach so ins Chaos geworfen wurdest."

Ich fragte mich, was und wie viel Tyler seiner Mum genau erzählt hat. Aber es war auch egal. Die ganze Sache war erledigt. Die anderen konnten ihre eigenen Schlüsse daraus ziehen.

Ich wechselte das Thema. „Nine Mile Gap scheint ziemlich ruhig zu sein."

Vivica seufzte. „Die Stadt hat auf jeden Fall schon bessere Tage gesehen. Nur noch wenige von uns leben hier."

„Das tut mir leid", sagte ich. „In meiner Stadt ist es genau gleich. Jeder zieht weg in eine größere Stadt."

Vivica nickte. „Tyler hat mir alles über euer Inn erzählt und die Pläne, die Stadt wiederzubeleben."

„Das könnte hier auch möglich sein", sagte ich. „Ihr müsstet die Stadt nur irgendwie bei Touristen bewerben."

„Oh, versteh mich nicht falsch. Ich mag diese Einsamkeit. Ich kann in aller Ruhe zaubern. Es ist so angenehm, wenn man seine Kräfte nicht verstecken muss."

Tyler lächelte mir zu. „Ihr zwei habt viel gemeinsam."

„Du bist eine..." Ich brachte es nicht über die Lippen.

„Eine Hexe." Vivica vervollständigte meinen Satz. „Ja. Das bin ich."

Meine Kinnlade klappte nach unten. Kein Wunder, dass Tyler so verständnisvoll für Tante Pearls Ausbrüche war. Plötzlich ergab alles einen Sinn. „Das ist also dein Geheimnis, auf das Tante Pearl immer anspielt." Ich hatte vermutet, dass es in Tylers Vergangenheit ein dunkles Kapitel geben musste.

Seine braunen Augen funkelten schelmisch. „Glaubst du etwa, es gibt keine anderen Hexen?"

„Du weißt von uns?"

„Natürlich. Ich erkenne eine Hexe auf einen Kilometer."

„Du weißt auch von mir."

Tyler nickte. „Auch wenn ich keinen einzigen Beweis dafür gesehen habe. Entweder bist du ziemlich gut oder schrecklich aus der Übung."

Ich grinste. „Man hat mir gesagt, ich sei beides."

„Dann kommst du wohl nach Pearl, oder?"

„Ja." Zum ersten Mal war ich wirklich stolz darauf, eine Hexe zu sein. Und noch dazu Tante Pearls Nichte. „Wirst du mit meinen Eigenheiten zurechtkommen?"

„Natürlich, auch wenn ich Hexerei nicht gerade eine Eigenheit nennen würde, Cenny." Tyler legte seine Hand auf meine. „Ich mag dich so wie du bist. Das macht dich besonders. Die Hexenkraft ist nur ein Bonus."

Tylers Reaktion war eine so angenehme Abwechslung zu meinem Ex, der meine Kräfte als peinlich und karrierefeindlich angesehen hatte.

„Es ist so schön, Tyler mit einem Mädchen zu sehen, das so wie seine Mutter ist." Vivica lachte. „Dann muss ich auch nicht vorgeben, normal zu sein. Ich kann einfach ich selbst sein." Dann drehte sie sich um und machte sich auf den Weg in die Küche.

„Ich hatte ja keine Ahnung, dass du... naja..." Mir fehlten plötzlich die richtigen Worte.

„Ein Hexensohn bist?" Tyler grinste und drückte meine Hand.

Ich brach in schallendes Gelächter aus. „Genau das Wort, nachdem ich gesucht habe."

Zum ersten Mal seit sehr langer Zeit fühlte ich mich rundum mit mir zufrieden. Ich fühlte mich wohl in meiner Haut. Ich musste meine Kräfte nicht verstecken oder vorgeben, jemand anderes zu sein. Ich konnte einfach ich selbst sein.

Hier war ich also, tausende Kilometer von Westwick Corners entfernt, in einer Stadt, die mir vollkommen unbekannt war. Und doch fühlte ich mich wie Zuhause.

Hat Ihnen Verhext und ausgespielt gefallen? Freuen Sie sich auf das bald erscheinende nächste Buch in der Serie, *Verhext und abgedreht*

ZU NEUIGKEITEN ÜBER COLLEENS BÜCHER, besuchen Sie ihre Website: http://www.colleencross.com

Einfach für den Neuerscheinungen Newsletter anmelden, um immer direkt über die Neuerscheinungen informiert zu werden!

ÜBER DEN AUTOR

Über den Autor

Colleen Cross ist die Autorin der Bestseller Reihe der Katerina Carter Betrugs Thriller und die dazu passende Katerina Carter Farbe des Geldes Mystery Reihe. Die beiden beliebten Mystery / Thriller Reihen handeln von derselben Protagonisten. Katerina Carter ist eine gerichtlich bestellte Rechnungsprüferin und Betrugsermittlerin mit Köpfchen. Sie tut immer das Richtige, obwohl ihre unorthodoxen Methoden ein wenig haarsträubend und aufregend sind.

Sie ist auch eine Wirtschaftsprüferin und Betrugsexpertin und schreibt über echt Fälle. Anatomy of a Ponzi deckt die größten Schneeballsysteme auf und wie diese Leute mit ihren Verbrechen davonkommen. Sie sagt die genaue Zeit und den Ort voraus, wann die größten Schneeballsysteme aufgedeckt werden und die Beweise, ihr dabei zuzusehen.

Zu Neuigkeiten über Colleens Bücher, besuchen Sie ihre Website: http://www.colleencross.com

Einfach für den Neuerscheinungen Newsletter anmelden, um immer direkt über die Neuerscheinungen informiert zu werden!

Colleen Cross auf Social Media:

Facebook: www.facebook.com/colleenxcross

Twitter: @colleenxcross

oder als Autorin auf Goodreads

Website: www.colleencross.com

AUSSERDEM VON COLLEEN CROSS

Verhexte Westwick-Krimis
Verhext und zugebaut
Verhext und ausgespielt
Verhext und abgedreht
Die Weihnachtswunschliste der Hexen
Hexenstunde mit Todesfolge

Wirtschafts-Thriller mit Katerina Carter
Exit Strategie: Ein Wirtschafts-Thriller
Spelltheorie
Der Kult des Todes
Greenwash
Auf frischer Tat
Blaues Wunder

Zu Neuigkeiten über Colleens Bücher, besuchen Sie ihre Website: http://www.colleencross.com

Einfach für den Neuerscheinungen Newsletter anmelden, um immer direkt über die Neuerscheinungen informiert zu werden!